시골무사 이성계

시골무사 이성계

운명을 바꾼 단 하루의 전쟁

서권 장편소설

다선
책방

등장인물 소개

이성계(李成桂)

황건적의 난, 왜적 토벌 등에서 사병부대 가별치를 이끌고 공을 세웠으나, 변방 출신이라는 이유로 인정을 받지 못하고 오히려 멸시를 받는다. 이 소설의 배경이 되는 황산대첩이 일어났을 때, 성계의 나이는 46세였다. 평생을 적과 싸우며 말 위에서 살아온 성계는 놀림을 당하면서도 단 하루의 전쟁을 통해 변혁을 꿈꾸게 된다.

이두란(李豆蘭)

여진족이다. 두란에게는 이지란(李之蘭)이라는 고려 이름도 있었으나, 사람들은 여전히 그를 이두란이라고 불렀다. 성계와는 의형제를 맺은 사이로 성계가 남에게 당하는 꼴을 보지 못한다. 요동벌 천하에서 수위를 다투는 활의 명인이다.

처명(處明)

원나라 사람으로 한때는 성계의 적이었다. 모든 지휘부가 도망간 성에서 처명은 끝까지 성계의 대부대에 항전했다. 이에 감동한 성계는 처명에게 무릎을 꿇으면서까지 처명을 자신의 사람으로 만들었다. 그는 늘 다른 부대보다 앞서서 돌진하여 돌격귀라고 불린다.

정도전(鄭道傳)

우왕이 재위하자 정치적 성향이 다른 정도전은 유배생활을 하게 된다. 이 소설에서 정도전은 성계의 군사를 자처하여 작전을 짜고 여러 조언을 하면서 성계에게 새로운 의지를 심어준다. 그러나 실제 역사에서 정도전과 이성계가 처음 만난 시기는 1384년(우왕 10년)으로, 황산대첩이 일어난 1380년보다 더 늦다.

변안열(邊安烈)

본래 선양(瀋陽)사람이나 원나라 말기 병란(兵亂)으로 선양에 가 있던 공민왕을 따라 고려에 들어왔다. 고려에 끝까지 충절을 지킨다는 신념을 가지고 있으며, 자신보다 직위가 낮은 성계를 무시하여 성계 무리와 자주 충돌한다.

정몽주(鄭夢周)

부패한 고려를 바꿔보려고 노력하지만, 그의 개혁성향은 충절의 테두리 안에 있다. 정몽주는 정도전을 불온한 자로 바라보고 그의 의견에 동조하지 않는다. 훗날, 이성계 일파를 제거하려는 계획을 세우다가 방원에게 죽임을 당한다.

아지발도(阿只拔都)

남조(南朝) 쇼니가(少貳家) 출신의 장군. 동안의 외모를 가지고 있어 아지발도라고 불린다. 남북조 전쟁을 거치며 몰락하는 남조를 되살리기 위해 일만의 대군을 이끌고 고려를 침범했다. 그러나 최무선에 의해 함대를 잃은 아지발도는 고려를 멸하겠다는 신념을 품고 남원 인월에 주둔하게 된다.

슈겐부츠(修驗佛)

지략이 뛰어난 노승이다. 패배의 분위기에 침체되어 있던 남조군을 다시 끌어 모은 후, 아지발도를 가미쇼(神將)의 위치에 세워 고려 침략 계획을 짰다. 1만 대군을 앞세운 그의 시략에 싱께 부대는 번번이 뒤사을 하게 되다. 이지발도의 장인이며, 영적인 스승이다.

차례

프롤로그 • 008

단 하루의 전쟁 • 013
화살은 꽂히지 않고 • 020
가별치 부대 • 044
충이냐, 혁신이냐 • 070
신장 아지발도 • 088
어떻게 하늘과 땅 앞에 홀로 설 수 있는가 • 112
내 칼은 너무 늙었다 • 130
고려는 망해라 • 142
가족의 관을 짜는 자들은 얼마나 행복할까 • 155
미즈류와 박순이 • 176
신돈의 칼 • 187
처명, 너는 여기서 죽는다 • 209
동무듬이냐, 황산이냐 • 223
천이여, 천이여…… • 252
내분 • 278
수백 개의 달이 떠오르고 • 302
최후의 전투 • 334
또 다른 전설 • 358

에필로그 • 362
발문 | 남자소설, 『시골무사 이성계』 • 370

프롤로그

  남원성 운봉 당월마을에 소 잡고 말을 죽여서 먹고사는 백정 역사(力士)가 살았다. 겨드랑이에 비늘이 달렸다는 청년은 한스러운 천대를 이겨내려고 울돌치에 올랐다. 돌을 들어 모아놓으면 세상이 뒤집힌다는 소리를 듣고 사람들 몰래 밤마다 이 산 저 산을 뛰어다니며 돌을 쌓아놓았다.

  청년이 돌을 모아 세상을 바꾼다는 소문에 자갈돌, 깨진 돌, 울산돌, 설악돌, 경상돌이 모두 모여들었다. 청년은 기진하면 황산(荒山)으로 올라가 산마루 우물을 마시며 쉬었다. 울돌치와 황산 건룡소를 매일 오가는 장수를 괴이하게 여긴 나무꾼이 관아로 달음질쳤다. 청년은 역모를 한다며 모함을 받아 죽었다.

  청년 역사가 죽을 때 울돌치 돌들이 따라 울었다. 밤중이면 들녘 건너 깊은 어둠, 동무듬 서무듬을 향해 낙석을 날리며 돌들이 울었다. 돌들은 떠나지 않았다. 청년이 다시 올 때까지 기다리다가, 세상이 어지러울 때마다 울었다. 금오위 방망이 쳐들어온다고 울었고, 왜적이 몰려든다고 울었다. 날이 밝을 때까지 밝음이 어둠을 이기고 설 때까지 무거운 머리를 세우며 산울림을 토해냈다.

청년 역사가 죽고 난 후, 달오름 때마다 청년의 그을린 이마를 닮은 혼불이 돋아 울돌치 돌들 위로 떠돌았다고 했다. 일어서자고, 하늘 위로 떠서 화살이 되어 날자고 돌들이 울었고, 사람들은 돌들이 우는 소리에 잠들지 못했다. 잠 못 드는 사람들이 하나씩 둘씩 황산으로 기어올라 우물물을 마시며 돌들의 울음을 따라 소리를 질렀다. 산사태 하늘 사태 쏟아지는 칠흑 어둠 속에서, 달오름을 기다리며 낮고 천한 소리들이 퍼졌다.

"인월로 가라, 인월로 가서 나라를 구하라."

최영은 성계에게 가별치를 이끌고 인월로 가길 명했다. 산전수전을 다 겪은 명장이었지만, 그의 음성에는 약간의 두려움마저 섞여 있었다.

성계는 말없이 고개를 끄덕였다. 한때 최영을 아버지처럼 따르던 때가 있었다. 그러나 성계가 여러 전투에서 승리를 하고 공을 세우자, 최영은 성계에게 칼자루를 쥐어주고 궁궐 바깥으로 밀어내기 바빴다. 성계는 이번에도 불합리함을 느꼈다. 500여 명의 고려군을 한순간에 전멸시킨 1만의 왜적이라고 했다. 그런데도 정예부대를 지원해주기는커녕 가별치를 이끌고 내려가길 원하고 있는 것이다.

'진정 나라를 구하길 원하는 것인가, 아니면 나라가 뒤엎이길 바라는 것인가. 아니면 내가 죽기를 바라는 것인가.'

성계가 지켜보고 있는데도 이번 전투에 도체찰사로 임명된 변안열과 최영이 귓속말을 하고 있었다. 성계는 둘을 뒤로 하고 나오면서 도리질을 했다. 우왕 6년(1380년), 고려 개국 초부터 나라를 병들게 했던 외침은 그 강도가 점점 심해졌다. 해적으로만 치부했던 왜적들은 점점 강력해져 고려를 유린했다. 권문세족은 자신들의 안위만 탐했다. 우왕은 원나라에 나라를 내맡기고는 주색에 빠져 무도(無道)한 짓을 하고, 백성들을 돌보지 않았다.

한번 동요된 민심은 진정될 줄 몰랐다. 이번에 침입한 왜적은 모든 면에서 과거에 왜구라 불리던 해적들이 아니었다. 왜적은 왜선 500여 척을 이끌고 진포에 상륙했다. 최무선이 화포로 왜선을 모두 격파했지만, 상당수의 왜적은 소백산 줄기를 따라 남하하여 사근내역에 진을 쳤다. 고려군은 왜적을 머릿수만 많은 해적들이라며 우습게 여기고 덤벼든 게 분명했다. 고려군이 전멸하고 나서야 고려 정부는 서둘러 성계를 불러들였다.

왜적 장군의 얼굴을 본 백성들은 그에게 아지발도(阿只拔都)라는 이름을 붙여주었다고 했다. 소년의 얼굴을 한 왜적 장군은 가는 곳마다 약탈을 일삼았다. 백성들에게 아지발도라는 이름은 쉽게 무너뜨릴 수 없는 힘이었다. 왜적은 남원성을 공격하다가 물러나서 운봉현을 불사르고 인월역에 주둔하고 있다고 했다. 최영은 성계에게 그 왜적을 소탕하길 명하고 있었다.

힘든 전투가 예상되었다. 하지만 피할 수 없는 싸움이었다. 백성들이 더 이상 왜군 장군을 신격화시켜서는 안 될 일이었다. 그들이 남원성을 치고 전주성까지 진격이라도 하게 되면 고려는 걷잡을 수 없이 무너지게 될 게 분명했다. 성계는 서둘러 말에 올랐다. 갈 길이 멀었다. 개경에서 지리산까지 쉬지 않고 말을 달려야 했다.

단 하루의 전쟁

 활시위가 팽팽했다. 우는살을 쏘아올릴 사수는 살을 허공으로 들어올린 채 성계의 명령을 기다리고 있다. 반나절……흐린 하늘 속에 잠긴 저 해가 잠기는 저녁 무렵까지 단번에 승부를 끝장내지 않는다면…… 머리카락이 흩날려 뺨을 치다가 성계의 눈을 아프게 후렸다. 바람은 아직도 잦아들지 않았고, 적진은 미동도 없이 고요했다. 내(川) 건너 적의 본진에서는 깃발 수십 개가 기를 높이고 펄럭이고 있을 뿐 사위는 재갈 부딪치는 소리도 없이 적막했다. 왜적의 흔적은 어디에도 보이지 않았다.

 정산봉(鼎山峰) 동북쪽을 등 뒤로 두고 길게 늘어선 고려군은 정산봉 서남쪽에 자리잡은 황산을 바라보고 있었다. 23척 높이의 황산이 제법 큰 덩치를 세우고 북쪽으로 몇 개의 산들을 이어 거느리고 있는 모습은 마치 힘을 잔뜩 주고서 구부려 앉은 역사(力士) 같았다. 남쪽 맞바라기 크나큰 덕두봉의 기세에 눌린 비굴한 모습을 한 거칠뫼였으나, 거칠뫼가 역린(逆鱗)의 장수를 길러낸 봉우리라는 것을 인근의 백성들은 오래 전부터 알고 있었다.

"거칠뫼라……."

성계는 조용히 읊조렸다. 튼 입술이 갈라지면서 혀 끝에 피가 배어나왔다. 거칠뫼처럼 성계의 몰골도 거칠었다. 단정하지 못한 머리칼은 바람이 불 때마다 아무렇게나 휘날리고 있었고, 얼굴은 거칠게 터서 갈라져 있었다. 갑옷은 낡고 녹슬어 제 기능을 상실한 지 오래되어 보였다. 성계는 황산을 바라봤다. 분명 왜적은 거칠뫼 어딘가에 잠복해 있으리라. 오래 전, 마한과 진한이 싸우고, 또 세월이 흘러 백제와 신라가 이곳 황산을 두고 다퉜다. 백제와 신라는 황산에서 울고 황산에서 죽었다. 왜적과 고려군의 운명도 황산에 달려 있었다.

황산 비탈은 용의 비늘처럼 거칠고 가팔랐다. 황산 마루 바윗돌들이 높아 사람들은 예부터 그곳 산성에 먼저 진을 치면 아무도 무너뜨릴 수 없다고 했다. 거친 비탈, 그것이 황산의 이름이었다. 거칠뫼와 지리산이 마주보는 사이를 동서로 가로지르며 길고 긴 남천(濫川)이 흘렀다. 북쪽에서 내려오는 풍천(楓川)과 만나 바윗돌을 굴리며 흐르던 남천은 중군동(中君洞)을 벗어나 마천 방면으로 흘렀다.

정산봉과 아래 구릉 사이에는 군사 삼사 천 명이 들어찰 공간이 누웠고, 그곳 동녘에는 남북으로 또 다른 낮은 언덕이 공간을 포위하듯 늘어져 있었다. 성계는 고개를 가로 저었다. 토벌부대가 남천 건너 적의 본진으로 가기까지는 장애물이 많았다. 그 많다던 적은 흔적조차 보이지 않았다. 냉기는 숲에 있는 모든 것을 얼려놓았다. 몸이 굳은 병사들은 더욱더 어깨를 좁히며 떨고 있었다. 월력(月曆) 구월의 늦가을, 거센 맞바람에 놓인 이 흐린 하루가 위태로워 보였다.

시위를 늘이고 있던 사수는 성계의 입술만 바라보고 있었다. 사수 옆에 있는 취타대는 북채를 들고 신호가 울리기만 기다렸다. 만 명이 넘는 적들, 천 명이 겨우 넘는 아군 병사들…… 그게 반나절 만에 전쟁을 치러야 하는 이유였다. 장기전은 필패(必敗)였다. 선면전이 불가피한 대치 속에서 해가 지기 전까지 적을 이겨내지 못하면, 힘에 밀려 도리어 쫓기다 전몰할 것이었다. 전쟁에서 진다면…… 고려는 어찌될지 알 수 없었다. 다만 짐작할 수 있는 것은 왜구든 북방의 세력이든 그 어느 외부 세력에 의해 철저히 유린당하거나 망하거나 할 것이었다.

철지난 가을 사마귀가 철갑 수레 밑에 서 있는 꼴이라니. 성계는 마른 입술을 축이다가 통증에 움찔거렸다. 강행군에 심하게 터진 입술이었다. 개경에서부터 몰아붙여 지리산자락까지 밤잠을 줄이며 달려왔다. 계속되는 군마의 속보에 병사들은 입술이 찢어지고 엉덩이가 짓물러 이동조차 어려울 지경이었다. 옷을 갈아입지 못해 이가 생겼고 비를 맞아 독한 고뿔에 걸린 자가 한둘이 아니었다. 고열을 맞은 사졸들은 낙오했고 몇은 노상에서 죽기도 했다.

행군은 접전을 벌이는 것보다도 지루하고 고단한 것이었다. 비장들이 지친 병사들을 칼로 위협해 보기도 했으나, 이미 눈이 풀린 자들은 눈물을 떨어뜨리며 차라리 죽여주기를 애원했다. 장수라고 해봐야 사졸들과 별반 다를 바가 없었다. 쇠등자에 걸친 발바닥이 부어올랐고, 오랜 기마에 속이 뒤집혀 끼니를 넘기지 못하고 토하는 지휘관들도 많았다.

성계도 그들과 다를 바가 없었다. 마흔이 훌쩍 넘은 나이, 칼을 들지 않았으면 손자에게 글이나 가르칠 나이였다. 성계는 입술을 오므려 입술에 배인 핏물을 빨아 뱉었다. 비릿한 피가 혀 끝을 자극했다.

"바람이 좀처럼 수그러들질 않는군요."

처명(處明)이 다가와 자신이 걸치고 있던 늑대 가죽을 그에게 입혀주며 말을 건넸다.

"무슨 소리 못 들었어?"

늑대 가죽에 성계는 손바닥을 갖다 댔다. 살갗 속에 얼어붙어 있던 통증이 스멀스멀 기어올라와 손가락 끝이 따갑게 저려왔다.

"못 들었습니다."

처명은 고개를 저었다. 늘어진 검푸른 머리카락이 흔들렸다. 몽골출신 무사 처명은 언제나 그림자처럼 그의 지척에서 맴돌았다.

"글쎄, 자갈 소리인지 바윗돌 부딪치는 소리인지, 꼭 울부짖는 것 같았는데."

그는 고개를 발 아래로 다시 돌렸다. 황산산성을 우측에 두고 바라본 남쪽 들판, 능선 아래 벌판은 먼 지리산 자락 아래서 아직도 깊은 잠에 빠져 있었다. 그 건너 남천(濫川)이 들판을 동서로 갈라놓고 있었다. 석의 본진은 남천을 해자로 두르고 그 너머에 있었다. 그곳이 인월역이었다.

"서너 식경 전에 울돌치를 넘어올 때 적 주둔지 벌판을 굽어보고 근심하시더니 그게 과해 환청을 겪는 것 아닙니까?"

처명의 발음은 언제나 조금씩 서툴렀다. 귀화한 지 10년이 지나긴 했지만 고려인의 산야가 몸에 익지 않듯 부정확한 발음이 이빨 사이로 조금씩 새어 흘렀다. 처명을 따르는 원나라 병사들도 말이 서툴기는 마찬가지였다. 그들은 산을 기어오를 때처럼 숨차게 끊기는 고려 말이 아직도 불편했다.

처명 군사 180명, 그들은 부대 내에서 외따로 지내기는 했으되 응집력은 대단했다. 성계는 그들 부대를 신경 써 고려인 부대와 마찰이 없도록 배려했다. 귀화부대는 처명 군사만이 아니었다. 여진 부대 퉁두란 무리가 언제나 그와 고락을 함께 했다.

"그래서 그랬을까?"

그는 숲 그늘에 가려 보이지 않는 명석재 쪽으로 목을 빼었다. 부대를 이끌고 고개를 넘어올 때, 명석재 무수한 돌들이 거칠뫼 쪽으로 몸을 날릴 듯 기울며 서 있었다. 아우성치듯 절규하듯 돌들은 그렇게 있었다.

"저쪽은 무사만 해도 수백 명 아닙니까. 우리 무장은 도합해야 20명 남짓. 전쟁하기가 만만치 않을 것입니다."

처명은 말꼬리를 다소 낮췄다. 싸움을 시작하기도 전에 이성계의 의기가 꺾이지나 않을까 저어해서였다. 이성계의 투구 끈이 두어 번 흔들리다 멈췄다. 그것이었구나…… 그것 때문이었어. 성계는 들숨을 잔뜩 몰아넣고는 천천히 뱉었다. 오목가슴이 아프게 눌렸다. 병졸을 제외하고도 일급 전투사들로 이루어진 무사 수백. 이를 어떻게 감당할 것인가. 장군급 무사들만으로도 아군 병력 전체를 몰사시키기에 충분한 무력이었다.

거칠뫼 능선에 당도하기까지 내내 생각을 짜내도 어떤 계략도 잡히지 않았다. 오로지 가슴을 멍들게 치는 돌들의 울음소리뿐, 아뜩함만이 귓전에, 허공에, 끝없는 어둠 속에 가득할 따름이었다. 막막강궁(莫莫强弓)의 독한 살을 먹은 듯 숨이 꺾일 지경이었다.

"털가죽이 빳빳하게 선 것을 보니 모질고 모진 싸움이 시작될 모양이야."

성계의 손에 온기를 주던 늑대 가죽이 털을 무성히 세웠다. 몽골족들은 싸움터에 늑대 가죽을 가지고 다니며 그것으로 길흉을 점쳤다. 늑대의 긴 털이 모로 기울면 주변에 위협이 적다는 것이었고, 털의 직립이 강하면 강할수록 죽음에 가까운 위험에 직면해 있다는 신호라고 했다. 오래 전에 죽은 늑대의 혼령이, 여태껏 가죽에 붙어서 염력을 쏟아부을 기력이나 남아 있을지 의문이었지만, 부드러웠던 털이 까칠하게 느껴지는 것만은 사실이었다.

화살은 꽂히지 않고

 마침내 바람이 잦아들었다. 후미에서 머리를 처박고 의자에 앉아있던 원나라 종군 파견관 박티무르(朴帖木兒)와 명나라 사신 수행사 주형장이 비로소 실눈을 뜨며 고개를 들었다. 병사들의 머리통 위로 몰아치던 바람은 빽빽한 숲의 버티기에 지쳐 들녘 너머로 물러나고 있었다.
 처명은 성계의 어깨에 가죽을 걸쳐줬다. 위험하니 몸에 두르다가 어려운 고비를 넘기라는 뜻이었다. 처명의 눈두덩이 무겁게 처졌다. 결전을 앞두고 성계의 부상을 염려하는 빛이 깊었다. 성계는 변발로 늘어진 처명의 머리카락을 말없이 보다가 가죽을 거두어 도로 처명의 어깨에 걸쳐주고는 가볍게 두드려줬다. 싸움은 죽고 사는 게 문제가 아니었다. 개인의 성함에 집착을 보여서는 안 될 일이었다.

그때 날카로운 비명이 들려왔다. 병사 서넛이 아낙을 데리고 군진을 헤치며 다가왔다. 퉁두란이 사수에게 활을 거두도록 하고 말에서 내렸다. 여자의 몸에서 비계 쉰내가 역겹게 풍겨왔고, 등과 팔에 칼자국들이 예리하게 패어 피가 고여 있었다. 사졸들에게 끌려오는 중에도 아낙은 광목 포대기에 싼 것을 굳게 움켜쥐고 있었다.

"무슨 일이냐."

패장들이 막아서며 사졸들을 나무랐다. 패장 하나가 칼자루를 휘어잡고 병사의 어깨를 후려갈겼다. 교전개시 전에 하찮은 여인네를 끌어들여 방해를 한 것에 대한 문책이었다. 병사의 투구가 떨어져 발밑에 굴렀다.

"저희도 어쩔 수 없었습니다. 느닷없이 뛰어드는 통에."

병사는 계속되는 패장의 매질을 피하며 여자를 앞에 꿇어앉혔다. 하지만 여자는 산발한 머리채를 흔들며 바로 일어섰다.

"가고 자퍼……."

여자가 보따리를 품에 안고 대열을 밀치고 나섰다. 패장들이 가로막으며 보따리를 빼앗으려고 하자 여자는 그들의 손을 물어뜯으며 소리를 질러댔다.

"이것을 끌어다 처박지 못해?"

패장이 소리쳤으나 여자는 피하지 않고 노려봤다. 눈에서 퍼런 독기가 뿜어져 나왔다. 패장이 여자를 잡아챘으나 여자는 한 손으로 패장의 뺨을 후려갈겼다. 덩치가 갑절이나 되는 패장은 여자의 급작스런 손찌검에 눈만 크게 떴다. 패장은 칼을 빼어 들어올렸지만, 여자는 그에 아랑곳하지 않고 두 손으로 보따리를 안은 채 목울대를 늘였다.

"가고 잪다고오······."

허공으로 머리를 쳐들어올린 여자는 처연하기만 했다. 눈자위 풀린 얼굴에 눈물줄기 흩뿌리며 여자는 핏대를 터뜨릴 듯 소리질렀다. 참다 못한 패장이 핏대를 잘라버릴 태세로 손아귀에 힘을 주자, 종사관 배극렴이 보자기 속에 비친 희멀끔한 것을 보고는 손사래를 쳐 말렸다. 아낙이 안고 있던 보자기에서 설여문 박 같은 게 삐져나왔다. 불에 그슬린, 타다 만 흔적이 겨드랑이에 된서리 한줌을 들이민 것보다도 섬뜩했다. 작은 사체······ 아기였다.

"짱돌 돌무데기 울돌치로 간다고오······."

비탈 건너 오로지 산등성이 하나만 기웃거리며 여자는 울부짖었다. 하늘 끝까지 고개를 꺾어 뱃속 소리까지 토하면서 여자는 아이가 보따리 사이로 풀리는 줄도 모르고 울었다. 몸뚱이 곳곳에 뼈가 드러나 보였다. 몸뚱이는 가슴에서부터 성기까지 갈라져 있었고, 아이의 뱃속엔 장기가 하나도 남아 있지 않았다. 여인의 팔에 허벅지가 붙들린 아이는 허리 꺾인 채 거꾸로 흔들렸다. 죽임을 당한 지 얼마나 지났을까, 아이의 몸에서 쉰 비곗덩이 냄새가 풍겼다.

"왜놈들이 아이의 배를 갈라 제를 지낸 거라오."

배극렴이 눈 밑 주름을 잔뜩 잡으며 성계를 돌아봤다. 성계는 말에서 내려 아낙 쪽으로 다가섰다. 거리가 가까워질수록 사체의 냄새가 역겹게 풍겨왔다. 아이의 뭉개진 조막손이 그의 눈을 아리게 찔렀다. 그의 어깨가 움찔거리는 것을 놓치지 않고 배극렴이 말을 이었다.

"간인(間人)들이 말하길, 저들이 어제 제를 지냈다 하오. 영공(令公)이 남원성에 당도했다는 소식을 듣고 승전제를 지낸 것이오. 저놈들은 고사를 지낼 때 꼭 영아를 잡아 죽이는 습성이 있소."

얼마 전 사근내역(沙斤乃驛)에서 전쟁을 치를 때에도 저들은 고사를 지냈다면서 배극렴은 좁힌 미간을 풀지 못했다. 반드시 사람을 제단에 올려야만 기원이 형통한다고 왜적들은 믿고 있었다. 그들은 남자아이는 제물로 바치지 않았다. 만물

중에 여아가 가장 깨끗하고 신성하기에 제물로 쓰면 강신이 빠르게 이루어진다는 것이었다.

왜적은 제물의 머리를 칼로 반들거리게 깎고 배를 갈라서 깨끗하게 씻어내 상에 올린 후, 함지박에 쌀을 담아놓고 술을 따라서 바쳤다. 그런 다음 쇼(笙), 히치리키(篳篥) 등으로 풍악을 올리며 엄숙하게 제사를 진행했다. 무사 4백 명이 늘어서서 절을 하면서 승전을 비는 모습은 숭엄하기까지 했다. 제사를 마치고 나면 귀한 곡물이라며 손으로 생쌀을 집어먹고는 시시덕거리거나 서너 동이 술을 비우고 큰 소리로 떠들며 노래를 불러댔다. 그러고는 아이를 창에 꿰어 높이 쳐들고 본진을 돌고, 격구 하듯이 아이를 서로 빼앗아 발로 차며 놀다가 불구덩이에 넣고 태워버렸다.

"저들이 아이 에미를 죽이지 않은 것만도 다행이오."

배극렴이 혀를 차며 말했다. 성계는 아낙이 껴안은 아이를 내려다보며 소리없이 한숨을 뱉었다. 여자는 성계를 노려보며 눈을 흘겼다.

"네놈들이 내 새끼를 죽였어. 사방천지 고려 5도 양계가 다 타버려라. 모두 망해버려. 휘이, 내 새끼야. 울돌치 돌멩이 되어 요것들 대가리를 몽땅 바숴버려……."

여자는 성계의 전투복을 휘어잡고 사납게 흔들었다. 부하들이 달려들어 여자를 떼어내려고 했지만, 그는 가만두라며 저지했다. 그는 강짜를 견디며 여자의 힘이 다할 때까지 그대로 있었다. 꺼억 꺽꺽, 숨이 넘어갈 듯 목울대를 꺾으며 여자는 울었다. 여자는 성계를 부여잡던 손을 풀고서 부러진 싸릿대를 밟고 돌면서 다리를 굴렀다. 배극렴이 눈짓을 하자 사졸들이 여인을 구슬리며 진중 밖으로 끌었다. 성계는 고삐를 잡고서 여자의 뒷모습을 지켜봤다. 말의 도리질에 고삐가 심하게 출렁거렸다.

"우리의 창끝이 살벌하게 춤을 추어야 한다. 그것만이 아이의 혼백을 달래는 유일한 길이다. 말도 못하는 아이가 얼마나 소리를 질렀을까······."

성계는 낡은 토시로 팔을 비비다가 안장을 잡았다. 등자를 딛고 말에 오를 때 허리에 걸친 화살통이 울렸다. 전통은 오른쪽 허리춤에 매여 있었다. 화살통이 뒤집혀 살을 버리지 않도록 그는 손가락을 벌려 화살통 위를 누르며 오른다리를 높이 들어올렸다. 패장들이 그를 따라서 말에 올랐다. 전통 울리는 소리들이 말갈기를 흔들었다. 성계는 손 가리개를 하고 들녘과 산비탈을 살폈다. 발아래 우측으로 샛길이 또렷했다.

"처명과 아우는 들녘을 맡아. 나는 저쪽 서무 건너 우측 지로(支路)를 치겠어."

솔바람 속에서 적이 가지고 온 바다의 짠 냄새가 배어와 성계의 코끝을 강하게 때렸다. 예측대로라면, 고려군이 평원으로 몰려 내려간 사이에 황산 속에 매복해 있던 왜적 부대가 몰려나와 아군의 뒤를 칠 것이었다.

"반주(班主), 내가 숲길을 막을 거요."

처명이 성계의 의중을 읽고 나섰다. 처명은 언제나 그를 반주라고 불렀다. 요양성에서 데려올 때 형제 예를 다하며 지내자고 성계가 간곡히 청했지만 처명은 그것을 끝내 거절했다. 자신의 마음속에는 오로지 복종밖에 없다며 고집을 꺾지 않았다. 처명은 늘 다른 부대보다 앞서서 돌진했다. 해서 변발귀 외에도 돌격귀라는 별칭을 하나 더 가지고 있었다. 반주는 상장군으로 병부상서를 겸한 무반 전체의 대표자를 뜻했다. 성계는 그 호칭이 불충하다 하여 거두기를 바랐으나 처명은 아랑곳하지 않았다. 자신이 반주라 부르면, 반드시 반주가 되어야 한다며 고집을 부렸다. 처명은 이성계의 명령 외에는 누구의 말도 듣지 않았다.

"아니야, 난 비탈로 간다. 너는 돌격장이니 정면을 쳐. 그게 너의 몫이야."

성계가 설득을 했으나 처명은 입술을 뒤집으며 콧구멍을 크게 벌렸다. 이해 못 하겠다며 거부를 표할 때 드러내는 몸

짓이었다. 반주…… 처명의 입술 끝에 잔뜩 힘이 들어갔다. 성계는 눈썹을 느긋하게 늘어뜨리며 슬며시 이빨을 보일 수밖에 없었다. 시간이 없었다. 처명을 설득할 진득한 인내는 바닥을 보였다.

"너와 나는 내기를 하는 거야. 알았어?"

성계는 내기를 강조하면서 토시 낀 팔을 들어올렸다. 처명도 하는 수 없이 팔을 들어 성계의 토시와 맞부딪쳤다.

"아우, 너는 처명의 돌격에 뒤지지 않도록 서무 들녘 중앙에서 말을 전력으로 몰아야 할 거야."

성계는 퉁두란을 돌아보며 한쪽 눈을 슬쩍 감아 보였다. 퉁두란은 걱정 말라며 송곳 수염을 쓸었다. 여진 출신 퉁두란은 성계의 뜻에 따라 아우가 되었다. 여진 천호(千戶) 아라부카의 아들인 그는, 본성은 퉁(佟)이고 초명은 쿠룬투란티무르(古倫豆蘭帖木兒)였다. 여진은 모성(母性)을 따라 성을 붙였는데, 퉁은 어미의 성씨였다. 쿠란은 아비의 성씨, 투란은 이름이었다. 티무르는 남자에게 붙이는 존칭이었다. 성계가 그에게 자신의 성씨를 주어, 두란에게는 이지란(李之蘭)이라는 고려 이름도 있었으나, 가별치들은 여전히 그를 두란이라고 불렀다.

두란은 성계와 함께 오랫동안 전장을 누빈 동지이자 친구였다. 그러나 섶에 불화살 꽂힌 듯 달려드는 성질 탓에, 성계는 이두란을 자제시키며 달래주기 일쑤였다. 한 가지 다행스러운 게 있다면, 칼을 빼들고 서로 죽을 듯 싸우면서도 그가 성계의 곁을 절대 떠나지 않는다는 사실이었다. 성계는 두란의 그 성질 하나 때문에 그에 대한 신뢰는 꺾지 않았다.

"언니, 우리가 들을 달리는 동안, 산 속에서 나뭇가지에 목 꿰어 대롱거리지나 마슈. 내 저것들을 백이든 수천이든 이 단궁으로 줄줄이 수급을 달아멜 테니깐."

이두란은 한 팔 길이만 한 단궁을 들어올리며 웃다가 허리춤의 가죽 화살통을 두드렸다. 노루가죽 전통 한복판에 '일시퇴만군(一矢退万軍)'이라는 글자가 낙관처럼 박혀 있었다. 불 달군 쇠꼬챙이로 지진 글자였다. 화살 한 촉으로 만군을 물리친다는 비장한 각오의 새김이었다. 명궁…… 두란은 요동벌 천하에서 수위를 다투는 활의 명인이었다. 각궁 사거리가 가장 멀고 정교한 기술을 지닌 독보적인 존재였다.

성계는 웃는 듯 마는 듯하면서 각궁 끝으로 기름기 많은 뺨을 긁었다. 성계는 손바닥을 폈다. 바람을 주무르듯 손가락을 움직이다가, 각궁을 높이 쳐들며 사수에게 신호를 보냈다. 사수의 뺨에서 땀이 흘렀다. 각궁을 든 성계의 손이 내려가자 사수는 명적을 쏘았다. 명적이 길고 긴 비명소리를 내며 날아갔다. 북이 따라 울었다. 공격이다! 보병들이 먼저 함성을 지르며 들판 아래로 전력을 다해 뛰어내려갔다. 남원성 잔존부대로 이루어진 보병 500명이 내지르는 고함소리에 박새와 꿩들이 놀라 사방으로 흩어졌다.

기마대는 속도를 아끼며 병사들의 뒤를 밟았다. 처명 부대 180기는 동쪽을 맡았고, 이두란 부대 300기는 들판 한복판을 가르며 내려갔다. 중앙지원군 150기가 처명 부대와 두란 부대 사이로 끼어들며 달려내려갔다.

왕복명, 우인열, 도길부, 박임중, 홍인계, 임성미, 이완계 등 원수들만 가득한 중앙지원군은 체찰사 변안열을 호위하며 대열 앞에 서려고 말을 몰았다. 이성계 쪽의 원수는 이두란 한 사람뿐이었다. 먼지가 자욱하게 번져갔다. 성계는 진군 대열이 멀어져가는 것을 보고 있다가 우측 산비탈을 따라서 말을 몰아 내려갔다.

싸움은 시작되었다. 기마대를 앞서서 달리던 궁수 부대가 갑자기 멈추어 섰다. 가궁 두어 시위 거리 정면에 시커먼 갑충 같은 것들이 쇳소리를 내며 가로막고 서 있었다. 왜적들은 매복을 풀어젖히고 서서 오후의 흐린 볕살에 창날을 번뜩이고 있었다. 바람이 창끝에 베어 더욱더 잔혹한 냉기가 흘렀다.

궁수들은 패장의 명령에 따라 다시 진격하여 발사 자세를 잡았다. 거궁…… 모두들 시위에 살을 걸었다.

사(射)! 화살들이 침묵을 깨고 한꺼번에 뻗어나갔다. 허공에 수백 개의 대롱을 횡으로 달아놓은 듯, 살은 갈색 실선을 빠르게 그으며 직선처럼 다가가 꽂혔다. 사(射)! 채찍 휘두르듯 허공을 때리는 시위소리가 일시에 터지며 적이 세운 창 무더기 틈새로 무섭게 빨려들어갔다. 살들은 공간을 위협적으로 씹어 삼키며 적진을 파고들었다. 사(射)! 사(射)……! 하늘 가득히 살이 촘촘히 박혀 떼지어 날았다. 그러나 적은 쓰러지지 않았다. 사정거리를 멀리 잡은 탓이었을까. 200보, 250보 정도의 거리면 각궁을 견뎌내지 못하는 것은 지당한 일이었으나, 쓰러지는 적은 드물었다.

"대체 어드렇게 된 거이야."

사선 뒤에 있던 이두란의 이마에 주름이 매섭게 잡혔다. 요동벌을 놓고 쟁탈전을 벌일 때 단궁에 뚫리지 않는 적은 여태껏 없었다. 무엇 때문인가…… 이두란은 변발을 잡아뜯으며 버럭 소리를 질렀다. 그러고는 허리춤의 살을 뽑아 마상에서 시위를 당겼다. 연거푸 세 발을 날렸으나 살이 닿는 자리에 거꾸러지는 적은 보이지 않았다.

"적의 갑주가 너무 두껍습니다. 원나라 갑옷보다 두 배는

됨직합니다."

옆에서 패장이 소리쳤다. 두란은 새로 뽑아든 유엽전을 부러뜨려 바닥에 던졌다.

"가별치, 이 간나새끼들 나오라우!"

이두란은 자신의 부대를 몰아세웠다. 두란의 외침에 기병대가 사선을 가로막고 앞으로 섰다.

"지금부터 장병전(長兵戰)이다!"

직접 적 앞으로 달려가 그들의 가슴팍에 살을 꽂는 수밖에 없었다. 두란의 붉은 영기가 장대 높이에서 휘날렸다. 영기를 움켜쥔 기병이 앞서나가자 여진 부대가 전방을 향해 힘차게 질주하기 시작했다. 모두들 단궁을 뽑아들고 시위에 살을 걸어 적과의 거리가 좁혀지기만을 재촉하고 있었다. 두란 부대 300기가 거세게 물결쳤다. 말의 거친 파도가 들판을 올라가며 적이 있는 낮은 구릉까지 덮쳐나갔다. 호로로로…… 혀를 내두르는 여진의 함성이 살을 물고서 적진으로 뛰어들었다.

"다아 쳐부숴!"

이두란은 시위를 잔뜩 잡아 젖혔다가 적의 윤곽이 엄지손가락만 하게 들어찰 즈음에 각지를 비껴 풀었다. 화살이 곧게 날아 왜적의 가슴을 뚫었다. 그는 다음 발을 이어 날려 그 옆에 있는 적을 노렸다. 시위에 살을 걸 때 들이마셨던 숨은, 살을 날릴 때마다 불규칙하게 뿜어져 나왔다. 그의 눈앞에 적 세 명이 연이어 거꾸러졌다. 그를 따르던 부하들도 당찬 북방 마를 몰며 쉴새없이 살을 뿜어댔다. 눈앞의 허공이 살의 촉에 수백 갈래로 찢겨지면서 굉음을 냈다.

적의 후미에서도 고려군을 향하여 화살이 날아올랐다. 창을 겨누고 버티는 적들은 뒤에 궁수를 감추어두고 있다가 이두란 부대를 노리고 연거푸 살을 쏘아붙였다. 적은 제 키보다도 큰 활을 세우고 시위를 당겨댔지만, 사정거리는 단궁에 반도 못 되는 일백 보 정도에 불과했다. 두란의 좌우로 적의 살이 날아올랐다. 치명적인 속도는 아니었다. 지금의 거리라면 고려군에게 불리할 게 없었다. 살을 맞은 고려군이 경상을 입는다면 적은 치명상일 게 뻔했다.

이두란은 적의 진영을 아예 뚫어버릴 심산으로 달려갔다. 여우털 모자가 벗겨질 듯 거센 바람에 들썩였다. 동쪽 멀리에서 원나라 투구를 쓴 처명이, 대열의 말머리보다 서너 개 앞에서 진격하는 모습이 언뜻 눈에 띠었다. 오른쪽 황산 비탈에는 이성계 부대가 길게 늘어서 달리고 있었다. 이두란은 입술 끝을 슬쩍 잡아늘이고는 허리춤에서 다시 화살 하나를 집어들었다. 시위에 살을 거는데, 그때 적진이 순식간에 뒤집히면서 무엇인가 쏟아져 나오는 게 보였다. 거침없는 검은 철기의 물살, 가로막은 모든 것을 한꺼번에 쓸어버릴 듯한 속도……
기마대였다.

고려군을 향해 창을 겨누었던 보병부대 궁수부대 뒤에서, 능선 너머 보이지 않게 틀어박혀 있던 기마대가 한꺼번에 말을 몰고 고려군을 향해 달려들었다. 전혀 예상치 못한 적의 돌진이었다. 적은 능선의 경사를 타고 쏟아져 내렸다. 적의 말굽은 발아래 살아 있는 모든 것을 두드려 밟으며 몰려나갔다. 어림잡아도 천기, 그 광폭한 질주는 500기도 안 되는 처명, 이두란 부대를 단박에 깨뜨릴 수 있는 세력이었다. 적은 창과 칼을 높이 쳐들고 달려들었다. 모두들 투구에 철갑옷 무장을 한 군사들이었다. 예기치 못한 적의 진입에 부하들은 방어벽을 뚫지 못하고 말의 속도를 늦추고 있었다.

"고로시나사이(죽여라)!"

살기를 잔뜩 머금은 고함에 흐린 구름들이 흩어지고 오후의 볕 조각이 땅 위에 뒹굴었다. 이대로 맞부딪쳐 교전을 벌이면 모두 거꾸러질 판이었다. 이두란은 칼을 빼려다 말고 퇴각 명령을 내리고 말을 돌렸다. 어진 병사들은 이두란을 따라 급히 말머리를 돌렸다. 구릉으로 굽이쳐 오르던 고려군의 기마 물결이 힘을 다하지 못하고 빠르게 떠밀려 아래로 내려가고 있었다. 처명 부대도 버티기 어렵다고 판단했던지 군대를 돌려 물렸다.

 성계 부대는 처명, 이두란 부대와 평행을 이루며 호위하듯 황산 주위를 타며 적진을 향하고 있었다. 성계 부대는 황산에서 적이 뛰쳐나올 것을 대비해서 그쪽으로 바짝 붙여 말을 몰았다. 이성계 부대가 가로 능선의 대치선에 가까워질 즈음에 뒤에서 화살이 쏟아졌다. 황산 기슭에 숨어 있던 적병들이 몰려나오며 성계 부대 뒤를 덮치고 있었다. 처명, 이두란 부대가 퇴각하고 있는 사이에 적병이 기습하여 성계 부대를 막고 나선 것이었다.
 이성계 부대는 능선 위에서 몰려 내려오는 적과 아래에서 가로막은 적에 끼어 갇힌 꼴이 되었다. 이두란은 성계가 위험에 처한 것을 먼발치에서 보고 있었지만 자신의 앞가림도 버거워서 어찌할 수가 없었다. 이성계 부대는 능선의 왜적 기병대에게 쫓겨 내려오면서 가로막은 황산 기습병을 향해 살을 날렸다. 황산에서 튀어나온 적을 물리치지 못하면 처명, 이두란 부대도 위험해질 수밖에 없었다.
 "산개 돌파."
 성계의 말이 앞으로 튕겨져 나가며 살과 같은 속도로 바람을 갈랐다. 성계는 적의 저지선이 이두란 쪽으로 가지 못하도록 막으며 퇴로를 뚫어야 했다. 앞을 가로막은 왜병의 3분의 2 지점, 그곳을 노리고 전력을 다해 말을 몰았다.

성계는 안장에서 엉덩이를 들어올린 채, 살을 쏘았다. 화살들이 눈앞에 있는 적 면상으로 쏟아졌다. 적이 그를 막고 화살을 날렸지만 성계는 마주 달려드는 살에 아랑곳하지 않고 적의 기마를 향해 돌진했다. 적의 말이 성계의 말과 부딪치며 크게 울었다. 성계의 말이 넘어질 듯 모로 쏠리다가 땅을 연거푸 파헤치면서 겨우 몸뚱이를 바로잡았다. 말이 요동을 치는 바람에 성계는 말 등에서 튕겨나갔다. 성계는 말 목에 매인 끈을 붙들고 끌려가다가 한참 만에야 안장에 몸을 얹었다.

사졸들은 성계의 뒤를 이어 저지선을 뚫었다. 성계 부대는 적의 방어벽을 통과하자마자 몸을 돌려 황산 기슭병들을 공격했다. 저지선을 잃은 적들은 견고했던 대열을 흐트러뜨리며 공격점을 놓쳤다. 성계 부대는 근접거리에서 적의 등에 살을 꽂으며 적병을 황산 기슭으로 몰아세웠다. 처명과 이두란 부대가 무사히 물러설 수 있도록 그들은 전통 속의 살을 모조리 꺼내어 쏘았다. 적 기마부대는 황산 기슭병들과 뒤엉켜 대열을 쉽게 풀지 못했다.

성계는 각궁의 시위를 팽팽하게 늘어뜨리며 계속해서 처명과 이두란을 곁눈질했다. 그들보다 대여섯 발 더 늦게 달리는 속도를 떨어뜨리며 각궁을 한껏 잡아당겨 살을 쏘았다. 팔의 근력을 모두 끌어모아 활을 당겼다.

미처 퇴각 소리를 듣지 못한 군사를 위해 고려 진영 멀리서 다급히 징을 두드려줬다.

"우르하타, 바이쟈 뛰어, 그러다 뒈진다."

이두란은 자꾸 뒤를 보면서 부하들이 제대로 물러나고 있는지 살폈다. 우르하타와 바이쟈가 뒤로 처져 왜적 추격대의 칼을 맞게 될 상황이었다. 왜적의 칼끝이 바짝 다가서 그들의 등을 노리고 있었다. 이두란은 말의 속도를 늦추며 뒤를 향해 살을 쏘았다. 살이 왜구의 옆구리에 박혔다. 그는 시위를 한 번 더 당겨 뒤따르는 적의 허리에 살을 꽂았다. 적은 균형을 잃고 말 등에서 밀려났다. 등자에 발이 걸린 적은 수풀더미를 쓸며 그대로 끌려갔다. 비명소리가 말굽 아래 끌리며 길게 먼지를 일으켰다.

적의 기병대는 활이 아닌 창을 쥐고 있었다. 얼굴 새까만 적병이 창을 어깨 높이로 들고 두란을 따라붙고 있었다. 적병은 투창 자세로 삼사 장까지 거리를 바짝 조여왔다. 적은 팔을 한껏 뒤로 젖히며 움직이는 표적을 겨누었다. 적의 투구 한복판에 자리잡은 대은형(大銀形)이 햇살의 반사광을 시리게 뱉어내고 있었다.

이두란은 어깨를 완전히 뒤로 돌려 살을 쏘았다. 유엽전이 적의 허벅지를 뚫었다. 적은 허공에 창을 놓치고 말 등에서 비틀거렸다. 떨어진 창이 돌에 부딪쳐 튀면서 뒤에서 달려드는 적의 말 발목을 쳤다. 적의 기마대 서넛이 엉겨 부딪치며 들녘에 뒹굴었다. 넘어진 말들은 속도에 몸을 이기지 못하고 허리를 꺾으며 굴렀다. 말의 뒷다리가 적병의 머리를 치며 뒤집혔다. 적병 두 명이 말 옆구리에 깔려 비명도 없이 묻혀버렸다.

적병의 추격은 맹렬했다. 위에서 아래로 내려꽂는 거대한 파도처럼 집어삼킬 듯 연거푸 밀착했다. 고려군은 힘겹게 밀려나갔다.

"모두 시위를 당겨라."

정산봉 쪽으로 물러서 있던 변안열은 별장을 불러 궁수들에게 기마대를 엄호하도록 했다.

"거궁."

별장의 목청이 터지자 보병 궁수들은 시위를 늘인 채 적과 아군의 간극이 벌어지기만 기다렸다. 적과 고려군의 틈새는 좀처럼 벌어지지 않았다. 산기슭에서부터 일어난 바람이 군사들이 뒤엉킨 들녘으로 초조하게 흘러갔다. 들녘은 먼지 구름이 자욱하게 깔려 쉽사리 걷히지 않았다.

아군이 적군과 거리를 벌리기를 기다렸다가, 궁수들은 기병대의 뒤쪽으로 살을 넘기며 위협하기 시작했다. 명적(鳴鏑)을 종류별로 다 꺼내어 쏘며 적에게 공포심을 주려고 애를 썼다. 수백 개의 명적이 울며 하늘을 찢어놓았다. 적은 고려군 주둔지까지 침범하지는 못했다. 궁수들이 쏘아올린 살은 왜적의 머리 위로 계속해서 날아들었다. 처명 부대와 이두란 부대가 먼저 본진으로 들어왔고, 성계 부대가 뒤늦게 당도했다. 왜적 기병대는 말을 멈추고 창과 칼로 화살을 쳐냈다.

"어서 무릎 꿇고 항복해, 고려 썩은 개잡종놈들아."

 적은 깔깔거리고 웃으며 이쪽으로 화살 몇 발을 날렸다. 살이 날아오르다 고려군 진영에 못 미쳐서 힘없이 떨어졌다. 적은 서로의 무기를 부딪치며 소리지르다 길고 긴 파도를 이루며 뒤로 빠져나갔다. 적이 휩쓴 벌판은 칼로 벌초한 듯 낮고 적막했다. 곳곳에 병사와 말들이 널브러져 있었다. 들판 한복판에 옆구리 터진 말이 고개만 들고 버르적거렸고, 그 피 묻은 가죽 위에 볕살이 또렷이 빛났다.

"아으아……."

 처명은 원나라 투구를 벗어던졌다. 젖은 개체변발이 얼굴과 목에 엉겨붙었다. 그는 소나무 껍질을 손톱으로 긁으며 숨을 크게 몰아쉬었다. 늑대털 조끼가 함께 파르르 떨었다. 숨을 쉴 때마다 갑옷 속의 열기가 목 부분의 빈 공간을 타고 뿜어져 나왔다. 땀냄새가 입 안의 단내보다도 더 짙게 풍겼다.

"저것들을……."

적은 너무 강했다. 단 한 번의 교전이었는데도 도저히 넘을 수 없는 절벽처럼 험준했다. 달려들수록 날카롭게 모를 세우는 바위벽, 적의 진군은 빈틈이 없어 보였다. 왜적은 고려군을 쉽게 몰아붙였다. 처명은 무력감을 견디지 못하고 투구를 발로 걷어차고는 이마를 나무에 대고 찧었다. 목울대가 심하게 떨리며 울분처럼 뜨거운 입김을 학학 쏟아냈다.

"이런 간나새끼들, 미늘 때문이라우."

이두란은 화살대로 나뭇가지를 후려갈겼다. 적의 갑옷은 물고기 비늘처럼 덧대어 있었다. 미늘갑옷은 활을 맞아도 제대로 뚫기 어려웠고, 방향만 조금 틀어져도 살이 빗겨나갔다. 칼을 그어도 베어지기는커녕 제대로 충격을 주지도 못했다.

"한결같이, 겹겹이 껴입고 쳐들어오니, 젠장. 살로도 안 뚫리는데 칼인들 들어가갔어, 창 따위인들 어드렇게 맞창을 내갔어."

이두란은 살을 움켜쥐고는 나무에 박았다. 나무에 박힌 살이 휘청이며 울었다. 병사들은 말에서 뛰어내리며 물부터 찾왔다. 여럿이서 가죽물통을 움켜쥐는 바람에 물이 바닥으로 흘렀다. 정산봉 자락 군영에 인마가 뒤엉켜 혼잡했다. 좁은 비탈을 인마가 내디디는 통에 흙이 무너져내리고 나무들이 꺾여나갔다.

"기병(奇兵)이야. 왜놈들의 전술에는 빈틈이 전혀 보이지 않아."

성계의 갑옷은 칼자국과 창으로 찔린 구멍이 여러 군데 나 있었다. 손등과 뺨에도 긁힌 흔적이 또렷했고, 타고 있던 말도 상처를 입어 피가 배었다. 성계의 전통에는 서너 발의 살밖에 남아 있지 않았다.

성계는 숨을 크게 내쉬었다. 콧구멍이 동굴처럼 크게 늘어나며 속의 코털을 드러냈다. 흰 코털이 숨결을 타고 밖으로 삐져나왔다. 마흔여섯 살, 그도 어느덧 나이가 들어버렸다. 동북면 변방에서만 활을 쏘며 지내다가 인생을 거의 다 소진했다. 시골무장, 물정 모르는 변방의 늙다리, 화살 하나 들고 설치는 천둥벌거숭이…… 중앙군과 관리들은 그를 그렇게 멸시했다. 여진족과 평생을 보낸 저놈도 별수 없는 야인 오랑캐야. 최영의 천거로 궁에 들었을 때, 궁중예법을 알 리 없는 그를 두고 궁인들마저 뒤에서 속닥거렸다.

동북면 백두산 속에서 산짐승이 되어 노루나 잡아먹던 놈이 글줄이나 제대로 읽을지 모르겠다며 혀를 차기도 했다. 인정받는 무장이 되려면 오자병서(吳子兵書)쯤은 기본으로 읽어야 한다며 대놓고 충고하는 환관들도 있었다. 병장기 하나에 의지한 생애가 온기 가득한 기와집 속의 전략가들이나 식자들에게 이토록 무시당할 줄 생각지도 못했다.

상장군이 이곳으로 나를 보낸 이유는…… 말을 모는 중에도 그 생각이 불쑥불쑥 튀어올라 녹슨 창처럼 불편하게 그를 찌르곤 했다. 소모에 불과한 것이리라. 몇 달 동안 아무도 막지 못한 왜적을 요행히 물리치기라도 하면 그것으로 끝일 것이었다. 그렇지 않고서야 중앙지원군이 거의 없이 어찌 싸움을 치르라는 것인지, 그는 도무지 납득이 가질 않았다. 지면 죽음으로 답해야 하고, 이기면 그것으로 그만인 싸움. 그는 흘러내리는 땀을 손등으로 씻었다. 긁힌 손등이 땀맛을 보자 몹시도 쓰렸다.

"녀석들은 지독하게 치밀한 자들이야. 그렇게 느끼지 않았어? 병법을 다 꿰고 있는…… 저 군진만으로도 그것을 보여주고 있어. 저깃들은 아주 당당하고 어유로워."

성계는 처명이 내민 물을 거절하며 적의 진영을 내려다보고 있었다. 단단한 짜임, 멀리 보이는 적진은 느슨함이 전혀 없는 견고한 요새지였다.

"고려군 한 명당 감당해야 할 적이 열 명. 그게 문제야. 우리는 초조해."

불안하고, 여유가 없었다. 이길 수 있을까. 적에게 밀린 군사들의 눈에 불안감이 무겁게 얹혀 있었다.

어깨에 적의 화살을 맞은 마궁수가 나무에 기대고 서 있다가 비틀거렸다. 마궁수의 눈은 거의 풀려서 흰자가 드러나 있었다. 성계 집안의 머슴 복씨와 여진 어미 사이에서 난 자였다. 사병 노복으로 어미를 봉양하겠다고 싸움터에 따라나서 행군 내내 아무것도 먹지 못했다. 마궁수는 스르르 주저앉아 쓴 물을 토해냈다. 탁한 액이 흘러 입술 끝에 길게 늘어졌다.

"그만 일어서지 못해?"

날카로운 소리가 마궁수의 배를 걷어찼다. 호위궁사 커르차였다. 수년 전부터 성계와 전장을 같이 누빈 커르차는 어떤 일이 있어도 패배를 인정하지 않는 자였다. 성계는 그런 커르차가 막내아들 방원의 기질과 닮았다고 생각했다.

"겁쟁이 녀석, 그래가지고도 네가 마궁수야? 겁을 잔뜩 집어먹으니 살이 적의 대갈통에 제대로 꽂히겠냐구."

커르차는 마궁수의 옆구리를 밟았다. 전쟁은 언제나 나 혼자와 다수와의 싸움이었다. 나만큼 힘이 센 자들, 그리고 나보다 독한 기를 내뿜는 것들과의 경쟁이었다. 목숨 하나를 내걸고 겨루어야 하는 싸움, 한 번 눌리면 다시는 그 판에 설 수 없는 것이었다. 그것을 알기에 커르차는 마궁수를 독하게 닦달하고 있는 중이었다.

커르차는 마궁수의 허리를 꺾어 눌렀다. 커르차의 악다구니는 아들 방원의 짜증처럼 성계의 귓전을 때렸다. 막무가내인 아들. 방원은 성계를 너무 많이 닮아서 문제였다. 붓 잡기를 한사코 싫어하는 녀석, 개경의 집에서 스승 원천석의 훈계를 잘 참고 있을지. 아비마저 이겨먹으려 드는 그놈의 성질에 책상이나 때려엎지나 않았을까. 성계는 쓴 침을 삼켰다. 하지만 성계와 아들 간에는 분명 다른 게 있었다. 성계는 자신을 닦달했지만, 아들은 남을 볶았다.

커르차도 병줄을 탓하고 있었다. 혈기가 충천해 있어 타인의 공포를 이해하지 못하는 것이었다. 그것이 다른 점이었다. 열정은 있으나 노련미가 부족한 탓이리라. 성계는 고개를 가로저으며 또 다른 호위궁사 나무토르에게 눈짓을 줬다. 나무토르는 커르차를 떼어내어 나뭇등걸에 앉히고 화를 삭이도록 했다. 커르차는 칼사루 끝으로 땅을 파헤치며 씩씩거림을 멈추지 않았다.

가별치 부대

"체찰사가 찾는데? 입이 댓 발 튀어나와게지고."

이두란이 솔가지를 뜯어 입으로 훑었다. 이 전쟁의 최종명령권자는 체찰사 변안열(邊安烈)이었다. 체찰사는 왕명에 의한 전시 최고 사령직이었다. 체찰사가 성계를 보자 함은 그리 유쾌한 일은 아닐 것이었다. 이성계는 총사령의 명을 받아 움직여야 하는 종2품 무관직 도순찰사에 불과했다.

성계는 체찰사가 있는 뒤쪽을 돌아보고는 입술 사이로 엷은 바람을 뱉었다. 요대의 두꺼운 가죽띠가 몸뚱이를 거북스럽게 조여왔다. 그는 요대 속에 엄지손가락을 끼워넣고 배에 힘을 주며 일어섰다.

이두란은 말없이 비탈을 딛는 성계를 따르며 두어 번 곁눈질을 했다. 성계가 별말이 없을 때에는 화가 단단히 나 있음을 아는 까닭이었다. 싸움 중에 호출을 하는 것은 장수에 대한 예가 아니었다. 이기든 지든 한 번 맡겼으면 그대로 임무를 수행하도록 놓아두어야 옳은 일이었다. 개경 출발부터 지금까지 하루에도 네댓 차례는 그를 불러 귀찮도록 대책을 묻곤 했다. 같은 말을 열 번이고 스무 번이고 반복하는 변안열의 집요함에 성계는 이미 질려 있었다.

변안열은 의자를 놓고 앉아서 발 아래 들녘의 피 묻은 전장을 굽어보고 있었다. 군막이 걷힌 자리, 구름 그늘이 두터운 곳에 바람이 휘몰아쳤다. 그늘 한 곳에 치워놓은 군막 천이 흙먼지를 잔뜩 뒤집어쓴 채 초라하게 뒹굴었다. 그 옆에는 변안열이 끌고 온 검차들이 무질서하게 놓여 있었다. 저것은 또 한 언제나 쓰려는지. 성계는 변안열을 이해할 수 없었다. 검차는 별 아래에서 창날을 빛내며 침묵을 지키고 있었다.

"너무 무모하지 않나?"

변안열의 눈썹 끝이 매우 두둑했다. 변안열은 앉으라는 말도 하지 않았다. 성계를 바라보는 변안열의 눈은 별과 바람을 견딘 눈두덩이 속에서 강하고 깊었다. 심양 태생 무장답게 변안열은 언제나 당당함으로 가득 차 있었다. 대륙인으로서의 영예가 충만한, 몽골족의 상위 신분계급으로서의 자부심이 선 굵게 뻗은 입술 위에 역력했다. 변안열은 이성계 따위의 향촌 칼잡이 정도는 안중에도 두지 않는 태도로 일관했다.

"변방의 전략이라는 게 원래 그런 것인가? 군대 체계는 또 뭐야. 패장, 총패장…… 그냥 달리고 쳐부수는, 허허, 여기가 요동벌도 아니고……."

당신의 작전은 언제나 그런 식이냐며 변안열은 혀를 찼다. 총패장, 패장 따위라니. 중앙군의 직제와는 전혀 다른 동네 골목 싸움패 같은 명칭에 변안열은 실소를 터뜨렸다.

박의의 반란을 제압하고, 홍건적의 침입을 눌렀고, 나하추의 공격을 막아낸 이성계의 이름이 괜한 허명이었는지를 변안열은 따져 물었다. 종군 원나라 파견관 박티무르(朴帖木兒)도 성계가 내내 못마땅했는지 아랫입술을 내밀고 눈초리를 들어올렸다. 명나라 사신 수행사 주형장이 박티무르 뒤에서 입술 한쪽을 들어올리며 코웃음을 쳤다.

"병사의 수효가 적다는 것을 말하려거든 아예 입에서 꺼내지 않는 게 좋을 거야."

변안열은 성계의 의중을 미리 꿰뚫기라도 하듯 말막음을 하고 나섰다.

"사람들은 패잔(敗殘)을 기억하지 않아. 이겨야 해. 나라가 무장을 기를 때 지기 위해 키운 것은 결단코 아니야. 영공은 정공법밖에 모르나? 싸울 시기를 잡는데 하필 하오도 훨씬 지난 다음에 시작한 이유가 무엇인가. 한 달이 넘는 행군으로 모두 다 지쳐 있는데, 중화도 거른 채 남원성을 떠났고, 해 떨어질 무렵 쉴 즈음에서야 누구 배 채우려고 전쟁을 시작하는 것인가? 이제 곧 밤이 오고 내일이면 날이 밝을 것인데, 목숨이나 지루하게 연명하자는 건가? 게다가 저 풍등 따위는 또 뭐야. 여기에 누구 위령제 지내려고 저렇게 한가롭게 대가지 다듬기에 풀질이냔 말이지."

변안열의 턱수염이 바람에 심하게 떨렸다. 비탈 한쪽에 풍등 재료들이 볼썽사납게 바람에 들썩이고 있었다. 병사 50명이 대나무를 잘게 쪼개고 있었다. 병사들은 변안열의 소리가 쩌렁쩌렁 울릴 때마다 불안스레 엉덩이를 들썩였으나, 곁에 있던 장옷의 평복 사내가 괜찮다며 눌러앉혔다. 변안열은 인상을 구겼다. 정도전이었다. 정도전은 변안열 쪽을 아예 등지고 풍등을 만들고 있었다. 풍등 서너 개가 벌써 만들어져 한쪽에서 뒹굴었다. 비탈을 타고 올라오는 바람은 잦아들 줄 몰랐다. 병졸들은 풍등을 나무에 묶어놓았다.

"우리가 택할 병술은 기습밖에 없었어. 소수가 할 수 있는 방책으로 유일한 것이었는데 정공(正攻)이라니, 우리 왔다아,

버젓이 드러내놓고 덤비다가 쫓기는 꼴이야. 영공이 도리어 저 황산 비탈에서 기습을 당하니 병사들이 무어라 비웃겠나."

변안열은 성계에게 끝내 앉으라는 말을 하지 않았다. 변안열 옆에서 성계를 보고 있던 종사관 정몽주의 입술 한쪽이 비웃듯 느긋하게 늘어졌다. 답답한 바람만 계속 불었다. 변안열의 투구 끝에 붙은 붉은 술이 함부로 흩날렸.

성계는 젖은 발가락을 꼼지락거렸다. 땅은 말라 있어도 가죽신 안은 땀으로 가득 차 젖어 있었다. 신발을 벗어본 지가 언제인지도 잊었다. 땀과 흙먼지와 습기가 썩어들어가 발은 무좀으로 갈라지고 터졌다. 신발 속의 악취가 코끝으로 스멀거리며 기어올랐다. 제습을 하기 위해 집어넣었던 지푸라기와 건초 들이 습기를 머금고 질척거렸다.

성계는 의자를 끌어다가 엉덩이를 붙였다. 그는 변안열을 뚫어지게 보면서 신발을 잡아당기고는 신발 속에 손을 넣어 지푸라기 뭉치를 꺼냈다. 썩은 내 나는 검불이 변안열과 정몽주 쪽으로 날렸다. 이성계는 신발에 코를 들이대고 냄새를 맡다가 그것을 탁자 위에 던져놓았다. 탁자 위에 흙이 떨어지고 바람에 날렸다. 변안열은 고개를 돌려 흙먼지가 그치기를 기다렸다. 변안열 뒤에 있던 호위 낭장들은 칼집을 쥔 손에 힘을 줬다.

"신발을, 꼭 발에만 끼울 것은 아니지."

성계는 나머지 신발도 벗어 탁자 위에 털썩 올려놓았다. 다시 흙먼지가 날렸다.

"여기에 밥을 담아 먹을 수도 있는 것이고, 술을 퍼마실 수도 있겠지. 이걸로 낯짝은 또 못 후려갈길까?"

성계는 변안열을 뚫어지게 응시했다. 웃고는 있었지만, 눈빛에 강기가 어렸다. 변안열도 성계의 눈빛을 구태여 피하지 않았다. 사십대 중반의 비슷한 또래, 그들은 같은 무장이었으나 살아온 길이 너무도 달랐다.

"나를 병법도 모르는 무지한으로 취급해도 좋아. 『상서(尚書)』 『주례(周禮)』 『예기(禮記)』를 읽지도 않은 무뢰한으로 여겨도 달게 받겠단 말이지. 그게 다 눈보라 몰아치는 변북방에서 태어난 죄니까. 여진족과 더불어 피를 섞으며 들판에서 함께 뒹군 죄지. 그러나……."

더 이상 변안열에게 끌려가서는 안 되겠다고 그는 입술에 굳게 힘을 줬다. 전장에서까지 변안열의 지청구를 들을 이유가 없었다. 성계는 신발로 탁자를 두드렸다. 먼지가 날렸다.

"체찰사, 당신……."

성계는 신발짝을 든 채 변안열을 노려봤다. 성계의 느닷없는 정색에 변안열의 눈동자는 초점을 잃고 두어 번 흔들렸다.

원나라 출신 일급계급의 무장에게 성계는 굽힘이 없었다.

"뭐야."

변안열은 눈동자를 이내 고정시키며 성계에게 손가락을 뻗었다. 하지만 성계는 변안열의 흔들리는 눈빛을 놓치지 않고 집요하게 찍어댔다.

"여기는 궁성이 아니야. 화살이 날리고 창이 튀는 싸움터야. 한식경도 못 되어서 당신이 죽을지도 모르고 내가 거꾸러질지도 몰라. 졸장부처럼 체찰사의 직함을 꼭 투구 위에 무겁게 달아매겠다는 것은 아니겠지?"

"전장일수록 계급은 더욱 중요한 거야. 전쟁을 포기하고 바로 모가지를 벨 수도 있어."

변안열은 칼집에서 반쯤 날을 비치며 손을 떨었다. 손등의 떨림에 따라 칼날 면에 내려앉은 빛이 위태롭게 놀았다. 하지만 성계는 그에 개의치 않고 소리 없이 웃고 있었다.

"어이구, 최고위관 나리. 그 따위 칼질로 나를 겁줄 생각은 치워야겠지. 이성계는 이미 오래 전에 죽었으니까. 두 번 죽는 일은 없어야지. 안 그래? 스무 살에 무장의 길을 택하면서 나는 내 목숨을 포기했어."

성계는 흔들림이 없었다. 그의 뒤에서 왜병들의 고함소리와 아군의 외침이 어지럽게 엉겼으나 그는 돌아보지 않았다.

고려군의 시위 소리 몇이 욕처럼 울렸다. 몇 백 개의 시위 소리가 한꺼번에 울리는 것도 아니어서 그는 그 소리를 그냥 무시했다.

"체찰사 당신은 내 말을 들어야 해. 이번 전쟁은 나의 것이지 당신의 것이 아니야."

차분하게, 그러나 단호하게 성계는 입을 열었다. 변안열이 뽑은 칼날은 반쯤 삐져나온 채 여전히 푸르게 빛나고 있었다.

"여기 모인 병사들은 남원성 보병들을 빼고는 모두 나의 기병대야. 나와 형제애로 피를 섞은 살붙이들이야. 처명, 퉁두란, 나무토루, 우수루, 옌즈하라 모두 나의 혈족이야. 많게는 수십 년, 아니면 수년 동안 매일, 같이 별을 보고 잤고 같은 해를 보고 달렸어. 대의고 충성 같은 것은 머릿속에 아예 담지도 않고 말이지. 지금까지 2천 명도 더 되는 나의 형제들이, 나의 여러 부족 아들들이 죽었어. 싸워서 죽을 자들은 내 형제들뿐이야."

성계의 언성은 솟지 않고, 오히려 간곡했다. 간곡함이, 변안열의 번뜩이는 새 갑옷 경번갑 위에 튀었다. 이번 전쟁을 위해서 새로 지은 옷이었다. 가는 쇠사슬을 엮어 만든 쇄자갑에 두세 치 정도의 사각 철판 미늘을 덧붙인 것이었다. 경번갑의 소매는 팔꿈치에 닿았고 길이는 무릎을 가릴 정도였다. 목에서부터 아래까지 단추가 한 줄로 늘어서 있어 입기도 편했고 활동하기에도 거치적거림이 없도록 만들어졌다.

쇄자갑은 창이나 활이 들어와 박히면 그물망이 뜯어지고 끊어져 매우 치명적이었다. 그 결함을 보완하기 위해 철판 미늘을 댄 것이었다. 중앙 관료 장수들은 거의 경번갑을 입고 있었다. 성계와 이두란은 미늘도 다 구부러지거나 떨어진, 낡고 오래된 것을 입고 있었다. 성계의 소매와 옆구리는 철사가 떨어져 너펄거렸다. 군데군데 녹까지 슬어 갑옷의 기능을 거의 잃은 것이었다.

"나의 병사들은 당신 말을 듣지 않아. 명령하려 들지만 말고, 병사와 한 몸이 되어봐. 적을 막으라고 국가가 나에게 명을 내렸지만, 군대는 지원하지 않았어."

"지원이 부족한 것일 뿐이지."

변안열은 그의 말 틈을 비집고 들어왔으나 성계는 그것을 용납하지 않고 밀어냈다. 관리하고 지휘하려고만 하는 중앙 수뇌의 군입들이었다. 모든 것에 고지식한 자를 대어 병법에 맞는지 아닌지를 따져 묻거나, 위계를 강조하며 사졸들에게 가혹한 시중 명령을 내리는 짓에 성계는 숨이 막힐 지경이었다. 고려 땅 남녘 전체가 전쟁판이었으나 개경 중앙에서는 수도를 경비하는 주력군은 왕의 안위를 위해 한 치의 미동도 하지 않았다. 성계에게 내줄 병력은 애초부터 있지 않았다.

"지원을 하건 못 하건 상관없어. 나는 그런 것이나 탓하는 잡배가 아니야. 우리는 죽을 준비가 되어 있어. 그런데 적을 보는 당신네들의 시각이 우리와 너무도 달라 그에 실망하고 있다 이거야. 어디 한번 묻자고. 왜적이 대체 무엇인가."

성계는 도리어 변안열에게 되묻고 있었다. 성계의 독한 안광이 변안열에게 답을 강요하고 있었다. 시위소리는 아직도 뒤에서 울리고 있었다. 왜적의 말굽소리는 들리지 않았다. 다시 또 혈전이 벌어질 것인데…… 병사들은 성계가 내려오기만을 기다리고 있었다.

"그쯤 했으면 되지 않았나? 이제 그만 무례한 신발짝이나 내려놓으시지. 적은 수효가 많다고는 하지만 명령체계가 각기 다른 도적들일 뿐이야. 모두들 중갑(重甲)을 두르고 있다고는 하지만 복장이 부대별로 달라 그게 그 증거지. 배고픈 도민(島民) 야수지. 진법도 맞지 않고, 어젯밤, 그대는 내 말을 들었어야 했어. 식중과지용자승(識衆寡之用者勝), 많은 병력일 경우의 전술과 적은 병력일 경우의 전술을 두루 알아야 승리하는 법이야. 우리가 할 수 있는 것은 기습 뿐이었어. 영공은 끝내 그것을 거절했어. 이것 하나만으로도 장계에 부칠 감이지. 항명 아닌가."

변안열은 입가에 헛웃음을 터뜨리며 날을 칼집에 박았다. 성계는 변안열이 떨어뜨려놓은 신발짝을 집어들며 대꾸했다.

 "국란(國亂)의 중핵을 제대로 꿰뚫어보지 못하면서, 운운한다는 게 항명 타령이라니. 눈으로 보고도 그런 안이한 토설을 하는지. 일만 명이 넘는 왜적은 정규침략군이야. 그렇지 않고서야 기병대만 해도 2천 기가 어찌 넘어가겠나. 복장이 부대별로 다른 것은 명령체계에 대한 구별의 수단이라는 것을 진정 모른단 말인가."

 정규침략군이라는 말에 변안열과 정몽주의 안색이 단단하게 굳었다. 그러나 이내 정몽주는 미간을 풀고는 씁쓸하게 웃음을 지었다. 변안열은 미간을 더욱 좁히며 눈꺼풀을 쥐어짜듯 뒤집었다.

 "그래도 저것은 해상도적일 뿐이야."

 변안열은 생각을 바꾸지 않았다. 성계와 그들은 평행선이었다. 성계 뒤에 섰던 이두란이 칼을 빼어들 듯이 요란한 소리를 냈다. 성계는 이두란의 손목을 움켜쥐고 그가 진정될 때까지 손을 놓지 않았다. 개경 출발 전부터 지속된 소모적인 논쟁이었다. 기근으로 인한 우발적 식량약탈자들, 그들은 침입자를 왜구(倭寇)라 칭하며 현해탄을 건너온 일시적 재앙으로만 보고 있었다.

보수 권문세족들…… 왜 저들은 지금의 큰 문제를 그저 묻어버리기에만 급급한 것일까. 지난 20년 동안 매년 10여 차례 정도로 출몰하던 것들이 4년 전부터 다섯 배 여섯 배 증가를 하여 침범하는데도 귀족세력들은 해상왜군들을 단지 도적, 왜의 도적으로 부를 따름이었다.

너희는…… 정몽주가 낮은 목소리로 입을 열려는데 변안열이 굵은 목청을 열어 그 소리를 덮었다.

"조국의 운명을 전혀 걱정하지 않는 녀석들이다."

바람이 변안열의 수염을 뒤집었다. 정몽주가 변안열의 말에 호응하듯 고개를 두어 번 주억거렸다.

"그렇지 않아도 백성들은 왜구가 무서워 강토를 떠돌며 울부짖고 있는데, 논란이나 키우며 당신들 신출내기들은 불안을 조장하고 더욱 크게 확산시키고 있다. 이제부터라도 그 말을 입에 담아서는 안 될 것이다."

변안열의 소리가 어느덧 커져 있었다. 성계는 답답하다는 듯 고개를 흔들었다. 그의 고갯짓에 따라 쇳소리가 철렁거렸다.

"지금 나와 내 형제들에게 명령을 내리는 것인가? 그렇다면 그것은 오만이지. 군율이라는 명분으로 행동을 제약하더니, 이제는 생각마저 틀어막으려는가. 당신들이 왜적을 왜 자꾸 왜구라고만 낮추어 부르는지 그 이유를 내 입으로 설명하지. 침략자들이 다름아닌 왜국의 정규군이었다는 사실이 드러나면, 여태 대책을 강구하지 않은 자신들의 과오가 노출될까봐 그게 두려운 게지. 젊은 문무 관료들의 질타가 빗발칠 것이고 자신들의 담합이 위태로워지겠지. 권력의 안주(安住)에 깊은 맛이 들어서, 당신네들이 누린 기득권을 포기할 수가 없는 것이지."

흙먼지가 날려 변안열의 앞가슴에 부딪쳤다. 변안열의 콧등에 주름이 사납게 잡혔다.

"가별치들이란……."

호위장들이 변안열의 분기를 읽고 칼자루 쥔 손목에 한껏 힘을 줬다. 이두란도 지지 않고 소리를 지르며 칼집으로 탁자를 찍었다.

"무에 하는 가이새끼들이야."

흰자위에 핏발이 굵게 그어지는데, 누가 뒤에서 이두란과 성계의 어깨를 짚고 나섰다.

"그만들 하시오. 왜적은 지금 날뛰고 있는데 무엇들 하는 것이오."

소리는 짧고 단호했다. 정도전이었다. 낡은 장옷의 소매 끝자락과 목 언저리에 실밥이 터져 너풀거렸다. 초라한 행색이었지만 눈빛은 굳고 강했다.

"갑시다. 의자는 장수가 앉아서는 안 될 물건이오."

정도전은 성계를 잡아끌었다. 성계는 눈길을 변안열과 정몽주에게 박아두면서 천천히 몸을 일으켰다.

"당신들은 가별치를 멸시의 의미로 부르지만, 우리는 도리어 그게 자부심이다."

가별치는 변방 끝자락에 놓인 천한 것들이라는 의미였으나, 성계는 애써 그 멸시를 견뎌내고 있었다. 군마 소리가 요란했다. 발아래 평원 멀리서 적이 횡으로 늘어서서 질주해오고 있었다. 성계는 눈길을 거두고 비로소 신발을 꿰었다.

"가별치 형제들은 모두 말에 올라라."

성계는 비탈 아래로 뛰어 내려갔다. 호위 궁수 나무토르가 화살뭉치를 들고 성계 곁으로 뛰어와 전통에 가득 꽂아줬다. 보병 궁수들은 이미 들녘 앞에 늘어서서 거궁 자세를 취하고 있었다. 종사관 배극렴이 출사 신호를 내렸다. 수백 개의 화살이 긴 포물선을 그리며 날았다. 배극렴의 연이은 호령에 화살은 꼬리를 물고 허공으로 쏟아졌다.

배극렴은 네 명의 종사관 중에서 가장 적극적으로 성계의 의중을 읽어주는 무장이었다. 배극렴은 달포 전에 사근내역에서 패하고 남원성으로 퇴각했다. 500명의 병사가 왜적의 전법에 말려 혈계에서 죽었다. 일방적인 패배였다. 배극렴은 패배의 치욕을 씻고자 다른 무장들보다 더 적극적으로 싸움에 임하고 있었다. 사근내역은 인월에서 두세 역 거리였다. 인월이 무너지면 방어력이 약한 운봉과 남원은 적의 수중에 곧바로 떨어질 게 뻔했다. 적은 여세를 몰아 전주성을 칠 것이었고, 북상 길에 있는 성들은 지원군도 없이 돌과 나무토막으로 적의 칼을 견뎌야 할 것이었다.

가별치 부대 모두가 말에 올랐다. 그들은 보병궁수의 엄호를 받으며 적을 향해 말을 달려 나갔다. 역시 돌격귀 처명이 가장 먼저 달리며 시위를 어깨 뒤까지 잡아 늘였다. 이두란 부대도 들판을 가르며 나아갔고, 오른쪽 황산 기슭을 타고 이성계 부대가 전진했다. 성계 부대의 호위궁사 우수루, 엔즈하라 등이 선봉에서 악을 쓰며 달렸다.

성계는 현(絃) 한복판 절피에 화살 끝 오늬를 걸었다. 저 군진과 공격 대열이 왜적 정규군이 아니고 무어란 말인가. 어제 적진을 감시하고 있던 세인도 분명 그에게 그렇게 보고했다. 강한 규율로 하나가 되어 움직이는 적군을, 귀족사대부들은 노략 무리라며 야윈 손으로 해를 가리려 하는가. 성계는 엄지손가락에 낀 각지에 오니도피를 걸쳐 잡고서 달려오는 적을 겨누었다.

부패…… 그것의 노출을 꺼리는 것이리라. 그것이야, 부패. 그는 각지에 비껴 잡았던 오니도피를 놓았다. 살이 일직선이 되어 날았다. 변안열과 정몽주는 청정관리의 표본이었으되, 저들을 방패막이로 삼아 숨어든 온갖 협잡의 거친 그림자들이 어둠의 더께를 더한 지 오래였다. 충절의 저들이, 그것을 막지 못한 무능의 책임까지 벗을 수는 없는 노릇이었다.

나라는 이미 회복하기 어려운 짐승이었다. 들녘에 누워 있는 장검을 맞아 숨을 헐떡이며 죽어가는 말 같은 것. 5백년 된 노마는 그의 눈앞에서 눈물도 없이 임종의 눈망울을 껌벅이고 있었다. 필경, 이 나라는 왜적에 의해 기력을 다하고 죽고야 말리라. 자신들은 비단포 자락 속의 안위나 탐하면서 무장들에게는 녹슨 무기나 쥐어주며 해변으로 내몰다가 국가의 존폐가 이 지경에 이른 것이었다. 적이 살을 맞고 말 위에서 뒤집어졌다. 성계는 허리춤에서 살을 하나 또 집었다.

이 전쟁에서, 만약…… 성계는 숨을 깊게 들이마셨다. 이긴다고 히더라도 고려는 살아날 것인가. 자상 깊은 늙은 말은 일어설 것인가. 모를 일이었다. 마른 목에 물 한 모금 축이며 다만 숨 깔딱거림을 잠시 연장하는 것은 아닌지. 아니어야 한다, 그는 고개를 저으며 절피에 살을 다시 걸었다. 그럼에도 저들이 목숨을 다해 지키려 하는 것은 무엇일까. 그것은 고려가 아니라, 저들이 믿고자 하는 자신의 믿음 그 자체였을지도 모를 일이었다. 믿음 그 외에는 아무것도 없는 믿음. 마른 나무, 둥치도 없이 껍질만 너덜거리는 적막.

성계는 각지를 풀었다. 살이 왜적의 목덜미를 뚫었다. 변안열이 그토록 열망해 마지않던 기습전은 애초에 불가한 것이었다. 우리 강토의 형질에 문외한인 왜적을 부수는 데 기습전만큼 유리한 것은 없다고 했지만, 성계는 끝내 변안열의 말에 동의하지 않았다. 기습전을 수행할 수 없는 절대불가 이유, 그것은 오히려 왜적이 지형에 익숙하다는 것이었다. 침략군은 사근내역을 치고 함양을 불 지르고 팔량치(八良峙)를 넘어 인월역을 점령했다. 그리고 거기서 휴식을 취한 다음 운봉을 무너뜨리고 여원재를 넘어 남원성을 공격했다.

사근내역에서 수모를 당한 배극렴이 목숨을 걸고 남원성을 지켜내는 바람에 왜적은 더 이상 북진하지 못했다. 중앙군이 몰려온다는 소문에 왜군은 북진을 잠시 접고 다시 인월역으로 회군했다. 회군은 계산된 것이었다. 인월역은 왜적이 중앙군을 맞을 때 싸우기가 가장 유리한 곳이었다. 중앙군이 오는 길목은 울돌치 단 한 곳이었다. 왜군은 광대한 지리산을 등지고 있어서 느긋하게 울돌치 한 곳만 바라보며 중앙군의 진입을 지켜보면 되었다.

 반면에 중앙군은 인월역을 전혀 알지 못했다. 현지인들과 간자들을 모아 형세를 대강 듣기는 했으나 직접 밟아보지 않는 이상은 알 수 없는 것이었다. 일만의 대군을 이끌고 있는 왜군의 수장 무사가 아지발도라는데 그자는 누구일까. 적과의 거리가 가까워지고 있었다. 시위 당기는 일이 급격히 분주해졌다. 성계의 먼 시야에서 변안열의 기병대 150기가 따라붙는 게 보였다.

 변안열은 군력의 지나침과 부족함을 조절할 줄 아는 용장이었다. 변안열이 부리는 중앙군은 절제된 질주를 하면서 행동의 통일을 보이고 있었다. 중앙군의 군마는 앞뒤로 튀어나오지 않고 자로 잰 듯 정확한 진군을 하고 있었고, 시위를 당겨도 일제히 같은 동작을 보였다. 훈련에 훈련을 거듭한 고려의 핵심부대다웠다. 가별치처럼 자유분방하지도 않았고 산만하지도 않았다. 저 중앙군이 5백 기만 지원되어 내려왔더라도…… 성계는 당장 닥친 문제도 제대로 보지 못하는 중앙 관리들이 떠올라 분통이 터졌다.

 달리는 말 위에서 사물을 정확히 눈으로 집어내는 일은 용이하지 않았다. 더구나 마주 달려오는 적을 정확히 겨누는 일은 더욱 그러했다. 움직이는 것보다 눈을 더 빠르게 굴려 시야의 한가운데 고정시켜놓고 그 순간을 잡아 시위를 당겨야 했다. 변안열은 활 끝 새코가 떨어져나가도록 강하게 시위를 퉁겼다. 화살이 제 속도를 견디지 못하고 휘어져 날았다. 고려 중앙 정규군의 엄격한 질주는, 맞붙어 날리는 검불 한 조각 빠져나갈 틈도 허락하지 않을 만큼 치밀했다.

가소로운 가별치들…… 변안열은 화살촉 끝에 비웃음을 실어 날렸다. 화살이 뻗어 정면으로 달려오는 적의 목을 뚫었다. 엉덩짝에 말똥이나 붙이고 뒹굴던 말몰이꾼한테 칼자루를 쥐어줬더니, 말꼬랑지인지 사람 모가지인지도 모르고 아무렇게나 칼질이라니. 변안열의 호흡이 흐트러졌다. 화살이 적의 어깨에 비껴 맞았다. 화살이 퉁겨 올라 허공에서 맴돌이를 했다. 병든 아비 머리맡에서 산전(山田)을 제가 갖겠다며 소리 지르는 망나니 아들 녀석 꼴이지, 이성계란 자는…… 변안열은 다시 활을 겨누었다. 나라가 병들었는데, 사심을 저리 키워서야 쓰겠나. 지금은 모두의 간절한 기원을 모아야 할 때였다.

변안열은 성계가 그의 명령을 건건이 비틀어 흘려듣는 것이 매우 비위가 상했다. 정벌군에 가별치의 숫자가 압도적이라는 구실로 성계는 그의 말을 애써 제한하려 들었다. 제놈이 나와 연배가 비슷하다 하여 경쟁 대상으로 삼는 모양이지만 그게 어디 가당키나 한 노릇인가. 무과에 응시한 경력도 없는 땅 끝 호족 자식 주제에. 몽골족의 적통으로서 한 번도 자존을 구겨본 일이 없는 그였다.

 토벌이 끝나면 어떤 방식으로든 죄를 묻고야 말 것이었다. 왜구 정벌은 아예 성계 부대와의 전쟁이 되고 말았다. 전쟁에서 이기면 저 자의 재능이 세상을 뒤엎을 것이지만, 지면 모든 게 나의 몫일 터. 하지만 이미 연기를 피워올린 밑불이었다. 소극적 공략으로 물을 끼얹을 수는 없는 노릇이었다.

 열여덟이란 나이에 원나라에서 당당히 무과에 장원을 한 그였다. 대제국의 최고 무사로서 그는 곧바로 나라의 중죄인을 색출하여 형을 집행하는 수장 형부상서가 되었다. 귀족으로서, 그리고 무인으로서 국가의 중심 업무를 수행하며 왕족에 버금가는 호사를 누렸다. 변안열은 당당했으나 겸손한 무장이었다. 행동에 절제가 있고 학식이 있어 문사들도 그를 꺼리지 않았다.

 나는 배행수장이었다. 그런 나를…… 변안열은 눈썹 부근의 살에 단단히 힘을 주어 눈꺼풀을 눌렀다. 고려국과의 인연은 예상치 못한 곳에서 찾아왔다. 인연은 분명 그를 노리고 왔다. 고려국의 강릉대군을 모시고 그 머나먼 환국의 길을 배행할 사람은 오직 그뿐이었다. 원나라에서는 위종 황제의 딸

노국공주를 강릉대군과 혼사를 맺게 했다. 혼사는 정치적 결정이었으나, 대군이 고려국의 왕이 됨을 의미하는 중요한 의식이었다. 대군은 환국하여 공민왕이 되었다. 배행 장수를 선택한 것은 대군의 결정이었다. 배행은 그가 다시 심양으로 돌아갈 수 없다는 것을 뜻했다.

'나는 공의 핏속에 고려국의 혈흔이 있음을 안다.' 강릉대군은 그를 불러 소주를 하사하면서 그렇게 말했다. 혈흔이라니, 그것도 고려국의…… 아비와 조부는 원 세조로부터 심양후의 봉작까지 받았는데 고려의 피가 흐르다니. 귀족 무장임을 자부하며 제국의 상장군을 꿈꾸던 그였기에 강릉대군의 언사는 매우 혼란스러운 것이었다. 원나라냐 고려냐…… 그가 몸담을 곳, 약관의 변안열은 며칠을 두고 고뇌할 수밖에 없었다.

대국의 출세가도에 들어선 그가 소국 고려에서 무엇을 할 수 있을지, 그는 도무지 가늠이 되지 않았다. 고려 혈족이라고 해서 반드시 고려 관리에 복무할 의무 따위는 없었다. 그럼에도 왜 고뇌해야 하는지 그는 알 수 없었다. 그저 단 한마디로 거절하며 술잔을 내려놓으면 그만이었다. 하지만 그럴 수 없었다. 고민하는 그 자체가 고려 혈족의 끈이 발목을 붙들고 있다는 증거일지도 몰랐다.

'지금 우리에게 가장 시급한 것은 인재다.' 대군과 마주한 자리들은 언제나 절박했다. 소반 위에 놓인 안주에 젓가락질조차 할 수가 없었다. '사람은 어디에고 있기 마련 아닙니까.' 그는 눈썹 끝을 들어올렸으나 대군은 허리를 꼿꼿이 세운 채 마음을 바꾸지 않았다. 촛불만 흔들릴 따름이었다. '대국에는 출중한 인사들이 많을지 몰라도 우리에게는 드물다. 건천을 헤집고 물을 찾아야 해.' 말끝이 자주 끊어지고 웃자란 심지에 그을음만 가득했다. 오래 참고 버티던 촛농이 굴렀다.

'요동과 심양 그리고 요양은 우리의 땅이야. 나는 고려라는 땅을 바꾸고 요동마저 회복하여 바꿀 것이다. 오랜 타국살이 탓에 고려에는 동지가 없다. 나는 젊은 그대와 함께 가기를 원한다. 그대는 나의 첫 번째 동지다.' 그간에 과묵하고 예법에 맞는 격식을 보여주던 대군의 모습과는 사뭇 달랐다. 그토록 오랫동안 자신의 야심을 드러나지 않게 누르며 어떻게 지냈는지. 고토회복책은 원나라를 진노케 할 충계(衝計)였으나 대군은 거리낌이 없었다.

'나는 고적한 지 너무 오래되었다.' 고적한 만큼 빈 술잔의 깊이가 커 보였다. '나를 어찌 알고 극비를 그리 쉽게 뱉습니까.' '너는 고려인이다. 거절하면 네가 죽든 내가 죽든 하겠지.' 개의치 않는 눈치였다. 개혁이 물거품이 되고 등극이 곧

두박질쳐도 상관하지 않겠다는 태도였다. 믿음에 모든 것을 송두리째 걸어버리는 과단성에 그는 자꾸 주춤거렸다. 가슴 두근거림이 일었다. 그것은 공포인지 설렘인지 도무지 종잡을 수가 없었다. 두려움이 없던 그의 가슴팍에 대군은 창끝보다도 더 깊게 근심의 날을 박아놓았다.

변안열은 이 전쟁이 성계를 돕는 것이든 아니든 상관없었다. 오로지 왕조에 대한 충절 그 하나를 살에 실어 날릴 것이었다. 충(忠)이란, 마음에 단 하나의 곧고 차가운 심을 박는 것이었다. 그것은 우왕 때에도 변함없었다. 몸을 던져서 지켜내야 할 책무가 있는 것이었다. 군주가 군주답지 못하다 하더라도, 신(臣)은 자신을 다 살라야 했다. 다수의 적과 정면으로 맞부딪치는 이 무모함 속에서도 섬김을 위하여 불만을 접는 수밖에 없었다.

가별치의 전법은 그저 맞부딪치기가 다란 말인가. 몽골 부대의 전법이나 고려 중앙군의 전법과는 전혀 다른, 병법은 아예 오줌통 속에 쑤셔박은 막무가내 식이었다. 이렇게 덤비다가 필경 다 죽고야 말겠구나. 살 끝에 근심이 무겁게 실렸다. 살은 적의 허벅지에 꽂혔다. 시골 무지렁이의 고집으로 밀어붙이는 전투, 대보름날 동네 투석전보다도 못한 지극히 불완전한 싸움이었다. 적과의 거리가 점점 가까워지고 있었다. 그는 안장 위에서 몸을 더욱 곧추세우며 말을 몰았다.

"어? 저기 뭐야."

그는 눈을 의심했다. 군진이, 전혀 생뚱한 군진이 그의 눈앞에서 급히 짜이고 있었다. 횡으로 늘어서서 달리던 가별치들이 송곳처럼 종대를 이루며 적진을 향해 달려들었기 때문이었다.

"저게 무슨 개수작인가."

변안열은 호통을 치듯 큰소리를 냈으나 군진은 성계 부대의 호가 소리에 따라 이미 배열을 다 마친 뒤였다. 세 기씩 조를 이루이 가별치들은 종으로 늘어섰다. 처명 부대가 선봉으로 달리고 두란 부대와 성계 부대가 말 엉덩이에 맞대어 달렸다. 송곳처럼, 봉처럼 대열은 적진의 중앙을 뚫을 듯 구릉을 향해 곧게 뻗어나갔다. 저런 미친…… 하지만 가별치 부대의 대열에 맞추어 중앙군도 배열을 바꾸지 않을 수 없었다. 성계는 취타수에게 신호를 보냈다. 호가가 다급하게 또 울렸다. 가별치들은 호가의 명령대로 살을 뽑아 앞과 좌우를 향해 날렸다.

"싸움은 군대 머리수만 가지고 하는 게 아니다. 아무리 우리가 열세라 하더라도 반드시 녀석들을 물리칠 것이다."

가별치의 진격은 묵직이 날이 꽂히는 쇠봉 같았다. 송곳 같은 봉으로 띠를 뚫어버리려는 전략이었다. 가별치들은 겁을 내지 않고 달렸다. 횡으로 늘어서서 성계 부대를 쉽게 조이려던 적들은 들녘 한복판이 뚫리는 것을 두려워하여 주춤거렸다.

"결코 지지 않을 것이다. 돌파."

성계의 종아리 근육이 단단하게 말렸다. 말들은 심장을 뒤집어까듯 숨을 뱉으며 뛰었다. 적진 한복판이 처명의 돌격으로 뚫려버렸다. 횡으로 늘어선 적들은, 뒤이어 끝없이 이어진 부대의 공격을 막을 수가 없었다. 서무가 무너져버리면 다른 방어선도 그냥 깨어져버릴 것이었다. 적은 부대를 급히 돌려 뚫린 중앙을 막아야 했다. 왜적은 고려군과 경주하듯 달리며 가운데를 채우려고 부대를 그리 집중했다. 창대와 칼등이 말 엉덩이를 사정없이 후려쳤다. 서무 능선을 넘어설 때까지 질주는 계속되었다.

"그만 쫓아라. 적은 이미 대열을 갖췄다."

변안열은 쇳소리를 내며 병사들을 제지했다.

"더 가면 고려군이 위험해진다."

변안열은 쇳소리를 내며 병사들을 저지했다. 중앙군은 말의 속도를 급격히 떨어뜨리며 멈추어 섰다. 하지만 가별치들은 그대로 말을 몰아 적의 뒤를 공격하고 있었다. 군마가 가로지른 들판에 중앙군 150기만이 덩그마니 남았다.

변안열은 성계 부대를 만류하고 싶었으나 이미 멀어진 뒤였다. 능선에 자리잡은 왜적이 어떤 계략을 짜내어 고려군을 휩쓸지 모를 일이었다. 변안열은 퇴각신호를 내리고 기병대를 뒤로 물렸다. 징이 깨지도록 울어댔으나 가별치들은 명령을 듣지 않았다. 화살통을 다 비울 작정인 양 그들은 그대로 달려나갔다. 그는 시위 줄을 풀어 각궁을 접었다. 갑자기 긴장이 풀어져버렸다. 오늘 이 전쟁을 다 끝마칠 수나 있을지. 말은 땀에 젖은 목을 흔들며 콧김을 세차게 뿜었다.

충이냐, 혁신이냐

"저건 안 되지. 과욕이야."

비탈에서 종사관 정몽주가 혀를 찼다. 정몽주는 팔짱을 낀 채 두 팔을 가슴에 대고 조였다. 쯧쯧, 아니라니까…… 정몽주의 한쪽 눈꺼풀이 가녀리게 떨렸다. 적을 뒤쫓아 가는 먼지가 적진의 먼 비탈까지 오르고 있었다.

"삼봉, 자네의 유량이 이런 쟁투가 들끓는 초목에는 어울릴 것 같지 않은데, 어찌 이런 곳까지 들여다보고 근심살을 짓는가. 전주성에 나타나면서부터 성계공의 군사를 자처하던데, 가관이 아니신가?"

정몽주의 음색은 은근했으나 말굽에 관목 부러진 자리처럼 불편함이 돋아 있었다. 정도전은 펄럭이는 앞섶을 여미며 묵묵히 전장을 굽어보고 있었다. 옷은 바랬고 누더기처럼 때가 잔뜩 찌들어 앉아 있었다. 걸인과 다를 바 없는 형편없는 입성이었다. 오랜 유랑에 수척했으나 꺼진 눈두덩이 속 눈망울은 맑고 또렷했다. 정몽주는 정도전의 말을 기다리지 않았다.

"곡괭이조차 쥘 줄도 모르는 나 같은 문사가 보아도 저러니. 저 해괴한 전법은 또 무엇인가. 성계공에게 병법이 있기는 한 것인가?"

정몽주의 입술이 말라서 허옇게 떠 있었다. 정도전은 고개를 들어 지리산 쪽 먼 능선을 올려다보다가 험, 낮은 헛기침을 했다.

"저것은 침봉관대(針峰貫帶)의 수요. 수효만 믿고 달려든 왜적은 진이 무너져버린 줄 알고 가슴을 쓸어내렸을 것이오."

정도전은 빙긋 웃으며 턱에 주름을 잡았다. 정몽주의 아랫입술이 불거져 나왔다.

"유랑이 지나쳐 아직도 뜬구름이신가?"

정도전보다 다섯 살 위인 정몽주는 혀를 치며 타이르듯 말꼬리를 비틀었다. 정식 직함도 없이 전쟁판에 끼어서 거치적거리는 삼봉 정도전이 정몽주는 못마땅했다. 항시 물어뜯을 거리를 찾아헤매는 싸움개 같은 짓을 서슴지 않는 그가 싫었다. 영주나 원주 그도 아니면 안동이나 떠돌며 유리걸식해야 할 자가 무슨 냄새를 맡고 여기까지 기어들어와 눈을 부라리고 있는지. 그것도 변방에서 칼질이나 하는 이성계의 군사직을 자처하고서……

 신진 성리학자들과 술자리가 잦은 정도전이었다. 정도전은 5도 양계를 휘젓고 돌아다니며 자파를 물색하여 세를 불리고 있었다. 큰일을 내고 말지, 저 사람은…… 삼봉을 보는 정몽주의 눈초리 한 곳이 슬며시 꺾였다. 처음부터 정도전과의 친교가 불편했던 것은 아니었다. 성리학을 연구하는 같은 학자 입장에서 정도전은 탁견을 지닌, 나무랄 데 없는 동반자였다. 고려의 개혁에 필요성을 느끼며 관솔불 재가 눈썹에 허옇게 쌓이도록 이야기하기도 했다.

 5년 전, 봄이었다. 명나라에 연경을 빼앗기고 심양으로 쫓겨 간 북원(北元)이 사신을 보냈다. 원나라는 고려가 명나라와 대결해주기를 압박하고 있었다. '공민왕이 원을 저버리고 명에 붙었다가 너희 손에 의해 죽임을 당했는데, 우리는 작금의 시해사건을 용서할 계획이다. 다만, 심왕(瀋王) 톡토보카(脫脫不花)를 새 고려왕으로 임명하여 보내니 합심하여 나라를 부흥시키도록 하라.' 원나라 사신은 일방적인 서신을 내밀었다.

수시중 이인임은 백관회의를 열고 대처방법을 논의했다. 공민왕이 죽은 후 우왕을 즉위시키며 실권을 잡은 이인임은 가급적 원과 타협하여 정권을 유지하려고 노력했다. 이인임은 공민왕의 죽음을 알리는 고애사(告哀使)를 명과 북원 양쪽에 보내어 마찰을 최소화하려고 했다. 하지만 명나라 사신이 이인임의 양면정책을 간파하고 본국에 고하려 하자, 그 사신 일행을 죽여 은폐하려고 했다. 이인임은 원나라와의 관계를 그대로 유지하면서 명나라를 견제하려 했다. 그러나 상황은 이인임의 뜻과는 너무도 다르게 돌아갔다. 명나라나 원나라 모두 자국의 세 확대를 위해 고려에 가혹한 주문을 쏟아냈다. 게다가 그가 소집한 회의마저 극한 대립으로 치달아 원로들과 신진세력의 의견차만 확인했을 따름이었다.

정도전은 이숭인, 권근과 더불어 도당에 강력히 항의했다. '북원의 사신을 물리쳐 선왕 공민왕이 개혁하려 했던 정책을 그대로 이어야 한다.' 이때만 해도 정몽주는 삼봉의 뜻에 동조했다. 명의 정책에 동조하는 것까지도 용인하며 소를 올려 정도전을 지지해줬다.

이인임은 권문세가 원로의 편을 들면서 정도전의 서신을 구겨 던졌다. '삼봉이 사신을 접대하라.' 강권으로 밀어붙여 무릎 꿇게 했으나, 정도전은 물러서지 않았다. '좋소, 나의 소임은 북원 사신의 모가지를 베는 것이라 그리 알겠소. 만일 나의 칼을 막는다면 사신을 묶어 명나라로 보내겠소.' 정도전의 관모가 이인임을 향해 쳐들렸다. 당장…… 이인임은 손가락을 떨며 '당장'을 거듭 반복했다. 노기가 뒷골을 쳐 더 이상 이을 말을 뱉지 못했다.

결국 이인임의 손가락질 끝에 정도전의 관모가 떨어졌다. 정도전은 회진(會津)에서 귀양살이를 해야 했다. 전라도 땅, 들바람 쓸쓸한 곳에서 마의를 끌며 지내야 했다. 정몽주는 삼봉의 유배를 오히려 축하해줬다. '이제부터 삼봉은 신진세력의 좌장 노릇을 톡톡히 하겠어.' 농까지 던지며 정도전의 무탈을 빌었다. 그럼에도 불구하고 아니었다. 위협까지 감수해가면서 삼봉을 밀어줬으나 끝내 아니었다. 정도전이 가는 길은 언제나 위험하고 불온하기까지 했다.

"불온은 언제나 또 다른 음모를 낳는 법이지."

정몽주의 수염타래가 허옇게 뒤집혔다. 정도전은 눈썹을 위로 치켜올리다 도로 내려뜨리며 소리내어 웃었다.

"불온이라고요? 게다가 음모?"

"산바람 들바람에 술잔이나 기울일 처사가 피맛을 보려는 게 괴이하지 않다고 부득불 우기려는 것인가? 나는 이미 알고 있지. 그대가 여기에 온 것은 저 가별치들 때문이라는 것을."

더 이상 숨길 필요 없다며 정몽주는 이를 드러냈다.

"포은 종사관 나리, 망상이 과하시구려. 어젯밤 남원성에서 과음이라도 하신 거요? 무와 문은 불과 물인데 물이 길을 잡아 흐른대도 불이 따라오기나 하겠소? 내가 가별치를 세치 혀로 꾀어냈다 이거요? 지난날 나를 변호하려다 봉변깨나 당하셨다는 것은 아는데, 이러시는 게 아닙니다."

"주유생활 삼 년이라는데 아직도 눈빛에는 칼끝이 보이니 그대의 도학은 언제나 바람을 타고 물에 떠갈 건가. 역성이다, 전복이다, 검디검은 불순을 몰고 다니는 자."

"저기 보시오. 형공의 걱정이 얼마나 쓸데없는 일인가 말이오. 가별치 부대가 무사히 돌아오고 있지 않습니까."

"운이 좋았을 뿐이야. 어쩌다 시궁창에 대가리 박은 봉사가 버들고리짝을 집어올린 것이지. 안 그런가?"

"성계공의 사려 깊은 작전이었소. 중앙관료의 우월의식은 버리시오. 관료라는 것은 곪을 대로 곪아 터진 지 오래요."

오로지 지기만이 옳다는 절대 의식 속에 사로잡힌 무리들. 중앙의 벼슬아치들이란 그런 것이었다. 성계 부대의 작전은 허술해 보여도 저렇게 단번에 전세를 뒤집지 않았는가. 책무를 떠안겼으면 믿어주어야 했다. 변방 기동대로 수십 년을 살아온 군사들의 규율과 습관은, 중앙군과는 전혀 다를 수밖에 없는 것이었다. 중앙군은 보급의 걱정 없이 훈련에만 충실하면 되는 전문 군사 무리들이었지만, 변방군은 아니었다. 가별치의 군사작전은 생존이 달린 문제였다. 먹을거리마저 스스로 해결해가면서 이방침입군들과 싸우는 일은, 먹고 쫓고 도망치고 숨는 짐승이 되지 않고서는 안 되는 것이었다.

적과의 싸움은 전적으로 변방군 그들의 몫이었고, 그들이 다 죽어나자빠진 다음에야 중앙군들은 번쩍거리는 갑옷을 잘 차려입고 거들먹거리며 나타나는 것이었다. 이겼을 때는 공도 없이 당연한 것으로 여기다가 졌을 때에는 그런 것도 못 막았느냐며 책임추궁에, 호송에, 매질에, 고문에 닦달이 삼족을 멸할 지경이었다. 아무튼 단 한 차례의 패배도 없이 싸움은 무조건 이겨야 했다. 그것이 동변도 가별치 서변도 가별치의 운명이었다.

돌아오는 군마의 누린내가 바람결에 가득했다. 고려국왕에 충성 맹세만 없었으면 오랑캐 취급을 받으며 쫓겨다닐 무리들이었다. 정도전은 숨을 크게 들이마시며 지린내 섞인 부대의 냄새를 맡았다.

"곪아터지다니, 주술이라도 걸어 나라가 절단나기를 고대하는 것인가?"

정몽주의 귀밑이 벌겋게 달아올랐다. 정도전의 눈매도 단단해지며 포은의 눈길을 피하지 않았다.

"나라는 이미 이(異)에 가득 차 있소. 지난 세월 동안 재(災)가 불꽃으로 춤을 줬다가 드디어는 이(異)가 나라를 덮치고 말았소이다. 고려 세상은 이미 암흑이오."

이(異)는 어둠이고 붕괴였으며, 회복할 수 없는 절망을 뜻했다. 크고 작은 재앙들이 설치다가 궁극에는 암흑으로 이(異)가 다가섰다고 삼봉은 소리를 높였다.

"뭐, 뭐야?"

정몽주가 삼봉을 향해 손가락질을 하는데, 정도전은 말을 계속 이었다.

"포은 선생, 당신의 궁극은 친원(親元)이오."

말울음소리가 크게 울렸다. 부대원들이 말에서 내리고 그때마다 창검소리가 귓가를 아리게 도려내고 있었다. 정몽주는 곧 터져버릴 듯한 귓불을 매만지며 눈가 주름을 사납게 잡았으나 정도전은 그에 아랑곳하지 않았다.

"친원파들. 그것이 나라를 멸망의 길로 끌어들인 것이오. 이(異)는 친원파 당신들이었소. 원나라는 언제 망할지 모르는 나라요. 원나라가 망하면 명나라에 의해 우리도 망하고야 말 것이오."

정도전의 손가락질에 정몽주는 헛웃음을 쳤다.

"그대는 친명파 아닌가. 친원파가 매국이라면 그대 또한 다르지 않을 텐데. 대륙인들의 습성을 모르고서 지껄이는 소리인가?"

정몽주의 음색이 갈라졌다. 정도전은 잠시 눈을 감았다. 바람 섞인 햇살이 그의 주름 많은 뺨을 파고들었다. 따스함이 전혀 없었다. 서늘한 냉기가 오래 감돌았다.

"형공이 원나라 말에 능통한 것과 내가 그러한 것과는 다른 것입니다. 그 차이를 모르고서야 당대 최고의 문사라고 일컬을 수 없지."

정도전의 말에 포은은 다시 눈을 치켜떴다. 목울대에서 가래가 끓었다.

"무슨 뜻인가."

"허, 이런 딱하신. 포은께서 원나라 말을 익힐 때에는 분명 입신을 위한 것이었소. 그것을 익히지 않고서는 핵심요직은 어림도 없는 것이지요. 하지만, 나는 그렇게까지 하지 않았소. 내가 몽골어를 배운 것은 견제를 위한 방편이었소. 그것뿐이오, 진실로. 그게 포은과 나의 차이요. 내가 명나라를 택할 수밖에 없는 이유도 그런 것일 따름이지. 나를 사대주의자로 몰지 마시오. 자주를 위한 불가피한 줄타기일 뿐."

"나는 나라의 명운을 원에 맡겨본 일이 없다. 고려를 살리기 위해 매일 고독한 사색 속에 헤매고 있어. 내 사유 속에는 몸부림 끝에 망가진 피고름들이 줄줄 흘러내리고 있다고, 이 순간에도…… 오죽하면 내가 무장들 따위나 걸칠 종사관직을 수락하고 여기까지 종군을 할까. 감히 말하건대 역사를 아는 자들만이 나를 알아줄 것이다."

불충한…… 정몽주의 입술에 힘이 들어갔다. 틀어진 입가에 잔 떨림이 일었다. 구국이란 진정 무엇인가. 입으로만 떠드는 난국 타개는 아무짝에도 쓸모없는 것이었다. 실권도 능력도 없는 자들이 도랑의 물고기를 잡겠다고 난데없이 곡괭이를 들고 설치는 꼴이 가증스러웠다. 정몽주는 좁힌 미간을 풀지 못했다. 하지만 정도전은 느긋하게 웃음기를 머금으며 포은의 구겨진 옆모습을 보고 있다가, 말에서 내리는 성계와 마주치자 고개를 끄덕이며 눈인사를 했다.

변안열이 정몽주를 데리고 천천히 발을 뗴었다. 그들의 발밑에 싸리나무 개옻나무 잔가지들이 꺾였다. 변안열은 뒤를 자주 돌아보며 누언가를 믿하고 있었다. 밀담은 바람의 흔적처럼 스산한 몸짓만 보여주고 있었다. 끄덕이고 젓고, 손을 들어올리고 내리고, 그리고 뒷짐 진 서성거림이 솔가지가 네댓 차례 움직일 때까지 계속되었다.

"적이 우리를 떠보는 것은 끝났다. 이제 어떤 공격이 터져 나올지 알 수 없다. 적이 놀란 것은 잠시일 뿐이다."

성계는 투구를 벗고 얼굴에 물을 뿌렸다. 물줄기가 가슴속까지 파고들었다.

"간인(間人)은 왜 아직도 연락이 없나."

성계는 서녘에 뜬 해를 보면서 시간을 헤아리고 있었다. 물줄기가 흘러내린 얼굴에 다시 땀방울이 솟았다. 활을 다듬고 있던 이두란이 풀어진 시위를 한 손에 말아쥔 채 다가왔다.

"접촉인을 보냈으니 곧 당도할 거라우."

단궁 한복판의 아귀가 떨어져 곧 부러질 듯했다. 이두란은 활을 부하에게 건네고 다른 것을 집어들었다. 활은 명이 다하면 버리고 새것을 써야 했다. 쓰던 것이 아까워 고쳐 쓰거나 하면 반드시 탈이 났다. 탈은 곧 치명적인 것이었다. 발사가 되지 않거나 부러진다면, 그것은 죽음을 뜻했다. 두란은 새 활을 부려둔 채 철련협봉을 집어들었다. 쇠뭉치봉 끝에 사슬을 달고 그 끝에 두 뼘 길이의 또 다른 사각 봉이 매달려 있었다. 관절(關節) 곤봉이었다. 철봉 중에서 가장 다루기 편한 것이었다. 칼보다 강하고 상대의 무기를 감을 수 있는 장점이 있었다. 대결을 벌일 때 상대는 곤봉 날아드는 방향을 전혀 예측하지 못했다. 강력한 회전력을 발휘하면서 날아가는 곤봉은 적의 머리통을 부수는 데 도끼만큼의 위력이 있었다. 두란이 철련협봉을 휘두르자 허공을 부술 듯 붕붕 소리를 냈다. 솔잎 무더기가 바람에 놀라 미리 흩날렸다.

"신보(申報) 드립니다!"

정산봉에서 소리가 났다. 한 남자가 비탈을 타고 급하게 뛰어 내려오고 있었다. 남자는 숨이 가슴까지 차올라 제대로 말도 뱉지 못했다.

"연락자다. 세인(細人)을 만난 모양이야."

두란이 봉 휘두르기를 멈추고 연락책을 맞았다. 두란은 중간자에게 물주머니부터 던져주며 숨을 고르게 했다.

"왜놈들 무리는 네 군데로 나뉘어 있습니다. 남천 건너 본진, 동무듬, 서무 건너 능선, 그리고 황산입니다. 수효가 각기 이천, 삼천인데 모두들 중갑옷을 했습니다."

"그러면 왜장놈은 어디에 있간? 그 아지발돈가 아기발톱인가 하는 녀석."

"저기 황산에 있다 합니다. 여기 황산에는 적이 꼭대기에 목책을 두르고 아래를 굽어보고 있습니다. 이쪽 동태가 훤하게 보인답니다. 적의 주력군은 본진에 있습니다. 황산에 있는 것들은 혼란을 더하기 위한 기병(奇兵)들입니다."

연락병은 물을 다 마시지 못하고 토했다. 급히 뛰어 목이 달라붙은 모양이었다.

"한 시각 뒤에 또 접촉하기로 했지?"

이두란은 연락자의 등을 두드려줬다. 연락자는 무릎을 굽히고 나뭇등걸을 붙들었다. 사졸은 대답 대신 고개만 끄덕이며 아랫배를 늘였다 줄였다 했다. 성계는 다른 병사들을 시켜 중간자를 나무 아래 눕히도록 했다.

"본진을 칠 거요, 당면한 황산 지로를 치려는 것이오?"

정도전이 성계 곁으로 다가섰다. 성계는 마른풀을 뜯어 씹었다. 글쎄…… 마른풀에서 여물 냄새가 났다. 황산을 치려면, 서무 능선에 있는 적을 막을 병력을 남겨둬야 했다. 병력의 분산은 그나마 열악한 고려군의 세력을 더욱 약화시킬 것이었다. 본진을 치려면 가로막은 병력과 황산병력의 파상공세를 뚫어야 했다. 마른풀이 잘근잘근 씹혔다. 마른풀에 침이 가득 스몄으나 성하(盛夏)시절의 푸른빛을 발할 수는 없었다. 한번 꺾이거나 실패하면 돌이킬 수 없는 것이었다.

두란이 나섰다.

"거칠뫼부터 치고 나가자우. 적을 치려면 귀찮은 대구리부터 노려 박살내야 하우다. 내가 나서갔수."

철련협봉이 사슬 소리를 내며 돌았다.

"허허, 태산 준봉을 막고 쥐새끼 한 마리가 소리치는군."

변안열이 다가섰다. 갑주에 박힌 철편이 빛났다. 뭐야? 두란이 철련협봉을 처들며 소리쳤으나 변안열의 호위대가 서둘러 앞을 가로막고 나섰다.

"본진부터 쳐야지. 황산주둔군도 만만치 않은데 거기를 치면 어떻게 되겠나. 기력이 다해 본진에 닿기도 전에 전몰하고 말 것이다. 무경칠서(武經七書)도 읽지 못한 가별치 같으니."

변안열은 혀를 찼다. 성계는 풀을 뱉었다.

"스스로가 무지하니 그 눈에 보이는 것도 모두 그렇게만 여겨지겠지."

성계는 변안열을 노려봤다. 간자의 전언이 정말 옳은지, 역정보는 아닌지 혼란스러웠다. 변안열의 비아냥거림이 잘못된 것만도 아니었다. 본진을 놓아두고 곁가지 치기에 몰입하다니. 정몽주가 나서서 변안열을 거들었다.

"적이 서무 능선에 방어선을 왜 저렇게 세워뒀겠소. 본진을 보호하지 않고서 저런 군진을 펼 수 있다고 보시오? 아지발도가 어디에 있든 상관할 바가 무엇이오. 본진은 저곳이오. 내가 왜인늘의 습성을 잘 아는데, 적은 언제나 오테(大手)와 가라메테(搦手) 전법을 쓰고 있소. 그것을 알고나 있는 것이오?"

정몽주는 성계와 정도전을 번갈아 보다가 말을 이었다.

"수백 년 동안 변함없는 진법, 적은 이국의 땅에서도 그것을 쓸 거요. 익숙함을 낯선 것과 바꾸지 않으려는 습성, 그것이 왜인들의 고지식함이오. 전방과 후방, 전방과 측면. 적의 부대는 늘 그렇게 나뉘어 공격하는 것이오."

서무와 동무들은 적의 방어선이고 황산은 가라메테(搦手)에 해당하는 측면 공격이라고 정몽주는 덧붙였다. 바람이 세차게 불어 정도전의 머리카락을 흐트러뜨렸다. 정도전은 긴 주변머리를 귀밑으로 쓸어올렸다.

"아니오. 영공은 들으시오. 본진은 위장술이오. 황산이 본진이고 남천(濫川) 건너 인월역은 허수요. 고려군을 인월역으로 몰아 포위하려는 전략이오. 서무의 가로 방어선은 인월역의 가짜 본진을 가리기 위한 유인 부대요. 적들은 우리가 밀면 뒤로 빠질 것이고, 적은 자신들이 원하는 곳에 우리를 몰아 죽일 꿍꿍이를 가지고 있소. 그곳이 어디일까."

정도전은 곧바로 먼 인월역 왼쪽을 가리켰다. 그곳은 가로 늘어진 남천과 북에서 흘러내려오는 풍천(楓川)이 합류하는 지점이었다. 합류하여 만수천(萬壽川)을 이루고 지리산 계곡 쪽으로 굽어들어가는 합수지대의 평야였다.

"저기요. 적이 싸우고자 하는 곳은 바로 삼면이 강으로 막힌 저곳이오. 대군으로 고려군을 몰아놓으면 승부는 정해진 것 아니겠소?"

오랜 유랑에 시달린 정도전의 손가락은 살갗이 트고 갈라져 있었다. 정도전은 눈길을 성계 쪽으로 옮겼다.

"군대가 가야 할 곳은 황산이오. 황산의 적은 매복해 있어 치기 어렵고 강할 것이오. 어려운 일이나, 그곳을 쳐야 하오. 아시겠소?"

정도전의 눈빛은 확신에 차 있었다.

"무슨 소리. 삼봉은 군대의 작전 방략을 흔들어서는 안 된다."

정몽주가 삼봉을 저지하고 나섰으나 두란이 큰 키를 세워 막았다. 성계가 두란을 진정시키며 뒤로 잡아끌었다.

"삼봉은 누가 뭐래도 우리의 군사(軍師)야. 더 이상 삼봉의 입을 막지 말라. 간인들을 모두 풀어놓았겠지? 향간(鄕間)이든 내간(內間)이든 반간(反間)이든 상관없다. 모두의 지혜를 내 병장기 끝에 다 끌어모을 거야. 이들이 사간(死間)이 되든 생간(生間)으로 돌아오든, 형제를 위해 목숨을 던질 것이다. 나는 벼랑 끝으로 적을 몰아 같이 죽을 것이야."

성계는 개경에서 출발하기 전부터 왜말에 능통한 평민, 상인들을 끌어모았다. '다른 것은 다 필요 없다. 오직 독한 놈들만 뽑아.' 전쟁에 필요한 자는 독기를 품은, 완전한 개망나니가 아니고서는 안 되었다. 칼로 위협하고 죽도록 패, 끝내 버틴 자들만 골라냈다. 향간은 인월 운봉 남원 지역 출신자이거나 그곳을 잘 아는 자들로 채웠고, 내간은 적 진영 안에서 활동할 자들을 골랐다. 반간은 이중 첩인(諜人)을 뜻했다. 사간은 허위내용을 적에게 발설하고 죽을 각오를 한 자들이었고, 생간은 기일 내에 돌아와 적정을 알릴 담 큰 자들이었다.

"아지발도(阿只拔都)가 어디에 있든 내가 맡을 것이다. 그자가 우리의 뒤를 노리기 전에 먼저 나서야 해. 이곳 촌민들을 데려와. 우리는 황산을 친다."

거칠뫼의 길을 익힐 생각이었다. 정산봉 기슭에서 난을 피해 숨어 있는 주민들을 찾으러 패장들이 뛰어갔다. 정도전이 나직이 말을 꺼냈다. 바람결에 그의 말이 성계의 귀에 오래 머물지 못했다.

"맞소, 칠 곳은 거칠뫼요. 거칠뫼를 치기로 결정을 했으니, 한 가지만 명심하시오. 유인독능우천지(唯人獨能偶天地)라……."

무슨 뜻인가. 성계는 눈동자를 위로 밀어올리며 의미를 헤아리려 했다. 오직 사람만이 홀로 천지와 짝할 수 있다. 성계는 고개를 갸웃거렸다.

"군사 선생이 나에게 화두를 던지셨군. 싸우는 내내 머리 아플 것인데."

적들이 다른 작전을 펼치기 전에 일어서야 했다. 병사들은 지쳐가고 있었다. 홀로 천지와 짝할 수 있다, 누가…….

신장 아지발도

 목책 끝에 스치는 바람이 갈라졌다. 바람은 청설모 소리를 내며 길게 울었다. 요로이를 입은 병사들은 투구를 번들거리며 목책 앞에 빽빽하게 늘어서 있었다. 병사들은 병장기보다도 검고 단단한 얼굴을 빛내며 서 있었다. 창과 치겸과 구마데(熊手)가 고슴도치 가시처럼 하늘을 찌르고 있었다.
 황산 봉우리는 사방이 삼중의 방어벽으로 막혀 고려군이 진입할 틈이 전혀 없었다. 비탈에 죽창처럼 깎아 세운 호락(虎落)이 산을 두르고 있었고, 위로는 목책이 있었다. 그 너머로 가시나무로 엮은 역무목(逆茂木)이 가로막았다. 그것들이 이중 삼중으로 봉우리를 에워쌌다. 들어오는 길은 오로지 한 곳이었다. 병사들이 드나들 때를 제외하고는 언제나 막혀 있었다.

중갑주 요로이(大鎧) 차림의 무장이 봉우리에서 내려서자 모두 한 걸음씩 물러서며 고개를 숙였다. 투구 뒤에 귀와 목을 보호하기 위해 늘어뜨린 시코로 때문에 요로이 무장의 얼굴은 보이지 않았으나, 귀족 가문의 무사들이나 지방 토착의 중소 칼잡이인 고쿠진급 무사들도 허리를 굽혀 그를 맞았다. 용병으로 합류한 떠돌이 무사단 아부레모노 무리들도 담소를 멈추고 정중히 예를 갖췄다. 요로이 무장은 병사들보다 훨씬 컸다. 등 넓이도 야윈 사졸 두 명의 어깨보다 훨씬 넉넉해 보였다.

"가미쇼(神將)."

병사들 무리에서 그를 부르는 소리가 울렸다. 가미쇼……부르는 소리들은 메아리일 듯 퍼지며 멀리까지 번져나갔다. 가미쇼가 샘물 바위를 딛고 올라섰다. 그 곁에 주름살 많은 승려가 따라붙어서 조용히 가미쇼를 지켜보고 있었다. 사람들은 그를 슈겐부츠(修驗佛)라고 불렀다. 산 속에서 도를 닦는 부처라는 의미였다. 슈겐부츠는 몸에 살가죽이 겨우 붙어 뼈마디가 불거졌으나 눈만은 강하게 빛났다. 샘물 바위에서는 산 아래가 다 내려다보였다. 발아래 정산봉 능선에서 길게 늘어선 고려병들의 모습이 눈에 띄었다.

가미쇼는 고개를 돌려 서쪽 하늘을 봤다. 해가 얼마 남지 않았다. 시코로 사이로 비치는 가미쇼의 얼굴은 열다섯, 여섯 정도나 되어 보였다. 거구의 덩치에 비해 얼굴은 소년티가 날 정도로 동안이었다. 투구 이마에 선명하게 도드라진 용머리 문양이 볕을 받아서 눈이 부셨다.

"다이코 슈겐부츠(大光修驗佛)."

그는 허리를 낮추어 중을 불렀다. 목소리는 빈 나무통 진동처럼 굵고 탁하게 울렸다.

"내가 떠나올 때, 나는 이름자를 이키섬(壹岐) 앞바다에 두고 왔습니다. 깊이 가라앉혀 영원히 수장시켰소. 내 나이도 버리고, 집도 버리고 아내마저 버리고 왔습니다. 한데 좀 이상하지 않소? 고려국인들이 나에게 새로운 이름을 붙여줬으니 말이오. 아지발도, 몽골식으로 하면 아기바투, 그들은 나에게 묻지도 않고 아기장수라고 부르고 있으니, 거참…… 그들이 부르면 그렇게 따르는 수밖에요. 내가 그렇게도 아이같이 보입니까?"

뺨을 늘여 웃을 때 가미쇼의 눈가에 독한 칼금이 그어졌다. 슈겐부츠는 웃음 대신 눈꺼풀만 지긋이 내렸다 올렸다.

"아기는 본래 신령스러운 것입니다. 저들은 형상을 보고 이름을 붙였겠으나 심중에는 두려움이 가득 차 있습니다. 몽골에 밟힌 저들은 또 한 번 우리 남조(南朝)의 발굽에 차이지 않을까 떨고 있지요. 거란에, 몽골에, 그리고 우리 남조에……녹슨 창칼 따위로나 막아서려는 무능한 나라입니다. 우리가 이 땅을 지배하게 되면 많이 달라질 겁니다. 떠나올 때를……."

잊지 말아야 한다고 슈겐부츠는 말했다. 아지발도를 보는 슈겐부츠의 눈은 깊었다. 잊지 말아야 한다, 그것은 남조의 운명을 좌우하는 중요한 맹세였다. 칼끝으로 가슴속에 새긴 다짐…… 잊지 말아야 한다. 쇼니가(少貳家)의 절망을, 슈고(守護) 쇼니후유스케(少貳冬資)의 죽음을 기억해야 한다. 슈겐부츠의 눈썹 끝이 떨렸다.

"군사들이 기다리고 있습니다."

슈겐부츠는 턱짓으로 알렸다. 아지발도의 눈동자가 잠시 흔들리더니 곧 결기 가득하게 고정되었다. 어서. 슈겐부츠의 턱이 다시 한 번 들렸다. 손에 쥔 지팡이가 미세하게 떨렸다.

"저것을 가져와라."

아지발도는 나무에 매여 있는 말들을 가리켰다. 왜병이 말을 끌자 네 마리 말 뒤에는 끈이 엮여 묵직한 돌덩이가 딸려 나왔다. 비석이었다.

"나는 이것을 이키섬에서부터 가지고 왔다. 내 주검을 알리는 빗돌이다. 나는 우리 신군(神軍)의 원을 이루지 못하면 돌아가지 않겠다."

비석이 차갑게 빛났다. 수레 대신 비석을 받쳐놓은 깔개에 흙이 가득했다. 말이 끈 자리가 깔개에 쓸려서 창으로 긁은 것처럼 굵은 줄이 드러나 있었다. 아지발도는 한 번의 호흡으로 비석을 머리 위로 들어올렸다. 왜병들은 놀라는 말들의 고삐를 단단히 움켜쥐었다.

아지발도는 양쪽 입가에 깊은 주름을 찢어지게 잡으며 소리를 내지르기 시작했다.

"남조(南朝) 신군은 들으라. 우리가 여기를 왜 왔는가."

긴 대롱관의 울림이 병사들의 머리 위로 뻗어나갔다.

"죽음의 검은 바다 현해탄을 건너 왜 왔는가!"

풀어 젖힌 투구 끈이 거칠게 흔들렸다. 대답하지 않아도 모두들 알고 있었다, 기울어가는 나라를 구하기 위해 바다를 건넜다는 것을.

"규슈에서, 쓰시마에서, 이키시마에서 아직도 전우들이 우리를 기다리고 있다. 우리 남조가 무너졌다고 말하는 자들은 이 앞에 나서라. 우리의 적통은 무너지지 않았다. 우리는 돌아가 반드시 다시 세우고야 말 것이다."

아지발도는 비석을 던졌다. 비석이 땅을 찍고 두어 번 뒹굴었다. 이미 망한 나라 남조였으나 그들은 인정하려 들지 않았다. 60년 동안의 기나긴 싸움에서 기력이 다해 쇠한 세력이었지만, 그들은 아직도 약관 스물둘의 전설 무사 마사쓰라와 같은 용장이 나타나 나라를 부흥시키리라 믿고 있었다.

"우리는 개경을 부수고 고려를 차지할 것이다. 몽골의 속국 고려를 우리가 해방시킨다. 고려는 우리 땅이다. 여기에서 수십 만 남조군을 만들어 오만한 북조군을 칠 것이다. 남북조의 통일. 그것이 우리가 고려에 온 목적이다. 황통을 이어 우리는 요시노 조정을 다시 세울 것이다. 개경을 함락시킬 날이 머지 않았다. 저 발아래 있는 놈들은 이성계 부대다. 고려에는 부대가 없어 변방에서 굴러먹던 들개 몇 마리를 이곳으로 들여보냈다. 저것들을 모조리 창끝에 꿰어 살을 바르자. 내일 우리는 북진할 것이다!"

정복과 부흥…… 그것은 다른 이름이 아니었다. 칼날을 휘두를 때마다 그 이름을 피로 써내려가야 했다. 아지발도의 눈은 주술에 들린 눈빛이었다. 눈동자 반이 위 눈꺼풀에 덮인 채로 떨고 있었다. 아지발도의 뒤에서 슈겐부츠는 눈을 감고 있었다. 지팡이를 짚은 슈겐부츠의 손떨림에 따라 아지발도의 목청이 커지고 작아지고 하는 것만 같았다. 지팡이의 진동은 한동안 계속되었다.

개경을 함락시켜 남조에 복속시키는 일은 그리 불가능한 것이 아니었다. 정복군은 수십 년간의 내전에서 실전을 치른 병사들이었다. 소년 때부터 싸움터에 나서서 이미 장년이 된 자들도 있었다. 전쟁에서 살아남은 가장 막강한 무사들로 대선단을 꾸려 도해를 감행했다. 단 한 번의 도박, 지거나 이기거나 반드시 이루고야 말 비장이었다.

아지발도는 무사가 쥐고 있던 소창을 집어 들었다. 슈겐부츠의 지팡이가 땅을 찍었다. 카아악, 아지발도는 서너 걸음 뛰어 소창을 날렸다. 소창이 백마의 가슴을 뚫었다.

"내 몸은 온통 불의 신으로 가득 차 있다. 분노로 고려를 불사르겠다. 나는 이 말의 피를 받아 고려를 물들이겠다. 모두 나서라."

아지발도는 창을 뽑았다. 피가 튀어 요로이를 물들였다. 불길이 솟구치듯 피가 계속 뿜어져 나왔다.

"부대, 집결."

북이 울렸다. 다발로 울리는 북소리를 따라 땅이 울리고 무사들의 걸음이 부산스러워졌다. 장군 서너 명과 원수급 지휘관 무사 백여 명이 아지발도 앞에 도열하여 섰다. 황산 산마루가 두렵게 진동을 일으키고 있었다.

군대는 연합부대였다. 아지발도가 속해 있는 쇼니가(少貳家) 부대는 황산에 배치되어 있었고, 떠돌이 무사 집단과 승병의 무리 등이 부대를 받쳐줬다. 아소가(阿蘇家) 부대는 동무듬에 남북으로 늘어서 있었고, 기쿠치가(菊池家) 부대는 서무를 가로막고 있었다. 부대마다 각기 다른 가문의 문양이 새겨진 깃발이 휘날렸다. 동무듬에 있는 아소 부대는 장군 데루모토가 지휘를 맡고 있었고 서무에는 기쿠치 부대 장군 요시카게가 지켰다. 아부레모노 부대는 다야스 장군이 승병 부대는 장군 산목(山木)이 버티고 있었다.

"간자(間者)들을 불러라."

원수의 호령에 병사들 틈에 있던 간인들이 몰려 나왔다. 그들은 고려인 복장을 한 무리들이었다. 마부 차림을 한 자와 거지들, 농부, 떠돌이 중으로 변복하고 있었다. 그들은 고려말에 능통했다. 거지 복장을 한 히닌(非人), 어부 구고닌(供御人), 산승 야마부시, 마부 노부시(野伏), 떠돌이 무사 아부레모노 능이었다.

"아쿠토 이리와."

아쿠토는 정탐 간자 집단이었다. 10명 50명씩 떼지어 다니며 길 위에서 첩정(諜呈)을 수집했다. 때로는 상인으로 위장하기도 했고, 해적질도 하면서 살인과 약탈을 주저하지 않는 무뢰한들이었다. 남조(南朝)에서는 그들을 천황의 군대로 활용했다. 그들의 정탐은 준마로 내닫는 전령들보다 빠르고 광범위하여 군대로 끌어들이지 않으면 언제든 반기를 들 수 있는 무장 세력이었다. 아쿠토 여섯 명이 칼을 차고 앞에 섰다.

"성계 부대는 두 번의 접전으로 벌써 지쳐 있습니다. 적의 간자를 붙잡아놓고 연락책에게 거짓 내용을 흘렸습니다."

아쿠토는 소나무 숲 베어낸 자리 아래 먼 산자락을 가리키며 고려군의 움직임을 가리켰다.

"그런데 고려 부대가 이쪽 소로를 타고 출병하고 있습니다. 멍청한 것들, 말한 대로 움직이지 않고. 이상하네? 통발이만 던져놓으면 저 죽을 줄 모르고 꾸역꾸역 기어드는 장어 새끼 같은 놈들이 의외로 머리를 굴리고 빠지는 수가 다 있네?"

"히닌, 너는."

무사는 어깨 보호대인 게이가나모노를 들썩이며 거지를 가리켰다. 대머리 거지가 이맛살을 잔뜩 모으며 앞으로 나섰.

"고려군 중 싸울 만한 자는 몇 안 됩니다. 저것들은 이성계 사병들이어서 중앙군 변안열 부대와 자주 다툼을 벌입니다. 귀족 권문세가 무리들과 신흥세력의 알력이 전장에서까지도 구린내를 풍기고 있습죠."

"너는 그것을 어떻게 알았어?"

"에이, 이게 다 저놈들한테 차이고 맞고 하면서 얻은 거요. 젠장, 이것 보우."

히닌은 등에 두른 거적을 풀어 상처를 보여줬다. 곤봉으로 맞았는지 검푸른 매질 자국이 또렷했다. 전장에 끼어들어 죽은 것들의 물건을 훔치며 접근하다가 맞았다고 했다.

"한마디도 빼놓지 않고 들으려고 종사관들 옆구리까지 다 가서다가 창에 배창시 꿸 뻔했지. 저희들끼리 포은 뭐 어쩌고 하던데."

"포은이라…… 알지. 정몽주야. 전에 만난 적이 있어."

슈겐부츠는 홀쭉한 뺨을 늘이며 눈썹을 내려뜨렸다. 3년 전 6월, 생달나무 나무숲이 짙푸를 무렵, 정몽주를 영접하러 나가던 때를 떠올렸다. 하카타 부두에서 서성거리며 슈겐부츠는 고려 목선을 봤다. 고려 반도국의 당당한 사신 걸음. 바지 밑에 보이는 정몽주의 가죽신은 눈이 부셨다. 다이코 슈겐부츠는 고려 말로 정몽주를 맞았다.

규슈는 북조군에 의해 정복되었고, 이미 북조군 장군 료순의 지배하에 있었다. 규슈 각지는 북조군 무사들의 행정 전시장이 된 지 오래였다. 정몽주의 혀는 다이코를 압도했고, 휘두른 필담은 영접 나온 규슈의 승려와 학자들 머리 위에서 현란했다. 다이코는 정몽주보다 더 늙었으되 학식은 턱없이 부족했다. 선불교를 대하는 진지함조차 승려인 다이코는 더욱 더 모자랐다. 포은은 늘 당당했고, 거리낌이 없었다. 가슴을 열어젖힌 보행 습관만큼이나 사상에서나 정치적 협상에서도 걸림이 전혀 없었다.

정몽주는 이마가와 료순 앞에서도 설득력이 대단했다. 단 한 번 만났을 뿐인데, 정몽주는 료순에게 수십 가지 약속을 받아냈다. 고려군과 협력하여 해적들을 소탕할 것과, 규슈지방에 있는 고려인 납치자 수백 명을 석방할 것, 그리고 해상 왜구가 고려를 또 다시 침범할 때는 료순이 전적으로 책임질 것 등을 서약하도록 했다. 료순은 입을 모아서 고려 칭송을 아끼지 않았다.

해적을 소탕하다니. 고려가 말하는 왜구는 누구인가. 남조군의 패잔 세력, 다이코 슈겐부츠와 해안을 떠돌며 숨어사는 쇼니가 추종세력 그들 아닌가. 료순이 붓을 들어 서명을 할 때 다이코는 풀었던 비수를 꺼내어 그 자리에서 죽이고 싶었다. 부흥군의 밀명을 받아 규슈 슈고(守護)와 친분을 쌓아온 그였다. '료순을 암살하라.' 하지만 언제나 빽빽하게 늘어선 수행 무사들 탓에 암살은 불가했다. 다이코가 할 수 있는 것은 료순의 동향과 남조 패잔 부대를 토벌하는 계획 따위를 알리는 일이었다. 다이코의 귀에서 남조군의 생사가 결정되었다. 남조군 부흥 거사가 결정되기까지 그는 암살을 미룬 채 료순 곁에 붙어 있으며 경이나 읽어야 했다.

"포은은 나에게 선학자적 영감을 줬지만, 이제는 아니다. 나는 그를 경외했으나 창을 든 지금, 그는 적의 종사관일 따름이야."

슈겐부츠는 지팡이를 한번 찍었다.

"제가 한 말씀 보탤까 합니다."

농민차림의 장년이 나서더니 무릎을 꿇어 오른손을 왼 허리에 대고 읍을 했다.

"이성계 부대의 군사 역할은 삼봉이라는 낭인이 맡은 듯합니다. 삼봉이라는 놈은 이성계와 짝패인 듯하오."

농복(農服)의 간자는 정산봉 자락에서 군막 가까이 접근하여 들었다고 했다. 다이코는 코를 비틀듯 한쪽 뺨에 주름을 잡았다.

"뭐야? 삼봉?"

슈겐부츠의 눈이 커졌다.

"그, 그자는 어디에서 나타난 거야. 여태껏 그자를 말하는 자가 없었잖아. 그것도 군사?"

슈겐부츠의 큰 소리에 간자의 어깨가 움츠러들었다.

"전주성 부근에서부터 따라붙었다고 합니다. 워낙, 거지꼴이어서…… 그래서 아무도 눈여겨보는 자가 없었을 것입니다."

"이거, 참…… 그 작자는 도대체 속을 알 수 없는 위인이야. 내가 만난 인물 중에 가장 난해한 자야. 나는 아직도 그자의 속내를 이해하지 못한다."

다이코의 음색이 갈라졌다가 곧바로 차분하게 가라앉았다.

"그자는 인정이 부족한 유학자야. 사사로운 정을 결코 끌고 가지 않는 과단한 학자지. 개혁과 진보, 저들은 그것을 신흥이라고 부른다. 그자가 군사의 부채를 들었다면……."

슈겐부츠는 잠시 말을 끊었다. 바람이 그의 긴 눈썹 끝에 머물렀다. 고려군 천 명 남짓한 조무래기들, 그들을 없애기가 조금 까다로워질 수 있을지도 몰랐다. 다이코는 까닭 없이 귀를 움찔거렸다.

"우리는 애초부터 신흥이라는 것이 없는 세상 속에서 살아왔다. 대체 그 '신흥'이라는 괴물은 뭐야. 그자는 나를 보자 신이 난 듯 떠들어댔어. 혁파, 그자의 혀에서 나오는 말은 온통 그런 것들이었어. 왕마저 바꾸어버린다? 갈아치운다고? 구태여 말하자면, 이런 것이지. 우리가 믿고 신봉하여 털끝만큼의 의심도 없는 천황제, 이것을 일거에 뽑아버린다면 어떻게 될까. 우리는 저들 말로 하면 권문이 되는 것이야. 우리는 지금껏 권문 속에서 생사만 선택을 강요받으며 지냈을 뿐이야. 사해(四海)의 권문들은 아무리 적이라 한들 서로의 마음을 얻을 수 있다. 하지만 삼봉이 부르짖는 혁신이라는 것은 생뚱맞은 꿈과 같으니 말이 통할 수 있겠나. 그래서 나는 그자를 모르는 것이야."

개혁을 꿈꾸는 자에게 무어라 이름 붙여야 할지. 오직 천황의 통치만을 갈구하며 종교적으로 목숨을 다 걸어버리는 우리를 도리어 삼봉은 이해나 할 수 있을지. 이 싸움은 어찌 보면 양과 음처럼 상극끼리의 쟁투인지도 모를 일이었다.

"삼봉이 끼어든 탓에 일이 어지럽게 돌아가는군. 그자는 나를 괴롭힐 것이다. 작전을 모조리 바꾸어야 할지도 모를 일이야. 모르는 적과의 싸움. 신흥은 권문을 꿰뚫고 있지만 권문은 신흥을 이해조차 하려 들지 않지. 그래서 그자는 우리를 알고 있고, 나는 그자를 모르는 것이지. 간자에게 보낸 거짓 내용이 잘 먹히지 않은 것부터가 순전히 삼봉 탓이야."

다이코는 지팡이에 힘을 줬다. 늙고 처진 손등에 주름이 가득했다. 팔에서 묘한 떨림이 일었다. 예측하지 못한, 두려움 같은 것…… 기묘한 일이었다.

"비책이 아주 없는 것은 아니지…… 제아무리 빼어난 군사

(軍師)가 강풍의 부채질을 해댄다고 해도 우리는 이긴다. 별 것 없다. 적은 둘로 나뉘었다. 우리가 의도한대로 적이 따라오지는 않았지만, 적은 자충수를 둔 것이다. 보란 듯이 격파해 주리라."

 방어책은 정해졌다. 다이코 슈겐부츠는 무사들에게 거듭 다짐을 받았다. 승리에 대한 확신을 모두에게 그렇게 심어주어야 했다.

 "성계 부대가 나서고 있다. 다들 말에 올라라. 적은 의심이 많아 산길을 버리고 좌우로 기어들어가 숲으로 오를 것이다. 매복조는 먼저 내려가라. 쥐 같은 새끼들."

 아지발도가 명령을 내렸다. 아지발도는 모두를 그렇게 내몬 다음에 수행 무사를 불러 무기를 챙기도록 했다.

 "그것 말고 나기나타(薙刀)를 가져와라."

 나기나타는 창 모양을 한 검이었다. 길이가 열 자를 넘겨서 보통 왜인 둘을 맞대어도 모자랄 정도였다. 맨 위 3분의 1은 칼이었고 나머지는 쇠봉으로 이어진 병장기였다. 화살이 잘 먹히지 않는 숲의 기마전에서는 치도(薙刀)가 가장 유리했다. 30근이 넘는 무게의 병기는 적들을 낙엽 쓸 듯할 것이었다. 아지발도는 말 위에 올라 나기나타를 집어들었다. 슈겐부츠도 말에 올랐다. 장삼자락이 크게 펄럭였다. 슈겐부츠는 호위 무사들을 잠시 물리쳤다. 아지발도와 슈겐부츠, 단둘만이 남았다.

"무사들 입단속은 철저히 했겠지?"

슈겐부츠는 나직이 입술을 달싹거렸다. 둘이 있을 때에는 그는 아지발도에게 말을 낮췄다. 예, 아지발도는 콧등에 주름을 모으며 눈에 힘을 줬다.

"선단 이야기는 저승까지 가져가도록 해야 해. 패배한 두려움을 잊어야 한다."

최무선 선단에 정벌선 5백 척이 한꺼번에 깨진 것을 두고 하는 말이었다. 진포 해안에 있어야 할 병사들이 몰려와 정벌 선단이 격침당했다고 고했을 때, 그는 책임을 물어 눈물도 없이 그들의 목을 모조리 베어버렸다. 고려 해안 어느 곳이든 마음대로 휘저으며 노략질을 해도 걸림이 없었는데 격침이라니. 전혀 듣도 보도 못한 화약탄을 날려 거대 선단을 모조리 박살냈다는 말을 그는 믿을 수가 없었다.

진포는 조창 중에서 가장 큰 곳이었다. 그곳을 쳐서 남조군 병량미를 확보하여 규슈(規슈) 회복의 기회로 삼을 계획이었다. 일은 너무도 순조롭게 되었다. 수군들만 남겨두고 그곳을 떠나 가뜬하게 개경을 향해 북진할 수 있었다. 금강의 드넓은 하안(河岸)이 병선으로 가득 차 물결마저 가릴 정도로 정박한 풍광은 도도했다. 그런데 그것이 한 시각 만에 주저앉다니.

"행여 품고 있을지도 모를 비관의식을 사그리 뽑아버려야 한다. 배수진의 비장(悲壯)만이 우리가 살 길이다."

슈겐부츠의 당부에 아지발도는 이빨을 드러내며 턱을 떨고 있었다.

"이제 우리는 돌아갈 곳이 없다."

나뭇가지를 휘감는 바람이 휘파람 소리를 냈다. 적의 숫자가 비록 적더라도, 매사를 신중하게 처리하지 않으면 안 되었다. 각 부대 작전별로 만에 하나 작은 패배가 발생하기라도 한다면, 엄청난 사기 저하에 휩쓸릴 게 뻔했다. 아지발도는 왼손으로 말갈기를 말아줬었다.

"고려국왕의 모가지를 비틀면 되지, 뭐. 내가 성계의 목을 날리고 고려병을 다 쳐 죽이고야 말겠어."

말이 놀라 앞발을 들어올렸다. 아지발도는 엉덩이를 들고 상체를 말머리에 바짝 붙였다.

"아서."

슈겐부츠는 짧게 소리를 뱉었다. 그의 눈꺼풀이 가늘게 찢어졌다.

"너는, 항상 허장을 경계해야 한다. 언제나 삼가라. 내 말을 듣지 않으면 우리는 고향을 밟지 못할 것이다. 분기를 다

스려라."

제발…… 다이코는 칼빛 눈길을 거두어들이며 입술을 닫았다. 수차례 타이른 말이었다. '너의 분기에 스스로 멸하리라.' 청년이 가장 경계해야 할 것은 마음속 불덩이였다. 그게 아지발도가 맞서 싸울 이성계와 가장 다른 점이리라. 슈젠부츠는 무리 중에 있는 한 무사와 눈을 맞추며 지팡이를 들어 높이 던졌다가 받았다. 무사의 얼굴에 당혹스런 빛이 스치더니, 슈젠부츠를 향해 보이지 않게 읍을 하고 사라졌다.

아지발도는 슈젠부츠의 말을 삭이려고 가슴만 부풀렸다 내렸다 했다. 말을 몰아 완보로 나아가자 수행 무사들이 복죽궁과 삼매타궁을 들고서 따라붙었다. 옻나무의 양면을 깎아 내죽과 외죽을 붙인 복수궁들이었다. 수행 무사들은 활에 옻칠을 하지 않은 백목궁(白木弓), 옻칠을 한 도궁(塗弓), 그리고 옻칠을 한 활에 등나무를 감아 덧입힌 중등궁(重藤弓)을 들고 있었다. 활은 모두 무사들의 키만큼이나 크고 길었다. 아지발도는 고삐를 느슨하게 풀어 말을 몰다가 궁마 무사 중의 하나를 가리켰다.

"저자는 고려 간자지?"

예, 수행 무사들이 고개를 꺾으며 대답했다. 아지발도의 손가락이 건너 나무 사이로 보이는 또 다른 무사를 가리켰다.

"저자도……."

그는 손가락을 거두어 고삐를 다시 쥐었다.

"녀석은 종예라는 놈입니다. 간자 중에서 가장 경계해야 할 놈입니다. 네댓 명이 같이 움직이며 계속 감시하고 있습니다."

호위 무사가 허리춤의 우쓰보(空穗)를 매만졌다. 그 안에는 열댓 발의 화살이 촘촘히 들어 있었다.

"죽이지 말고 그대로 두어. 저것들을 따로 이용할 것이다. 제 꾀를 팔다가 제가 죽을 놈들. 얼핏 보면 누가 아군인지 적인지 모를 지경이야. 허허."

아지발도는 치도를 들어 앞을 가리는 졸참나무 가지를 잘라냈다. 간인들이 사나흘 전부터 진중으로 들어왔다. 운봉 남원성 싸움에서 죽은 왜병의 갑옷을 입고서 잠입한 자들이었지만, 아무리 흉내를 내어도 행보나 습관 그리고 체형이 달라 지속적으로 주의를 기울이면 몇 명은 속아낼 수 있었다. 그러나 위설(僞說)이 워낙 단단한 것들은 끝내 걸러낼 수가 없었다. 영중(營中)에 몇 명이나 활보하고 다니는지 정확히 집어내기는 어려운 일이었다. 군마들이 열린 목책을 벗어나 일렬로 내려갔고 뒤따라 중갑주 무리가 비탈을 가득 메웠다.

아직 접전이 벌어진 것도 아닌데 전방이 소란스러웠다. 기쿠치 부대 전령이 군마를 비집고 급히 위로 거슬러왔다.

"가미쇼. 탈주병이 발생했습니다. 요시카게 장군이 잡아두고 있습니다."

아지발도는 짙은 눈썹을 구기다가 대수롭지 않게 전령의 젖은 이마를 굽어봤다.

"잡았으면 즉결 처분하여 창자를 꺼낼 일이지 나한테 알릴 게 뭐야."

"아닙니다. 쇼니가 마쓰우라(松浦) 부대 소속이라서…… 가미쇼 고향 이키 섬 출신이라 신고 드리는 겁니다."

전령자는 말 아래에서 무릎을 꿇은 채 어렵게 이마를 들어 올려 고하고 있었다.

"다른 섬도 아니고 내 친족의 땅에서? 어찌 그런 자가. 누군지 이름을 대봐."

"미즈류(水龍)라 합니다."

미즈류? 아지발도는 투구 끈을 질끈 씹으며 다이코를 바라봤다. 슈겐부츠는 숲의 검은 그늘만 내려다보고 있었다. 다만 수행 무사들이 놀라 서로를 바라볼 따름이었다.

"미즈류는 도래인(渡來人) 형제 아닙니까?"

수행 무사가 나서자 아지발도의 나기나타 자루가 곧바로 날아왔다. 수행무사는 쇠봉을 머리에 맞고 말 밑으로 떨어져 굴렀다.

"입 닥쳐."

아지발도는 말을 몰아 무사를 밟으려 들었으나 말은 한사코 모로 비키며 무사 곁으로 다가서기를 거부했다.

"그놈의 모가지를 당장 베어버리겠다."

아지발도는 바짝 머리를 숙인 채 숲 사이로 말을 몰았다. 잔가지들이 털리며 숲이 서늘하게 뒤집혔다. 숲 사이 곳곳에 매복하려고 파놓았던 구덩이들이 눈에 들어왔다. 미즈류는 결박당한 채 엎어져 있었다. 얼굴과 몸에 난 상처가 내지르는 고함소리보다 깊어 보였다. 아지발도는 말에서 뛰어내리자마자 치도를 높이 쳐들었다. 봉끝에 달린 기다란 칼날이 푸르게 빛났다.

"의형제를 맺은 놈이 탈주라니. 네놈이 이키 앞바다에서 나와 함께 벌거벗고 헤엄치던 놈 맞아?"

아지발도는 마상용 단화를 들어 미즈류의 얼굴을 짓이겼다. 멧돼지 모피 신발이 저돌 발굽인 양 마구잡이로 날뛰었다.

"이유가 뭐야. 그것이나 알고 네놈 목을 창끝에 걸겠다."

아지발도는 미즈류의 목을 움켜쥐고는 그대로 들어올렸다. 미즈류의 발끝이 허공에 떴다. 미즈류는 체념한 듯 눈을 감고 고통을 견디고 있었다. 미즈류는 아지발도보다는 작았으나 다른 무사들에 비해 목이 하나 더 길었다. 목의 굵은 힘줄이 터질 듯했다.

"박, 박순이……."

미즈류는 막힌 목구멍에서 겨우 소리를 뱉었다.

"그게 누구야, 말을 해."

아지발도는 미즈류의 머리통을 땅에 찧었다. 부엽토가 눌려 패었다.

"정혼녀야. 찾아야 돼."

미즈류의 눈은 흰자로 뒤덮였다. 아지발도는 몇 번을 더 머리통을 잡아 흔들다가 비켜섰다.

"그것 때문에, 겨우 그 따위 것 때문에……."

아지발도는 나기나타를 두 손에 말아쥐고 미즈류의 가슴팍을 노려 찍을 태세였다. 미즈류는 칼끝을 피하지 않았다. 멀리서 고려 간자들이 미즈류를 지켜보고 있었다. 아지발도는 간자를 힐끗 보더니 미즈류를 향해 나기나타를 꽂았다. 어우, 병사들 틈에서 짧게 탄성이 새어나왔다. 아지발도가 물러섰다. 미즈류는 눈을 감은 채였다. 나기나타는 미즈류 옆에 꽂혀있었다.

"저 자식을 일으켜 세워."

아지발도는 투구를 벗어던졌다. 투구 속에 있던 조모자에서 김이 솟았다. 미즈류의 고향은 운봉이라고 했다. 고려 정벌에 미즈류는 들떠 있었다. 평소 과묵했던 그는 말이 많아졌다. 정혼자를 만날지도 모른다는 기대감을 구태여 숨기려 들지 않았다. 이키섬에 들어온 지 5년, 미즈류는 크고 강건한 덩치 덕에 쇼니가의 무사가 될 수 있었다. 담력이 큰 도래인 미즈류는 해전에서조차 막강한 지휘력을 발휘했다. 그의 지구력은 남달랐다. 섬 주위를 헤엄치며 꼬박 한나절을 보낸 것이 부지기수였다.

"너희는 내가 무사가 되었을 때에야 도래인이라고 불러줬다. 그 전에는 도레이(奴隷)였지. 그래, 나는 납치되었다. 나는 소금장수야. 변산 소금을 얻으러 산골짜기를 나왔다가 변을 당했지. 돌아갈 날만을 기다렸어. 고려말을 잊지 않으려고 애를 쓰면서 말이지. 무사가 된 것도 오로지 집으로 돌아갈 일념 때문이었어. 너희가 운봉을 불 질렀을 때, 내 눈깔에는 박순이밖에 보이질 않았어. 네놈들이 겁간하고 찢어 죽인 여자들까지 다 살펴봤어. 운봉으로 가겠어. 박순이를……."

여자를 찾겠다며 미즈류는 소리를 질렀다. 아지발도의 멧돼지 마상 단화가 그의 턱을 찍었다.

"듣기 싫다. 너는 내 친구가 아니다. 도레이를 믿지 말았어야 했다. 들어라. 녀석을 그냥 죽이지 않겠다. 이노우에, 이놈을 선봉에 세워. 고려군과 싸우게 하여 사지로 몰아넣어라. 살아남거나, 허튼짓을 하거든 뒤에서 화살을 날려라. 벌집을 만들어 나뭇가지에 걸어놓으면 이놈의 계집년이 보든지 하여 눈깔 뒤집히겠지."

아지발도는 거듭 발길질을 하여 미즈류를 넘어뜨렸다. 이 노우에가 넘어진 그를 걷어차며 아무 곳으로나 굴렸다. 미즈류에게 활과 칼을 주지 않고 말을 태웠다. 요로이를 입은 무사들이 그를 에워싸고 산을 내려갔다.

어떻게 하늘과 땅 앞에 홀로 설 수 있는가

"단단히 틀어막고 있어."

성계는 이두란과 처명 부대를 서무 쪽 방어를 위해 그대로 남겨뒀다. 성계는 보병부대 200명을 끌고 자신의 휘하 가별치 부대를 집결시켰다.

"황산 숲으로 간다."

부대가 움직이고 있었다. 정도전은 키를 넘는 긴 대나무를 다듬고 있다가 일어서서 부대원들을 배웅했다. 젓가락 넓이의 가느다란 대나무는 바람에도 쉽게 휘어져 낭창낭창한 허리를 흔들어댔다.

출정하는 가별치 부대와 남원성 보병들은 풍등을 만드는

병사들을 향해 볼멘소리를 뱉었다. 풍등을 만드는 병사들은 제대로 대꾸 한마디 못 하고 곁눈질만 두어 번 치다가 못 들은 척 일에 열중했다. 그들 중 몇은 7척 높이의 사람 키보다도 더 큰 풍등을 만들고 있었다. 가느다란 대나무들을 교차하여 엮으면서 둥글게 모양을 잡고 있었다.

변안열과 정몽주는 전투 시작 전부터 망자를 달랠 때나 날리는 풍등을 만드는 행위를 이해하지 못했다. 수십 개도 아니고 천 개가 넘는 풍등이라니. 머리 좀 좋다고 날뛰는 정도전이나, 전법도 모르고 날뛰는 성계의 속을 도무지 알 수가 없었다. 무장들도 적을 맞아 한 명이라도 아쉬운 병사들을 빼내 풍등이나 만드는 게 이해할 수 없다는 눈치였다. 그나마 성계를 따르는 배극렴이 나서서 정도전에게 물었다.

"풍등으로 망자를 달랠 것이면 수십 개 정도면 될 터인데, 천 개가 넘는다니. 우리가 다 죽기라도 한다는 것이오? 풍등을 왜 만드는지, 나도 이해를 못 하겠소. 성계공이나 군사선생의 속을 헤아리기가 어렵소."

정도전은 두어 토막 웃음으로 답을 대신했다. 배극렴은 고개를 갸웃거리며 말머리를 돌렸다. 보병들이 들판으로 나서면서 풍등을 만지는 동료들 뒤통수에 또 몇 마디를 얹었다.

"야, 열흘 동안 만들 거냐. 한 달 동안 품을 거냐. 빨리 끝내고 활 안 잡아?"

"판수 너 이 자식, 그러고도 자식새끼 앞에서는 애비가 왜 놈들 모가지를, 열 개를 쳤네, 백 개를 쳤네, 개구라를 풀 거지?"

병사들이 툭툭 내뱉은 말이 잔돌처럼 날아가 풍등을 만들고 있는 병졸들의 머리 위로 떨어졌다.

성계의 호위 궁사 나무토르는 뒤에 남았다. 나무토르는 정산봉 기슭을 보고 있었다. 열 살 남짓한 여자아이가 물끄러미 그를 보고 있었다. 입에 손가락을 문 채 아이는 서 있었다. 나무토르가 다가가자 여자아이는 뒤로 물러섰다. 나무토르가 웃으며 오라는 손짓을 하자 아이는 멈췄다. 나무토르는 다가갔다. 아이는 또 물러섰다. 나무토르가 뛰어 아이를 잡았다. 아이는 발버둥치면서 나무토르의 정강이에 발길질을 했다. 아이쿠, 나무토르는 아이를 놓아주고 정강이를 감싸고는 아픈 척을 했다. 그러자 아이는 깔깔거리며 웃음을 터트렸다.

"나는 나무토르야, 너는?"

아이는 뒤를 돌아 뛰었다. 뛰다가 멈추어 서서 고개를 돌렸다.

"난이야. 죽지 마."

아이는 서 있었다. 나무토르는 손을 들어 보이며 웃어줬다.

부대가 멀어져가고 있었다. 나무토르는 속보로 말을 달려 대열에 합류했다. 조금 전까지 산마루에서 가녀리게 들리던 왜적의 소리가 끊겼다. 성계 부대의 발소리만 낙엽을 밟아나갔다. 나무토르는 아이를 생각하며 웃음을 지었다. 딸과 비슷한 또래의 아이였다. 숲길은 넓었다. 소나무와 잣나무 무성한 바늘잎 무더기가 간혹 앞을 가렸으나 시야는 숲 그늘의 바위까지 들여다볼 정도였다.

기병들은 절피에 화살 오늬를 걸고 완보로 갔다. 잔가지 끝에도, 바닥에 솟은 돌부리 끝에도 긴장이 팽팽하여 송곳 찌르듯 했다. '배반하는 자는 장수(長壽)하고 따르는 자는 요절한다(背者壽考 順者夭折).' 문득 삼봉의 글귀가 성계의 이마를 서늘하게 했다. 출병한 지 얼마 안 되어 노상에서 받은 정도전의 서찰 글귀였다. 배반하라 그러면 장수할 것이다. 따르라, 추종하는 자 모두 요절하고 말리라. 느닷없는 활이 가슴팍에 꽂힌 듯 섬뜩했다. 배반해야만 장수하는 세상이었다.

시성삼배들나낭 이인임 일당이 토지를 독점하고 겸병(兼倂)을 전횡하는 끝이 보이지 않는 진환(塵寰). 의를 따르면 모두 죽임을 면치 못하는 칼바람 나날이었다. 삼봉의 글귀는 유배지 속에서 흐린 바람을 만나 얻은 사무친 통한이었으리라.

삼봉은 마음으로 묻고 또 물었다고 했다. 대체 이 배반의 시절에 무엇을 해야 하는지, 하늘을 우러러 간절히 답을 기다렸다고 서찰은 썼다. 2년의 갇힌 세월 동안, 주막도 없고 저자도 없는 회진의 바닷가에서, 그는 짠 바람이나 공허하게 가슴에 가득 담다가 잠들곤 했다고 했다. 영예는 다 부질없는 허상이었다며 쓸쓸한 먹 냄새를 풍겼다. 초서가 꿈틀거렸다. 외로운 필력이었다.

그가 쓴 '심문(心問)'은 하민(下民)을 알아주지 않는 천(天)의 편벽에 대한 하소연에 가까운 것이었다. '나의 병을 만드는 것들은 날마다 나와 다투는 것이다(凡所以爲臣之病者 日與臣爭).' 나와 다투는 것, 그것은 무엇인가. 참된 의를 상하게 하는 것들 일진대, 그것은 의를 거역하여 부귀를 독점하는 무리들이리라.

성계는 마상에서 눈가의 떨림을 애써 눌러야 했다. 한 개 혁자의 고적한 손길이 닿는 듯했다. 삼봉이 손을 뻗어 소통할 자는 고려 천지 어디에도 없었다. 비루와 굴종과 패악만이 가득한 말기의 세상에 삼봉이 내지르는 소리는 진공 지하 속으로 울림도 없이 빨려들어갔다. '성(誠)과 경(敬)으로 갑주를 삼고, 의(義)와 용(勇)으로 창칼을 삼아야 한다(誠敬爲甲冑 義勇爲矛戟).' 정도전의 '심문(心問)'은 성계의 가슴을 뚫었다.

아프게…… 성계는 삼봉의 성경(誠敬)에 차마 무대응으로 응할 수가 없었다. 마상의 흔들림이 어지러웠다.

어린 우왕은 열여섯 그 나이 먹도록 철이 들지 않았다. 날마다 거리로 나가 닭과 개를 쏘아죽이고 담장 밑에서 참새를 구워 먹었다. 거리에서 아낙을 만나면 무조건 끌고 가 겁간했고, 관리의 아내를 넘보는 것이 다반사였다. 조정이나, 궁중이나, 개경의 저잣거리에서나 제정신으로 바르게 서 있는 자는 거의 없었다.

삼봉의 서찰을 받은 성계는 서둘러 삼봉에게 글을 띄웠다. 마상의 붓은 쉽게도 비틀거렸다. '하늘이 문(文)을 버리지 않았는데, 광인(匡人)들이 어찌하겠는가(天之未喪斯文也 匡人其如予何).' 공자의 말이었다. 문(文)은 사상이었고, 이상이었으며 시대를 거슬러도 굽히지 않을 영구한 진리였다. 이 깊고 깊은 허방을 어찌할 것인가. 성계의 답신을 받은 삼봉이 군사를 자청하며 인월까지 찾아온 것은 삼봉의 확답이었다.

생각을 마무리할 틈도 없이, 적이 쏜 살이 날아왔다. 성계 곁의 나무에 꽂혔다. 화살대가 파르르 떨렸다.

"매복이다."

군사 서너 명이 힘없이 주저앉았다. 적은 구덩이를 겹겹이 파놓고 활을 쏘아댔다. 수백 개의 살이 곧게 뻗어왔다. 가볍지 몇은 말에서 내려 나무에 기대어서 응사를 했고 몇은 길을 버리고 숲 사이로 길게 늘어서서 적의 매복지를 노렸다. 고려군의 살이 매복지를 찾아서 빠르게 날아갔다.

"왜적들은 우리가 큰길을 버리고 샛길로 오르리라 여겼을 것이다. 하지만 나는 그들 뜻대로 움직이지 않는다."

성계는 큰길을 잡아 곧장 오르라고 부하들에게 일렀다. 매복지에서 쏘아대는 적의 살들이 나무에 박혔다.

"살이 먹질 않습니다."

대로에서 쏜 가별치의 살은 적의 중갑옷을 뚫지 못하고 튀었다. 매복지로 뛰어든 병사들은 격투를 벌이며 적을 하나씩 제거해나갔으나, 큰길에서 비탈 위로 날리는 화살은 위력이 한풀 꺾여 있었다.

성계는 시위를 늘여 가까이 있는 적부터 노렸다. 절피가 그의 찢어진 입술에 닿아 쓰렸다. 절피는 상처 속까지 아리게 파고들었다. 겨눌 수 있는 곳은 얼굴밖에 없었다. 새끼손톱 크기보다 작은 먼 왜적의 면상을 노리고 조였던 각지를 풀었다. 팽, 깃이 뒤로 강제로 휩쓸려 날렸다. 상체만 드러내놓고 활을 쏘아대던 적은 눈에 살을 꽂은 채 넘어졌다. 성계의 대우전이 시위를 연이어 떠나 적의 머리에 박혔다. 새벽에 눈을 뜨면 자리끼를 마실 새도 없이 활부터 들고 나가 백보 150보 거리에 놓은 투구부터 쏘던 그였다. 활쏘기만 사십 년이 넘었다. 눈길이 닿는 대로 그대로 활이 꽂히지 않으면 궁수가 될 자격이 없었다. 가별치 기마대 모두 활과 함께 걸음마를 시작했고, 명이 다할 때에는 활을 베고 누울 것이었다.

"왜놈들 낯짝을 노려."

궁수들이 성계의 명령에 따라 살을 날렸다. 성계는 대우전을 뽑아 쏘면서 공격조 병사들보다 한 발 앞서서 매복지를 흐트러뜨렸다. 멀리 산비탈에서 거구의 중갑주가 언뜻언뜻 비쳤다. 저자가 아지발도라는 무사로구나. 거구가 내지르는 호령이 숲의 나무 둥치들을 잡아 흔들고 있었다.

성계는 산비탈의 어두운 그림자를 보면서 그쪽으로 살을 쏘았다. 살이 뻗어오르다가 나뭇가지에 비껴 맞으며 다른 곳으로 튕겨나갔다. 보통의 장수라면 부대의 노출을 꺼려서 대로를 포기했을 것이었다. 하지만 성계는 그 방법을 굳이 택하지 않았다. 아지발도 정도라면 미리 그것을 예측하고 있을 것이기 때문이었다. 오히려 그는 외곽에 있는 적들이 대로를 향해 활을 쏘도록 유인하고 있었다. 매복지의 화살이 길 한복판으로 집중되고 있었다. 성계는 살이 날아오는 곳을 눈으로 정확히 집어냈다.

"어서 저것들을 잡아!"

성계가 매복지를 가리키며 소리를 지르자 호가가 짧게 세 번씩 반복해서 울었다. 공격 신호를 들은 나무토르와 옌즈하라가, 대로 밖 숲에서 엎드려 있다가 가별치들을 이끌고 좌우로 나뉘어 매복지를 덮쳤다. 가운데 길만 노리고 있던 왜적들은 숲을 멀리 돌아오는 가별치들을 알아차리지 못하고 있다가 살을 맞고 뒹굴었다.

"물러서."

 아지발도의 고함이 산을 울렸다. 매복지의 왜병들이 비탈을 타고 능선 쪽으로 빠르게 사라졌다. 성계 부대가 매복지를 알아차린 이상 더 이상 은폐 공격은 의미가 없었다. 아지발도는 비탈 위 촘촘히 늘어선 방패들 사이로 살을 날리게 하며 성계 부대를 저지했다.

"저자는 생각한 것보다도 더 노회하구나. 어떻게 대로를 뚫고 그대로 밀고 올 생각을 했지? 요동벌을 쳤다는 것이 소문만은 아니었던 모양이야. 적은 숫자인데도 군사를 정밀하게 집약시키는 능력이 놀라워. 저자가 비루한 종2품 하급 벼슬아치라는데, 아직까지 밑바닥에서 뒹굴고 있다는 것이 이해되지 않는군."

 아지발도는 발아래 수풀 사이의 성계를 굽어보고 있었다.

"그만한 것쯤 예상치 않고 대비하지 않았다면, 아지발도가 아니지. 모두 물러서는 척해라. 고려군이 한꺼번에 몰려들도록 유인해."

아지발도의 명령을 받은 무사들이 왜병들을 순차적으로 철수시켰다. 가별치들은 왜적을 몰아붙이며 비탈을 뛰어올랐다. 적의 살이 뜸하게 날자 성계는 부대를 이동시켰다.

"속진(速進)."

기마대는 횡으로 늘어서며 앞으로 나아갔다. 숲길은 좁아지고 있었으나 진퇴를 위해 나무 벤 자리가 많았다. 기마대는 매복지의 적들을 향해 오르며 말을 몰았다. 보병 창부대가 기마대 뒤를 따르며 미처 철수하지 못한 매복병들을 찍었다. 비탈을 올라 뛰는 말의 둔부에 깊은 근육의 골이 파이며 단단하데 도드라졌다. 말 몇 마리가 중심을 잃고 거꾸러졌다. 나무 사이에 무릎 높이의 줄이 곳곳에 늘어서 있어 말들이 걸려 뒤엉켰다. 줄을 넘어선 몇 기가 고함을 지르며 뛰어올랐다.

"그만, 더 이상 움직이지 마."

엉긴 대열에서 말을 빼내딘 성계가 선두를 향해 소리를 질렀다. 하지만 기병들은 등자를 힘껏 밀어 다리를 세우며 말을 재촉했다. 악……! 비명이 들려왔다. 허방이었다. 구덩이 위에 나무판을 놓고 마른 풀로 덮은 함정들이 비탈 위 곳곳에 자리

잡고 있었다. 허방은 한가운데를 가로지른 통나무 위에 창날과 죽창을 찔러박은 판자를 늘어놓아, 인마가 어느 곳을 디디든지 그것들이 튀어올라 무자비한 속도로 찍히도록 되어 있었다. 팔뚝 길이보다 더 큰 창날들이 솟구쳐 허방에 걸려든 말을 뚫었다. 말과 함께 찍힌 병사는 몸 몇 군데에 솟구친 창날을 보며 눈만 크게 껌벅일 뿐이었다. 겁에 질린 눈은 두리번거리며 창날을 보다가 소리도 없이 경련만 일으켰다. 몇이 달라붙어 박힌 창을 빼려고 했으나 허사였다. 무수한 병사들이 창 맞은 병사 곁을 스치며 지나갔고, 부상당한 사졸은 고개를 기울이며 뛰어 지나가는 병사의 낡은 신발들을 무심히 보고 있었다. 숨을 몇 번 헐떡이다가 경련을 이기지 못한 몸은 근육을 단단히 말면서 굳어갔다.

"지금이야, 당겨라."

아지발도의 목청이 나뭇가지를 흔들었고, 살들이 쏟아졌다. 왜병들은 비탈을 내려서며 함성을 질렀다. 가까운 거리에서 화살이 쏟아져 성계 부대를 뚫었다. 겁을 모르던 패장들도 위에서 내리꽂히는 화살을 감당하지 못하고 뒤로 몸을 뺐다. 전진은 무모한 일이었다.

"물러서. 퇴각한다."

신호장이 징을 쳤으나 병사들은 쏟아지는 살을 막느라 쉽게 내려서지 못했다. 모조리 쳐 죽여! 적의 함성이 위협적으로 울렸다. 기병과 보병으로 뒤섞인 왜적들이 산 아래로 휩쓸려왔다. 위에서부터 쏟아져 내리는 무서운 질주는 아래의 고려군 진영을 단숨에 부숴나갔다.

성계는 적의 창끝을 칼로 쳐내며 버텼으나 그에게 집중되어 쏟아지는 창날들을 당해낼 수가 없었다. 창은 성계의 말을 노리며 뻗어왔다. 말의 가슴과 목에 창날이 닿아, 말은 움찔거리며 뒷걸음을 쳤다. 키 큰 청동투구가 사선을 그으며 성계에게 창을 휘둘렀다. 그는 칼날로 받아쳤으나 떨어지는 창의 무게에 울림이 팔을 타고 겨드랑이까지 파고들었다. 청동투구 속 검은 눈이 채양 그늘 속에서 번뜩였다. 청동투구는 성계를 향해 창을 던질 듯 찌르다가 공격 방향을 바꾸어 말의 아랫도리를 겨누었다. 말의 발목에 창날이 그어졌다. 말이 두발을 들며 울부짖다가 제 무게를 이기지 못하고 엉덩방아를 찧었다.

"적장을 노려라!"

아지발도의 소리가 날선 창으로 섰다. 창날들이 성계를 향해 한꺼번에 날아들었다. 말의 가슴과 옆구리에 창이 박혔다. 말에서 벗어난 성계는 창을 피하며 뒤로 굴렀다. 잡아. 창들이 그를 향해 위에서 아래로 꽂혔다. 바짓가랑이와 소맷자락에 창이 박혔다. 땅에 찍혔던 창이 뽑히자 그의 몸이 그리로 빨려들 듯 끌려갔다.

"위험해."

커르차가 달려들었다. 커르차는 창목을 칼로 치면서 성계를 잡아끌었다. 커르차는 적 앞으로 나서며 성계를 자신의 뒤로 밀쳤다.

"하우라키, 천호를 붙들어."

커르차는 예닐곱 개의 창날을 물리치며 앞에 섰다. 창이 커르차의 허벅지를 뚫었다. 커르차는 왼손으로 창목을 움켜쥐고 적의 목에 칼을 그었다. 다른 창이 커르차의 어깨를 찔렀다. 커르차의 몸이 뒤로 젖혀졌다. 칼을 뻗어 적을 베려 했으나 허공만 휘저을 따름이었다. 또 창이 날아들어 커르차의 배를 뚫었다. 커르차의 눈이 희게 뒤집혔으나 그는 그대로 버티며 서 있었다. 커르차의 턱이 떨렸다.

천호…… 커르차는 뒤집힌 눈동자를 겨우 바로잡으며 입을 벌렸다.

"완예……."

커르차는 완예를 거듭 찾고 있었다.

"내 아들, 완예."

커르차의 입이 비틀렸다. 커르차는 힘을 쓰려 했지만 몸뚱이만 덧없이 바동거리고 있었다. 커르차는 다시 입을 열었으나 소리를 뱉지 못했다.

"커르차."

성계는 팔을 뻗으며 앞으로 나가려 했으나 하우라키와 다른 부하들이 그를 아래로 끌어내렸다.

"안 됩니다. 내려가야 합니다."

사졸들은 빠르게 밀려내려오는 적의 창날을 젖히며 성계를 세차게 끌었다. 버티던 커르차가 고목처럼 기울었다. 커르차의 몸에 박힌 창들이 하늘 위로 거꾸로 서서 흔들렸다.

"안 돼, 커르차. 일어나. 완예는 내가 거두겠어. 말굽에 채어 머리 다친 네 아들놈, 걱정하지 마. 어서 일어나. 아들더러 까막바보라고 놀리는 놈들 내가 다 처단할 거야."

성계의 몸뚱이가 뒤집혀 마가목에 부딪쳤다. 마가목 마른 열매가 차갑게 떨어졌다. 적의 활과 창이 날아들며 부대를 조여왔다. 적이 부대의 옆과 뒤를 치며 퇴로를 막았다.

성계는 활을 집어던지고 칼을 휘둘렀으나 여러 군데에서 한꺼번에 꽂히는 창끝을 피할 수가 없었다. 피 묻은 창끝이 곧바로 성계의 가슴을 파고들었다. 철편이 부딪쳐 찌그러졌다. 다른 창날이 어깨를 찍었다. 날이 파고들어 경번갑 쇠고리를 뚫었다. 그는 어깨에 꽂힌 창목을 칼로 내리쳤으나 창은 부러지지 않았다.

투구 속에서 적의 검은 눈이 살기로 번뜩였다. 더 이상 물러설 공간이 없었다. 성계는 두 손으로 적의 창을 움켜쥐었다. 한껏 힘을 주고 밀었으나 다른 창날들이 찌르고 덤벼 그는 주저앉고 말았다.

 유인독능우천지(唯人獨能偶天地)…… 내가 이렇게 무기력하게 죽어가는데, 어떻게 하늘과 땅 앞에 홀로 설 수 있는가. 삼봉이 던진 경구는 도저히 그가 이겨낼 수 없는 것이었다. 다시 창이 옆구리를 찔렀다. 숨통을 따내려고 덤비는 날 앞에서 눈꺼풀이 떨렸다. 두려움 때문이 아니었다. 죽음과 공포는 중요하지 않았다. 헤집고 파고드는 쇠붙이에 지쳐 마음 한복판이 썰물 떠난 자리처럼 텅 비었다. 형체도 없는 고독감 같은 것이 빈자리에 갑갑하게 깔렸다.

 왜적의 무리 중 투구가 벗겨져 조모자만 쓴 자가 오른손으로 창을 쥐고 성계를 겨누어 던질 자세를 잡았다. 창끝은 성계의 얼굴을 향하고 있었다. 서너 걸음의 가까운 거리에서였다. 조모자는 입술에 바짝 힘을 가하며 창을 든 오른손을 높이 치켜들었다. 창목이 조모자의 손끝에서 풀리고 있는데 뒤에서 강한 타격음이 울렸다. 얼굴 검은 왜적이 조모자의 창을 뒤에서 잡아채면서 등판을 발로 찍었다. 조모자가 앞으로 거꾸러지자 검은 왜적은 조모자의 머리를 밟고 서서 주변의 창날들을 물리쳤다. 성계를 도운 얼굴 검은 왜적은 다른 적보다 목이 하나 더 높았다. 미즈류였다. 미즈류는 성계를 막고 버티며 이를 악물고 무자비한 힘으로 창을 휘둘렀다.

"미즈류 저 자식. 배신자."

적들이 소리치며 미즈류를 향해 달려들었다. 화살이 미즈류의 허벅지에 박혔다. 미즈류는 살을 꺾어버리고 다가오는 동료들을 향해 소리쳤다.

"모두 죽이겠다. 너희는 적이다. 나는 고려인으로 살겠다!"

미즈류의 창이 동료의 목을 후려쳤다. 투구 끈이 떨어지며 동료가 거꾸러졌다.

"미즈류를 놓치지 마라. 죽여."

왜적들 뒤에서 터지는 명령소리가 날카로웠다. 화살이 미즈류의 어깨에 꽂혔다. 창부대가 비탈 아래로 내려서 미즈류를 향해 달려들었다. 미즈류는 성계를 등에 두고서 아래로 발을 내딛었다.

"나는 고려를 위해 죽겠다."

미즈류는 왜적의 창을 막아냈지만 에닐곱 개의 공격을 받아낼 수는 없었다. 여러 개의 창날이 미즈류의 몸을 스치며 갑주의 소매를 찢었다.

"비키라우."

느닷없이 뒤에서 화살 무더기가 날아들었다.

"도순찰사를 구해."

이두란이 부대를 이끌고 달려들었다. 두란의 화살이 성계의 어깨에 창을 박은 적의 면상에 꽂혔다. 두란은 화살 몇 발을 더 날린 뒤 철련협봉을 휘둘러 적의 가부토를 박살냈다. 가별치들의 화살이 성계 주위를 에워싼 왜적을 거꾸러뜨리고 몰려드는 후방의 적을 저지시켰다.

"물러서."

신호장의 징이 화급하게 마른 잎들을 털었다. 두란 부대가 전면에 서고 성계 부대를 철수시켰다. 두란 부대는 서너 겹 횡으로 늘어서 적의 공격을 막아냈다. 부대는 왼팔에 부착한 기병용 둥근 방패로 적의 화살을 막아내며 버티고 있었다. 용머리 문양과 치우천왕 머리를 새긴 방패들이 좌우로 촘촘히 늘어서 허공에 벽을 둘러쳤다.

"서무는 어떻게 하고 이리 올라온 거야."

성계가 소리쳤으나 두란은 어서 내려가라며 밀어붙였다.

"거기는 처명이 눈깔 뒤집고 버티고 있는데 어떤 놈이 달려들어?"

두란은 궁사들을 닦달했다. 살이 팽팽한 허공을 뚫고 날았다. 적은 가별치의 단궁에 밀려 공격을 주저하고 있었다. 성계 부대가 비탈 아래로 멀어져갔다.

"누구냐, 너는. 왜 우리 진영으로 굴러들었냐."

두란이 적진을 향해 살을 날리다가 미즈류의 머리통에 화살을 겨누었다.

"나는 고려인이오. 을묘년에 납치되었소."

미즈류의 눈빛에 언뜻 애원이 스쳤다. 미즈류의 부상은 자못 심각했다. 두란은 미즈류의 머리통에 붙인 화살을 그대로 둔 채 짙은 눈썹을 사납게 치켜올렸다. 미즈류는 두란을 잡아 삼킬 듯 도리어 눈을 부릅떴다. 오늬를 쥔 두란의 손가락 끝에 잔떨림이 일었다. 적이 쏘아올린 화살이 기병용 방패에 계속 날아들었다. 이제 퇴각해야 할 시각이었다. 두란은 각지를 풀어 시위를 놓았다. 화살이 미즈류의 머리 옆을 스치며 휘어져 날았다. 화살이, 미즈류의 등을 보고 달려드는 적의 목을 뚫었다.

"끌고 가."

두란은 전통에 든 화살을 빼내어 다시 시위에 걸었다. 가별치들이 미즈류를 에워싸고 비딜 아래로 내려섰다.

내 칼은 너무 늦었다

　가별치 5명이 죽고 7명이 부상을 당했다. 남원성 군사 8명이 죽고 11명이 크게 다쳤다. 가별치들은 커르차의 시체를 끌고 돌아왔다. 커르차의 쇄자갑은 온통 찢겨 너덜거렸다. 얼굴마저 창에 찍혀 모습을 알아볼 수 없을 지경으로 뭉개졌다. 피가 굳지 않고 아직도 끈적거렸다. 성계는 커르차의 일그러진 얼굴을 만지며 찢어져 꺼진 부분을 맞추려 했으나 손을 댈수록 더욱 틀어져버렸다.

　성계는 커르차의 몸에 얼굴을 묻고 소리 없이 어깨를 들썩거렸다. 그의 등 뒤로 차가운 바람이 스쳤다. 병사들은 몸을 떨고 있었다. 땀이 식었던 탓이었다. 한기는 슬픔보다도 더욱 깊었다. 침울하게 쳐진 가별치들의 어깨 위에 오한이 내려앉아 마구 흔들어대고 있었다. 성계의 얼굴이 커르차의 피로 가득 덮였다.

"대체, 몇을 죽여야, 형제들을 얼마나 죽여야 이따위 더러운 잔혹이 끝장이 날까. 미안하구나 커르차, 커르차……."

성계의 뜨거운 목소리를 바람이 멀리 쓸고 갔다.

"내가 너를 죽였는데 무엇으로 용서를 빌어야 할까. 완예한테 뭐라고 해야 하나."

그의 긴 흐느낌이 커르차의 너덜거리는 갑수를 들추며 사체의 깊은 상처를 어루만졌다. 그의 손이 커르차 곁에 나란히 누워 있는 주검을 더듬었다.

"충복아, 오묵아……."

죽은 자들의 이름을 하나씩 차례로 부르며 그는 터져나오는 울음을 삼켰다. 콧물이 수염 위로 흐르며 제멋대로 길게 늘어졌다. 나무토르가 그의 어깻죽지에 손을 넣어 일으켜 세우는데도 그는 풀린 다리를 추스르지 못했다. 가별치 서넛이 사체에서 그를 떼어 비탈에 데려다놓았을 때에도 그의 어깨는 여전히 들썩이고 있었다.

"마가, 너는 그 정도 상처면 버틸 만한데 못하겠다는 것은 또 뭐냐." 나무토르가 병자들 무리로 절름거리며 가는 가별치를 불러세웠다. 마가는 별다른 자상이 없어 보였다. 마가는 고개를 저으며 잠시 앉았다가 나서겠다고 했으나, 나무토르는 칼을 꼿꼿이 들어올리며 대열로 들어서라고 소리쳤다.

"마가, 너답지 않게. 오늘 왜 그러는 거야. 저 자식 정말 얼마나 아픈지 옷 한번 벗겨봐."

나무토르는 패장들을 불러 마가를 붙잡도록 했다. 마가는 채장들을 완강히 뿌리치며 칼을 빼어들었다.

"오지 마. 다 죽여버릴 거야."

마가는 칼을 휘둘러 패장들이 다가오는 것을 막았다. 패장들은 마가를 둘러싸더니 칼을 쳐내고 발로 짓이겨놓았다. 마가의 칼이 풀 위에 내동댕이쳐 징징 소리를 냈다. 마가는 다시 칼을 집어들고 패장들을 노렸다. 마가의 칼빛이 독하게 춤추며 바람을 연거푸 잘라냈다. 성계가 고개를 들어 마가를 보더니 그쪽으로 걸음을 옮겼다.

"마가야, 칼을 내려놔. 그만하면 되었다."

그래도 마가는 칼을 세워 성계에게 겨누고 접근을 막았다. 그러나 성계는 망설이지 않고 마가에게 다가서 어깨를 붙들고는 팔을 뻗어 마가의 등을 껴안았다. 마가는 성계의 근접을 이겨내지 못하고 칼을 떨어뜨렸다. 마가의 입술이 비틀리며 침이 서럽게 흘러나왔다.

"어머니가······."

마가의 울먹임이 성계의 낡은 경번갑에 달라붙었다.

"죽었어요. 어제 당숙이 왔어요. 한 달을 넘게 말을 달려서. 천호, 어떻게, 나는······."

마가의 음성이 자주 끊기며 막힐 듯 심하게 떨렸다.

"나는 방울도 없어요. 어머니 몸을 키 큰 말채나무 아래 놓아두어야 하는데, 거기에다 말을 잡아서 바쳐야 하는데······."

생전에 쓰던 그릇은 어떻게 하느냐며 마가는 성계의 갑주를 뜨겁게 적셨다. 여진족은 상복 대신에 땋아 늘어뜨린 머리카락 끝에 방울 두 개를 달고 그 소리 절렁거리며 망자의 영혼을 안심시켜야 했다. 주검을 나무 아래 눕히고 말가죽으로 영혼의 이불을 삼게 하고 갈기와 꼬리를 바람에 흩날려 저승에서도 말과 함께 놀고 자도록 하는 것이 그들의 풍습이었다. 그리고 평소 사용하던 용기를 곁에 두고서 영혼이 배고프지 않도록 그들은 정성을 다했다.

"당숙이 너를 대신하여 말을 잡고 그릇을 놓아뒀을 거야. 네 마음이 편하게 지 바람을 따라가라. 내가 니까지 잃어서야 되겠냐. 너는 돌아가도 좋다."

성계는 가별치들을 불러모아 청동방울을 찾았다. 자두알만 한 방울 두 개가 성계 손에 쥐어졌다. 성계는 그것을 마가의 변발채에 달아줬다. 마가의 흐느낌을 따라 방울소리가 절렁거렸다. 성계가 마가를 다친 병사들 무리 속에 놓아두려는데 마가는 그의 팔을 붙들고 놓지 않았다.

"나는 말을 달려야 해요. 아침이고 밤이고 끝없이 소리를 내어 어머니를 부를 거요. 칼을 들고 미친 듯이 나서야 어머니도 좋아하지 않겠어요? 어머니가 누웠을 때 천호가 노루 한 마리와 꿩 다섯 마리를 놓고 가셨는데, 어머니는 그것을 잊지 말라고 했어요."

마가는 눈물범벅이 된 얼굴을 들어 성계를 올려다봤다. 성계의 눈에서도 물줄기가 굴러 광대뼈를 타고 떨어졌다.

"마가야, 너는 내 큰조카나 다름없다. 나를 의지하고 견뎌보아라."

성계는 마가의 굽은 어깨를 한껏 껴안으며 얼굴을 비볐다. 성계의 젖은 귀밑 머리카락이 마가의 뺨과 목에 함부로 뒤엉켰다.

그때, 적 출현을 알리는 징 소리가 들려왔다. 황산자락에서 흰 깃발을 단 왜병이 말을 몰고 달려오고 있었다. 가별치들이 은살을 잡다가 그만뒀다. 왜적 기마는 지휘부가 있는 곳까지 다가와서 흰 깃발을 높이 쳐들었다.

"남조 신군 쇼니가 마쓰우라 부대 전령이오. 천호께 가미쇼의 당부가 있어 왔습니다."

흰 깃발 아래서 전령의 투구가 정중하게 꺾였다. 요로이 중 갑옷 미늘이 흐린 볕 아래서 반사광을 냈다. 성계는 고개를 들어 전령을 봤다.

"뭐냐."

"가미쇼께서 만나자고 하십니다. 저기 느릅나무 아래서."

들판 복판을 가리키는 전령의 손끝이 떨렸다. 전령은 고려군 진영의 분위기에 주눅이 들었던지 말을 마친 뒤에도 입술 끝을 떨고 있었다. 성계는 풀을 뜯어 전령의 말을 먹였다.

"목숨을 걸고 적진까지 오느라 수고했다. 간다고 일러라."

전령이 말머리를 돌리는데 가별치들이 몰려들어 갑옷을 매만지거나 잡아당기며 웃었다.

"야, 이것 걸치면 뒈지지는 않겠다. 나 줘라."

"바꿔 입자. 내가 5대 독자야. 싫어? 그럼 대가리에 쓴 거라도 줘라."

어깨 보호대 수(袖)가 떨어지고 투구가 벗겨졌다. 전령은 화를 내며 그것들을 서두어가려고 했으나 병졸들은 이미 멀리 달아난 뒤였다. 가별치들은 창대로 전령의 엉덩이를 후려치며 낄낄거렸다. 말이 뒷발질을 몇 번 하다가 뿌옇게 먼지를 일으키며 황산 기슭으로 달려갔다.

성계는 앳된 시동 병사를 시켜 장기판과 술을 준비하라고 했다. 시동 병사는 술과 장기판을 들고 느릅나무 아래로 있는 힘을 다해 뛰어갔다. 시동 병졸의 숨가쁜 소리가 느릅나무 가지에 달라붙은 마른 잎을 흔들었다.

"저기 땡초 슈겐부츠도 따라나서는군. 나도 같이 가봐야겠소."

삼봉이 풍등을 만들다가 손을 털고 일어섰다. 그들은 통언자를 데리고 천천히 들녘으로 나섰다. 아지발도와 슈겐부츠는 말을 타고 와서 미리부터 느릅나무 밑에서 서성거리고 있었다. 땅에 꽂아놓은 아지발도의 치도가 나무 밑에서 어두운 그림자를 길게 늘어뜨리고 있었다. 그들은 서로 인사했다. 성계와 아지발도는 군례를 표했고, 슈겐부츠는 합장을 했고, 정도전은 읍을 했다.

"장기나 한 판 두지. 사람이 넷이니 서로 교차해서 두면 되겠군."

성계는 아지발도에게 소주를 따라줬다. 아지발도는 투구끈을 풀어젖히고 두 손으로 잔을 받았다. 성계는 나머지에게도 술을 따르고 자기 잔에도 채웠다. 아지발도가 먼저 단정히 무릎을 꿇고 술을 단숨에 들이켰다. 성계도 술을 단숨에 비웠다.

"먼저 두게. 먼 길 온 그대들이 손이니."

성계의 권유에 따라 통언자가 말을 이었다. 아지발도는 왕(王)을 한쪽으로 빼었다.

"돌려 말하지 않겠수. 미즈류를 보내주시오."

아지발도의 뺨이 붉게 달아올랐다. 그의 곁에 화살나무 가지가 제 성질을 이기지 못하고 찬바람에 몸뚱이를 부러뜨렸다. 성계는 수염을 느긋하게 쓸었다.

"제 발로 왔으되 갈 때는 산이 막히고 강이 다리를 끊은 것이 어디 한두 가지인가. 포로를 돌려주는 법은 고금에 없다."

"내 손으로 죽여야 할 놈이었소."

화살나무 가지가 또 부러졌다.

"아지발도, 너는 남조의 희망이라 들었다. 네 1만 군사가 뒤에서 지켜보고 있다. 미즈류라는 자가 없다 하더라도 네 부대는 강하다. 전쟁을 깨끗하게 치를 수 있을 것이다."

"요동벌 전사가 친히 우리를 맞아 여기까지 내려와 벌써부터 한 수 가르치고 계시는군요. 좋소, 달게 받겠수. 고려의 많은 장수들 중에 하필 왜 천호인가 알 듯도 하오. 변방의 호위장수 천호의 이름이 우리 남조까지 널리 퍼져 있소. 지략을 흠모하여 배웠으면 했는데, 이렇게 만나게 되었수."

아지발도의 말끝이 마른 화살나무처럼 뚝뚝 부러졌다. 아지발도의 눈빛이 계속해서 성계를 훑고 있었다. 성계는 잔을 건넸으나 아지발도는 정중히 사양했다.

"바다를 건너온 이유는 무엇인가. 뜻이 분명치 않으면 너희 싸움의 명분도 없겠지?"

성계가 묻는데 슈겐부츠가 장기 상(象)을 올려놓으며 빙긋이 웃었다.

"천호, 전쟁은 이유를 따지지 않는 법입니다. 살기 위해, 자존을 위해, 그도 아니면 명예를 위해 나서는 게 전쟁이올시다. 인간은 오로지 전쟁을 위해 살아갑니다. 다만 크기가 크거나 작거나 할 따름이지요."

슈겐부츠는 정도전을 바라보며 다음 차례라며 눈짓을 줬다. 정도전은 차(車)를 집어들고 곧장 앞으로 내밀었다.

"오랜만이군. 도(道)는 더욱 깊어졌소이까? 승려가 국운을 걸머쥐고 창까지 쥐었으니 생사의 윤회는 누구에게 물어야 하나. 하긴 부처도 망해가는 자기 부족을 구하려 적을 설득하기도 했었지."

정도전은 장기알에서 손을 떼고 팔짱을 끼었다.

"소분이는 잘 있겠지?"

순간 슈겐부츠와 아지발도의 눈빛이 심하게 일그러졌다.

바람이 몰려들어 장기판에 먼지를 얹어놓았다.

"소분이는…… 죽었소."

슈겐부츠가 소리 없이 신음을 뱉었다. 정도전은 눈꺼풀을 크게 벌리며 다음 말을 기다렸다. 슈겐부츠는 말이 없었다. 정도전은 장기판 모서리의 먼지를 손가락으로 닦아냈다.

"잘 키워달라고 했는데. 그 아이는 불쌍한 여자라는 것을 잊었나? 모반 사건에 연루된 김청식의 여식을, 종살이를 모면케 하려고 그대 귀국길에 비밀리에 딸려 보냈건만. 그것이 도리어 명을 재촉하다니."

채근하듯 말이 이어지자 슈겐부츠는 마른 목을 흔들었다.

"그런게 아니오. 그 아인 내 수양딸이 되었소. 너무 아껴 죽게 한 것이오."

슈겐부츠의 목청이 가라앉았다. 아지발도가 몸을 떨면서 주먹을 쥐자 슈겐부츠가 그의 팔을 쳤다. 정도전은 바람에 흔들리는 나뭇가지를 바라보다, 슈겐부츠의 주름 많은 이마에 눈길을 던졌다.

"이런, 바다를 건넌 저 군사들이 모두 처지를 죽였다더니, 아지발도의 처자도…… 그러면 그 소분이가 아지발도의 아내였다는 뜻인가? 그렇지 않고서야 죽지 않을 이유가 없질 않은가."

"맞소. 소분이는 그렇게 죽었소."

슈겐부츠의 말끝이 늘어지고 있었다. 정도전의 날숨이 장기판 위에 덧없이 쏟아졌다.

"그대들의 비장이 하늘을 찌르고 들녘을 휩쓰니 이 땅 천지가 짙은 송장냄새로 가득하구나."

"우리는 고려가 아니면 모두 바다에서 수장되었을 것이오. 우리는 여기에서 이겨 돌아가야 하오. 그게 소분이의 운명이었소."

아지발도의 음색이 커졌다. 흙먼지가 일어 장기판을 덮쳤다. 성계는 아지발도의 얼굴에 가득한 분기를 느긋한 손놀림으로 받아내고 있었다. 성계는 상(象)을 들어 왕 자리 부근에 붙여놓았다.

"장군 받게. 죽이지 않고 싸울 수는 없는 법이지. 하지만 그대는 너무 어리다. 내 막내아들뻘이나 되는 너를 치기에는 내 칼이 너무 늙었다. 너의 피가 너무 젊은 만큼 나의 죄는 더욱 커지는 것이다. 너를 인(仁)으로 품지 못하는 나는, 그릇이 용렬하구나."

슈겐부츠의 차례였으나 그는 장기를 더 이상 받지 않았다. 아지발도가 무거운 몸을 일으켰다. 철릭 소리가 파편처럼 사방으로 흩어졌다.

"도솔천을 밟기 전까지 나에게 많은 수를 가르쳐주시오. 내가 천호의 나이가 되었을 때, 천호가 나에게 했던 것처럼 나도 젊은 무사들에게 그렇게 대할 것이오."

아지발도는 절도 있게 군례를 표했다. 허리춤에 매달린 두 개의 칼이 그의 움직임에 따라 흔들렸다. 슈겐부츠도 합장을 했다.

"극락왕생하길 비오. 고려의 국운도 왕생하길."

성계와 정도전도 일어서 인사를 했다.

"두다 만 장기를 어디에서 이을지 모르겠군. 그대의 신들이 길이 가호해주길."

성계의 수염이 덧없이 뒤집혔다. 아지발도는 땅에 박힌 치도를 뽑아들고 총총히 걸어갔다. 당당한 걸음걸이에 마른 대궁들이 꺾여나갔다. 정도전은 시종병졸에게 술을 받아서 들녘에 나누어 뿌렸다.

"소분이를 위해서…… 그리고 정의로운 모든 것을 위해서."

그들이 돌아오는 길에 피 냄새와 신음소리가 따라왔다. 풀잎 끝마다 피를 머금고 길게 휘파람 소리를 냈다.

고려는 망해라

"옆구리 배창시 터진 칡소 꼴로 기어드는 꼬락서니하고는. 남은 것은 오로지 독기와 독선뿐이란 말이지."

정몽주의 푸른 두건이 볕에 시린 빛을 띠었다. 정몽주의 긴 눈썹이 삼봉과 이성계를 번갈아 노리며 꿈틀거렸다. 문신 종사관의 눈매는 정산봉 자락에 모인 숱한 무장들보다도 맵고 찼다.

"호기만 앞세우고 전략은 텅 비어 있으니 여기가 여진 벌판 말 목장이라도 되는가. 두어 번 더 붙으면 인마가 아예 거덜이 날 판인데 아직도 위(僞)를 참이라 일컬으니 어찌한단 말인가. 나는……."

정몽주는 외교 사신으로 왜국을 순회하던 때를 늘어놓았다. 삼 년 전 정몽주는 규슈 슈고(守護)를 설득하여 왜군과 고려군이 합동작전을 펴 왜구 토벌에 나서도록 했다. 이마가와 료순은 승려 신홍(信弘)과 군사 69명을 정몽주의 귀국길에 딸려 보내어 고려군을 지원하도록 했다.

성과는 그리 만족스럽지 못했다. 보성의 조양포에서, 그리고 고성의 적전포에서 전투를 벌여 왜구 배 한두 척을 쳐부수는 미미한 성과를 거뒀을 따름이었다. 그러나 규슈 슈고 이마가와 료순이 왜국 협조에 매우 적극적 지지를 표했다는 것이 중요하다며 정몽주는 미간에 줬던 힘을 풀지 않았다. 정몽주는 변안열의 땀에 젖은 관자놀이를 보다가 삼봉과 성계 앞으로 걸음을 떼었다.

"군진을 둘로 쪼개버리면 힘이 없어. 반으로? 아니야 훨씬 더 심각하게 약화돼. 왜 본진을 치지 않는가. 저곳에 식량과 무기가 다 있다. 불태워 버리면 끝이야. 저 동무듬으로 우회하여 달리면 그만일 것인데."

정몽주는 손가락을 들어 동무듬 먼 자락을 여러 번 찍었다. 변안열은 의자에 앉아서 맞은편에 서 있는 성계를 올려다봤다.

"포은 선생의 말에도 꿈쩍도 하지 않는 벽창호들. 이왕 말이 터졌으니 내, 한마디 하지."

변안열은 구레나룻을 타고 내리는 땀을 칼자루 끝으로 훑었다.

"신하의 권리는 충에 있다. 내가 전장에 나서는 단 하나의 이유가 바로 이것이다. 군왕이 있기에 내가 존재하는 것이다. 지금 이 순간에도 나는 군왕의 명에 충실하려 한다. 체찰사, 이 직함은 순찰사 이성계가 내린 것이 아니야. 군왕의 명이야. 너희는 내 명령을 들어야 한다. 동무들을 치고 인월역으로 돌진해야 한다. 풋……."

변안열은 눈가를 가늘게 찢으며 헛웃음을 터뜨렸다.

"내가 실없는 말을 했군. 명령 불복종자들. 역사가 이 토벌의 내막을 밝혀 나의 답답함을 드러내줄 것이다. 너희가 움직이지 않으면 내가 가겠다."

변안열은 칼자루로 자신의 경번갑을 쳤다. 어깨의 쇄자 사슬이 힘없이 처지며 출렁거렸다. 성계가 답답한 듯 한숨을 삼켰다. 내쉬는 숨결은 아직도 가파르고 더웠다.

"체찰사직이 국왕의 명이라면 순찰사 권한 또한 마찬가지지. 그대는 체찰사의 임무를 수행하면 되고 나 또한 여러 원수들과 더불어 소임을 다하면 되는 것이오. 나의 소임은 저 왜적들을 쳐부수는 것에 있어. 토벌에는 체찰사의 체면이 무엇보다 중요하겠지만, 전쟁에서는 국왕의 명까지도 가려들어야 하지. 전쟁에서 국왕의 지침을 곧이곧대로 수행하는 주우(朱遇) 장수는 없을 것이오. 하물며 체찰사의 허튼 지시 따위야……."

"경망스런…… 그대는 이제 노골적으로 충을 거부하는군. 전라토벌장이 북방의 가별치밖에 없었더란 말인가. 토벌 끝에 여러 종사관들과 함께 너희의 죄를 반드시 묻고야 말겠다. 여기 원나라 종군 파견관 박티무르가 똑똑히 보고 있다는 것을 잊지나 마라."

변안열은 손가락으로 박티무르를 가리켰다. 박티무르는 한쪽 눈썹을 슬그머니 들어올리며 차갑게 웃었다. 정도전이 그을린 팔을 드러내며 손을 내저었다. 소맷자락 속에 보이는 그의 근육에 힘줄만 도드라졌다.

"전쟁은 힘으로 승리하는 게 아니라 인간의 사유로 제압하는 것이오. 사유가 없는 곳에 인(人)이 죽고 천(天)마저 사라져 패하게 되는 것이오. 충은 이미 사망선고를 내린 사유요, 재생 불가한 묵은 항아리일 따름이오. 신귀(臣權)이 충으로 나온다? 그것만큼 불충하고 무책임한 언사는 없을 게요."

"왕권은 하늘이 내린 것인데 민이 그것을 받들지 않는다면 누가 한다는 것인가."

포은이 칼칼한 목청을 세워 끼어들었지만 정도전은 신경도 쓰지 않고 말을 이었다.

"선생의 발언은 원나라 종군 파견관을 의식한 것이오? 그게 민본이라는 것이오? 그렇습니까? 민본이라는 것을 집어도 한참을 잘못 집으셨습니다 그려. 선생 같은 대학자가 쯧쯧. 민본이란, 백성이 누구를 떠받치는 게 아니라, 백성이 상위권좌에 직접 간여하는 것입니다. 선생의 주장은 왕본이지요. 민본, 이것이야말로 전쟁을 극복하는 강한 힘이오. 곡괭이를 든 백성들이 막아서더라도 이길 수 있는 막강한 자력인 것이오. 그간의 전쟁 피폐가 무엇 때문인지 알기나 하는 것이오? 민을 죽여 권문을 살찌운 대가가 거란전쟁, 홍건적 습격, 그리고 지루한 왜적의 출몰이었소"

"오호, 이제야 저 암설(暗舌)의 마각을 알겠다. 갈아치우자 이것이렷다? 뒤엎어버리고 삼봉 일당의 간에 맞는 신풍(新風)을 몰아치게 하겠다 이거구만."

정몽주는 손바닥으로 자신의 팔을 두드리며 웃었다. 손바닥 소리가 크게 울렸다. 정몽주는 카악, 소리를 내어 가래를 거푸 뱉어냈다. 눈 주위가 금세 벌겋게 충혈되어 당장이라도 화가 터질 듯했다. 반란자들…… 가래 묻은 정몽주의 입술이 떨렸다.

"너희들은 장맛비 속의 죽순 떼들이야. 세력의 싹을 키워 반역을 저지르고 말 불온한 작자들이야. 외환을 틈타 은밀하게 내우를 일으키는 무리들. 체찰사 형공, 이것들을 잊지 말아야 해. 지금, 폭풍우 몰아치는 시절이야. 하 수상한 먹구름이 저자들 입에서, 투구 속에서 휘몰아쳐 온단 말이지."

정몽주의 고함이 갈라졌다.

"터진 입이라고, 주워담지도 못할 말들을 이렇게 함부로 지껄여도 되는 겁니까?"

삼봉이 관자놀이의 핏줄을 터뜨릴 듯 세웠다.

"가이새끼들."

두란이 화를 이기지 못하고 고함을 지르며 목울대를 사납게 드러냈다.

"누굴 보고 반란자라는 거이야. 대가리 쪼개진 비루먹은 새끼들이."

두란은 철련협봉을 높이 쳐들어 단방에 쳐부술 듯했다. 성계가 손을 올려 두란의 쇠자루를 가로채었다. 성계는 팔꿈치로 두란의 가슴을 세게 눌러 뒤로 물리쳤다. 성계는 정몽주를 노려보며 낮게 소리를 뱉었다.

"포은 선생이 칼잡이를 싫어하는 것을 내, 잘 알지요. 칼잡이들이 무지하게 선생의 수염을 태우려 들면서 주사(酒邪)를 부렸던 일을 아직도 기억하고 계시오? 나도 한통속인 무장인지라 아직도 낯이 뜨거워 못 견딜 지경이오. 선생의 노기가 나같이 비루한 칼잡이 때문에 송곳처럼 솟구쳤소 그려. 미친 전쟁판에 서니 선생도 같이 미쳐가는 것은 아니요? 여기 원나라와 명나라 외래인들 앞에서 나를 반란자의 추종자쯤으로 몰아 족쇄를 채워야 시원하시겠소?"

성계는 끝까지 언성을 높이지 않고 천천히 말을 뱉었다. 모반이라는 말 한마디면, 아무런 정황이나 근거 없이도 목을 날릴 수 있는 시절이었다. 중앙에서는 사병을 끌고 다니는 것을 어쩔 수 없이 묵인하고는 있었으나 그렇다고 경계심까지 늦추며 무심히 지내고 있는 것은 아니었다. 촉수를 세워 불령스런 낌새를 낚아채면 가차없이 잡아 모반 혐의로 거꾸러뜨리곤 했다.

"왜적에 맞서 시위를 잡아당기는 팔에 힘을 빼게 하지 마시오. 어려운 시국에 타개책을 운운했기로서니 모반이라며 광견 다루듯 해서야 쓰겠소?"

성계는 전통에서 화살을 한 개 빼어 부러뜨렸다.

"활은 적을 잡기 위해 만든 것인데 이렇게 동강을 내면 쓸모없게 되오. 우리 가별치들은 소모품에 불과한 것이오. 제대로 쓰지도 못하면서 부러뜨리기까지 해서야."

성계는 부러진 화살을 집어던졌다. 화살은 촉의 무게를 무겁게 끌고 날아 소나무에 박혔다. 병사들은 지리멸렬하게 흩어져 아무렇게나 뒹굴고 있었다. 가별치들은 나무에 기대거나 주저앉아 지휘관들이 목에 핏대를 세우는 것을 지켜봤다. 병사들 틈에서, 산기슭의 향민 사이에서, 간자들이 귀를 세워 그들의 언성을 듣고 있었다.

"접전이 이제 시작에 벌써부터 피곤죽이 되었는데도 기고만장한…… 체찰사, 저자를 그냥 내버려둘 건가."

정몽주의 떨리는 손끝만큼이나 변안열의 입술 끝도 심하게 떨리고 있었다. 먼데서 왜적의 함성이 여러 차례 터졌다. 박티무르가 꿩 깃털 지휘막대를 손바닥에 대고 간질이며 실눈을 떴다.

"토벌은 끝내 완수해야 하오. 나는 북방 패자국(覇者國)의 파견관 자격으로 말하는 것이오."

박티무르의 음성은 가늘고 여렸다. 성긴 메기수염이 나풀거릴 때마다 실뱀이 꿈틀대는 듯했다.

"하급관리 주제에, 빌어먹을 새끼가 어디라고 나서?"

두란이 사나운 개 콧등 주름 잡듯 잔뜩 인상을 쓰다가 등을 돌려 비탈 아래로 내려섰다. 박티무르는 두란을 잡아세울 기세로 엉덩이를 들다가 그만뒀다.

"고려국이 그 숱한 외침을 견뎌냈듯이, 보란 듯이, 저 백련교도 반란도배 홍건군 일당들이 보란 듯이 왜인들을 꺾어야 하오. 이 토벌은 고려국의 존망이 걸려 있소. 고려국이 망하기를 바라는 주형장 수행사의 심사가 지금은 깨를 볶고 있을 것이지만. 어떻소?"

박티무르는 곁눈질로 주형장을 봤다. 그는 긴 목을 꿈틀거려 뱀목을 세우고 있었다. 전쟁에서 이겨야 하는 이유는 따로 있었다. 종이 한 장으로 펄럭이는 호랑이 그림으로 남아 곧 찢길 날만 기다리는 북원(北元)은 어떻게든 고려가 강건하게 버텨 남아주기를 바랐다.

주원장에게 연경을 빼앗긴 지 근 18년, 순제는 연경을 비우고 미지의 동북쪽 응창부(應昌府)로 쫓겨났다. 명(明)은 날이 갈수록 더욱 강성해지고 북방의 한 부분으로 짜부라진 북원은 기력을 회복할 겨를도 없이 서서히 주저앉고 있었다. 주원장은 원나라 군대와 전투 한판 벌이지 않고 연경의 궁성을 차지했다. 순제는 구차하게 살았다. 반년이 넘게 얼어붙는 나라, 북원은 쌓이는 눈보라 속에 점점 딱딱하게 굳어갔다. 칭기즈 칸이 일으킨 천년 왕국이 초라하게 동사하고 있었다.

북원은 20년이 다 되도록 고려가 유일한 생존의 끈이었다. 고려군을 일으켜 연경을 친다면 반 토막 고토라도 회복할 수 있어 다행이겠다 싶었다. 고려군이 왜적을 이겨야 하는 이유가 여기에 있었다. 왜적을 빨리 몰아내고 중앙군의 세력을 응집시켜 연경을 향해 말을 몰아야만 했다. 원의 재촉은 갈수록 강력해졌지만, 명나라 피 묻은 병장기는 서서히 압록강 건너를 노리고 있었다. 왜적에 시달리던 고려는 병든 채 가쁜 숨만 깔딱거리고 있었고, 원의 채찍은 끝을 모르고 피멍 든 가죽을 두들겼다.

"파견관, 어지간히 똥끝이 타는 모양이지? 반란도배 백련교도? 우리 홍무제 황제를 능멸한 저 혓바닥을 귀국길에, 내가 기필코 뽑아가고야 말겠어."

주형장이 발을 구를 때 마른 먼지가 일어 코끝을 매캐하게 자극했다.

"너희는 오랑캐 북방의 제자리로 돌아갔을 뿐이야. 쫓겨간 주제에…… 중원은 본래 우리 한족 땅이었다는 것을 잊었나? 몽골족들은 아직도 권토중래를 할 수 있다고 믿고 있나보지? 그러하오, 포은 종사관 나리?"

주형장은 양고기 육포를 찢어 한쪽 아가리에 몰아넣고 비웃듯 잘근잘근 씹었다. 홍무제 주원장처럼 눈이 부리부리하여 동공 안으로 사람 서넛을 잡아넣을 듯했다.

정몽주는 고개만 돌려 주형장을 바라볼 뿐 입술을 열지 않왔다. 잠시 두 사람의 눈빛이 창끝처럼 날카롭게 빛났다. 주형장은 육포를 이어 씹으며 계속 정몽주를 바라봤다. 씹는 입술 동작이 과장되게 커지며 은근한 조소까지 섞였다. 주형장의 잘근거림은 계속되었다.

"홍무제께서는 잊지 않고 계시지. 쫓겨가던 몽골족이 고려에게 요양의 방비를 맡겼던 것을. 어리석은 고려인들. 요양 방비로도 부족해 의주, 안주까지 목숨을 걸고 막아? 제정신들이 아니야. 홍무제께서는 그런 것 다 용서하려 하셨어. 심지어 남방을 떠도는 고려 백성들을 몽땅 고향으로 돌려보내기까지 하셨단 말이지. 그런데도 황제를 믿지 못하고 낡은 원나라 바짓가랑이를 붙들어?"

주형장은 양고기를 씹다가 바닥에 뱉었다. 그는 고려 조정의 의중을 정확히 짚고 있었다. 정몽주는 오랫동안 인내하다가 주형장의 말을 막았다.

"명나라가 고려에 관심이 있기라도 한 거요? 아니지, 오로지 말(馬)이지, 제주마. 3만 필이나 되는 것을 통째로 삼키려고 혈안이 되어 있다는 것을 모르는 이는 이 강토에 하나도 없지."

멀리서부터 돌개바람이 일어 정산봉 기슭까지 다가오고 있었다. 돌개바람은 처음에 부렸던 거센 기세가 꺾여 군사들이 모인 부근에서 소용돌이를 풀며 사그라졌다. 주형장 주위에 싸늘한 기운이 넓게 번졌다.

"호음, 노골적이시군. 우리 홍무제의 뜻을 그렇게 폄하하다니. 반명(反明)의 배후에 포은 당신이 있다."

주형장의 손가락에서 육포가 떨어졌다.

"나는 너희를 믿지 않는다. 너희의 명제는 오로지, 북을 섬길 것이냐 남을 섬길 것이냐, 라는 것을 내가 잘 안다. 불이냐 물이냐 택할 것은 그것뿐이겠지. 하지만 나는 남을 섬기려는 자들까지도 믿지 못하겠다. 대체 그놈의 대가리 속에 지렁이가 들었는지 썩은 호박씨가 들었는지 알 수가 없어. 모르겠단 말이야……."

주형장은 콧구멍을 크게 벌려 코털을 뽑았다. 그는 그것을 정몽주 쪽으로 퉁겼다. 그는 고개를 돌려 박티무르를 쏘아봤다.

"북원은 이 싸움이 어떻게든 고려 가별치들의 승리로 돌아가길 바라겠지? 나는 달라. 고려가 이기든 지든 상관이 없다 이거야. 흠……."

이기면 고려는 제풀에 주저앉을 것이고, 지면 망해 없어질 것이었다. 명의 입장에서는 조급할 게 없었다. 구태여 고른다면 망하기를 고대하는 게 좋을 듯했다. 망하면 그냥 명의 수

중으로 떨어질 것 아닌가. 주형장은 고려의 전쟁판을 본 대로 보고하면 되는 것이었다. 정몽주는 앞섶을 열어젖히며 주형장을 꾸짖었다.

"당신의 뜻대로 고려가 거꾸러질 줄 아는가. 언제 저 방자함을 멈추겠는가."

정몽주의 뺨에 굵은 주름이 깊게 파였다. 변안열이 포은의 소매를 붙들고 만류하며 비장들을 불렀다. 수행사와 맞부딪쳐 심기를 불편하게 할 필요는 없었다. 주형장의 입가가 기묘하게 비틀렸다.

"오호, 포은. 기억해두겠어. 고려는 망해라. 망한 뒤 포은 그대부터 끌어다 문초하리라."

가족의 관을 짜는 자들은 얼마나 행복할까

 황산 기슭에서 되새 소리가 자지러졌다. 목 붉은 갈색 새떼가 콧콧, 소리를 내며 우듬지 위로 빠르게 흩어졌다. 적이 기슭을 뚫고 달려오는지 땅울림이 드셌다. 모두의 시선이 그리로 쏠리고 있었다. 비탈 아래에 내려서 있던 두란은 미즈류의 다친 다리를 걷어찼다.
 "네가 운봉 놈이라고? 그것을 믿을 사람이 있갔어?"
 두란은 흙발로 미즈류의 얼굴을 짓이겼다. 부상이 심한 미즈류는 온몸에 피범벅을 한 채 숨을 가쁘게 몰아쉬고 있었다.
 "이누무 새끼는 왜 안완?"
 두란은 다시 발바닥으로 미즈류의 면상을 눌렀다. 옆에 있던 비장 우르하타가 정산봉 기슭 건너 숲을 자꾸 돌아보더니 무엇을 발견했는지 칼자루 쥔 손으로 빨리 오라는 신호를 신경질적으로 보냈다. 가부토를 입은 무거운 몸체가 쇳소리를 내며 뛰어오고 있었다. 적진에 들어가 있던 간자 종예였다.

"왜 이제 와."

두란이 간자의 가슴팍을 찼다. 종예가 중심을 잃고 그대로 뒤집혔다.

"이 새끼 누구야. 운봉 놈이라는데."

"마, 맞습니다. 진영에서 감시당하던 놈이었습니다. 송포 부대 소속 놈인데 노예 출신입니다."

종예는 버둥거리며 쉽게 일어서지 못했다. 우르하타가 손을 잡아 일으켜줬다.

"향민을 데려와. 이 자식을 아는 자를 찾아올 때까지 믿지 않갔어."

두란은 미즈류의 상처를 묶어주지도 말고 그대로 방치하라 일렀다. 황산 숲에서의 울림이 더욱 커졌다.

"적이 쳐들어온다!"

척후병들이 말을 되몰아오며 소리를 질렀다. 황산 지로(支路)를 뚫고 적 기마대 2백여 기가 이쪽으로 달려들고 있었다. 늘어선 기마대열 뒤에서 뿌연 분진이 가득했다.

"아으아…… 다아 죽여어. 울돌치 짱돌아…….."

성계 부대가 서둘러 말에 오르는데 공터를 가로질러 미친 아낙이 강보를 안고 걸어가고 있었다. 황산 왜적과 성계 부대가 마주보며 달려드는데 광녀의 걸음은 고요했다. 아낙이 이따금 내지르는 괴성은 숨가쁜 양쪽 부대의 질주를 누르며 적막하게 들녘으로 퍼져나갔다.

적이 방어진을 풀고 공격진으로 대형을 바꾼 것일까. 서무 능선에 있던 적들도 군마를 몰아 달려들고 었었다. 배극렴은 보병 궁사들을 서무 방향 앞으로 배치해놓았고 그 뒤에 처명 부대와 두란 부대가 늘어서서 적을 기다렸다. 변안열은 중앙군 150기를 대열의 맨 뒤에 두고서 자신의 지시를 기다리라고 일렀다. 배극렴이 들어올린 칼자루를 내리자 500개의 시위가 일제히 울었다. 화살들이 빠른 곡선을 그리며 서무에서 달려드는 적을 향해 날았다. 들녘 한복판을 비껴 우측으로 이성계 부대가 달려나가고 있었다.

"여자가 다치지 않도록 해."

성계는 시위에 활을 걸면서 목청을 돋우었다. 단궁이 팽팽하게 젖혀졌다. 황산에서 몰려든 2백 기의 복판에 거구의 무사가 달려들고 있었다. 성계의 활이 광녀의 머리를 넘어 적진으로 날아갔다. 여자는 급박한 진동도 느끼지 못한 채 적막

속을 걷고 있었다. 여자를 가둔 정적의 두께가 얼마나 되는지. 화살 두어 시위, 그보다도 더한 깊이로, 무간지옥의 무쇠 문보다 더한 무게로 그녀를 막고 선 것인지. 피가 튀고 고함이 갈라지는 전장의 아비규환 속이 흐린 꿈결인지, 그녀는 하늘을 올려다보며 걷고 있었다. 오직 단 하나의 기억만으로 울부짖으며 아기 건너간 황천강 나루를 찾는 듯했다.

"다시는 천호를 위험에 빠지게 해서는 안 된다."

나무토르가 옆의 궁사들에게 단단히 주의를 줬다. 성계 좌우에 네 명의 호위 궁사가 바짝 따라붙고 있었다. 나무토르, 옌즈하라, 우수루, 그리고 죽은 커르차를 대신하여 하우라키가 따라붙었다. 그들은 성계가 대열에서 벗어나지 않도록 한 몸이 되어 움직이면서 동시에 시위를 당겼다.

아지발도는 두 다리에 힘을 주어 안장에서 엉덩이를 들어올렸다. 허리를 숙이고 달려드는 아지발도의 검은 얼굴이 주위의 힘없는 빛을 한껏 빨아들이고 있었다. 요로이 중갑옷을 입은 아지발도의 몸은 화살 한 방 들어갈 데가 없었다. 팔에서부터 손등까지는 쇠사슬로 엮은 고테(諸籠手)를 끼우고 있었고, 무릎에서 발목까지는 스네아테가 단단히 채워져 있었다. 투구 속의 얼굴도 장구가 채워져 있기는 마찬가지였다. 두치 정도 폭의 철판으로 이마에서부터 뺨까지 이어붙인 하쓰부리(牛首)가 자리잡았고, 턱과 뺨에는 호아테까지 이어져 있었다. 맨살이 드러난 부분은 오직 입과 코와 눈뿐이었다. 표정이 보이지 않는 얼굴로, 철가면을 쓴 것 같은 차가운 눈을 번뜩이며 아지발도는 달려들고 있었다.

중무장을 한 것은 사람만이 아니었다. 말까지 온통 사슬망을 씌워 쇳소리가 철걱거렸다. 아지발도 주위에는 서너 명의 궁수들이 따라붙으며 활을 쏘았다. 그들은 시위를 늘였다. 활은 왜적의 키보다도 컸다. 줌통은 활을 3등분한 아래 부분에 자리잡고 있었다. 줌통 위에 살을 얹은 활의 모양새가 매우 어색하고 불안정해 보였으나 그들은 잘도 당겼다.

양쪽 부대의 거리가 반 시위 정도로 가까워졌다. 화살들이 창대 뻗듯이 직선으로 날아와 꽂혔다. 아지발도의 궁사들이 살을 한 곳으로 모아 잡아당겼다. 살 서너 발이 성계에게 집중되어 쏟아지고 있었다.

"위험해."

나무토르가 소리를 질렀으나 짧은 거리에서 거친 소리를 내뿜으며 달려드는 화살을 어쩌지 못했다. 화살은 성계를 노린 것이 아니었다. 말을 노리고 살이 달려들었다. 전쟁의 금기를 단숨에 아주 간단하게 왜적들은 깨뜨려버렸다. 동북부의 전쟁에서는 누천년 유수의 세월 동안 말을 상하게 하지는 않았다. 기마 상대를 잡아 눕히는 방식이 그간의 전쟁 법칙이었다. 하지만 왜적은 대륙과의 전쟁 방식을 무시해버렸다.

성계의 말이 가슴과 다리에 화살을 맞고 그대로 나뒹굴었다. 전혀 예측하지 못한 적의 공격에 성계는 곤두박질치면서도 어안이 벙벙했다. 성계의 투구가 땅에 굴러 바위에 부딪쳤다. 성계의 궁수들이 말의 속도를 급히 떨어뜨리며 그를 건져 올리려 했으나 허사였다. 적은 연방 성계 부대의 말에 화살을 꽂으며 거리를 좁혀왔다. 서너 마리가 몸에 살을 박고 뒤집혔다. 먼지가 길게 끌렸다.

엔즈하라 우수루 하우라키 등의 궁사들은 머뭇거릴 수가 없었다. 그들은 빠르게 다가오는 적에 맞대응하여 살을 쏘아붙였다. 적의 궁사가 싸움판 한복판에 든 여자를 겨누며 달려들었다. 성계는 그쪽으로 몸을 굴려 허벅지를 차 여자를 넘어뜨렸다. 화살이 여자의 상체 위로 스쳐 지났다. 성계는 정면으로 달려드는 적을 향해 앉은 채로 시위를 당겼다. 살이 적의 투구 한복판으로 빨려 들어갔다. 적의 팔과 다리가 경련을 일으키며 허공에 떴다. 성계는 또 다른 적의 가슴에 살을 날리고 호위 궁사들이 지나간 뒤를 밟았다. 살이 적의 가슴에서 튕겨져 나갔고, 적은 그에 아랑곳하지 않고 성계에게 살을 날렸다. 살이 성계의 어깨를 비껴 때리며 밖으로 튀었다. 호위궁사를 따라잡는 것은 매우 어려운 일이었다.

"천호, 천호……."

뒤에서 달려오던 가별치가 다급하게 부르며 손을 뻗었다. 성계가 가별치의 토시를 맞잡고 말 뒤로 뛰어올랐다. 땀 가득한 토시가 미끈거렸다. 사졸의 등은 축축하게 젖어 땀내가 뭉클하게 피어올랐다. 그는 떨어지지 않으려고 가슴을 사졸의 어깨에 바짝 붙였다. 적과의 거리가 너무 가까웠다. 그는 가별치의 어깨에 화살을 대고 시위를 늘였다. 왜적 부대와 성계 부대가 마주 달려오며 교차하고 있었다.

픽, 사졸의 몸뚱이에 강한 울림이 번졌다. 손을 뻗으면 닿을 듯한 거리까지 적과의 간격이 좁혀졌다. 성계는 적의 얼굴을 향해 시위를 당겼다. 직접 손으로 찍어버린 것처럼 화살이 적의 입을 뚫고 그대로 박혔다. 적의 입에서 뜨거운 숨결이 거세게 새어나왔다.

픽, 또 다른 울림이 가별치의 등을 타고 번졌다. 성계는 가별치의 가슴을 꾹 붙들었다. 부하의 고개가 뒤로 슬그머니 젖혀졌다. 성계의 손끝에 살이 잡혔다. 부하의 가슴에서 끈적거리는 물기가 손끝을 타고 흘렀다. 적 부대가 회전하기 전에 말머리를 돌려야 했다. 하지만 그를 태워줬던 사졸의 몸이 모로 기울어 고삐를 조절하기가 매우 불편했다. 사졸의 몸을 껴안은 채 고삐를 잡아채었으나 사졸의 상체가 아예 꺾여 일으키기가 어려웠다.

"지, 진복아……."

사졸의 몸이 말 등에서 미끄러져 나갔다. 허리를 붙든 그의 손에서 아귀힘이 금세 풀려버렸다. 사졸의 몸뚱이는 머리부터 굴러떨어졌다. 성계는 죽은 부하에 시선을 오래 박아둘 수가 없었다. 멀리에서 아지발도가 나기나타를 휘둘러 고려군 셋을 베고 말을 돌렸다. 성계도 말을 돌리며 안장 위로 자세를 바로잡았다. 두 부대가 서로 마주보며 다시 달렸다. 분진이 뿌옇게 번지고 있었다.

아지발도의 부대가 고려군보다 먼저 칼을 뽑았다. 아지발도의 말 콧구멍에서 큰숨이 콧물과 함께 뿜어져 나왔다. 아지발도는 나기나타를 비껴들고 봉 끝으로 말 옆구리를 찍었다. 육중한 체구를 끌고 말이 헐떡거리며 달렸다. 어깨 보호 장구 게이가나모노가 들썩였고 등에 매단 호로(保呂)가 넓게 바람을 타며 파도처럼 출렁거렸다. 호로 천 조각이 등에 부딪치며 호령하듯 소리를 냈다. 이키섬 앞바다에서 창을 들고 뛰며 바다를 치던 소리였다.

나기나타에 운명을 걸고 출전을 결심한 그였다. '내가 어떻게 가미쇼(神將)가 될 수 있습니까.' 파도가 바위에 부딪치며 깨어졌다. 그는 바다가 보이는 나무창을 뜯어냈다. 슈겐부츠는 죽장을 집고 아지발도를 바라보며 말했다.

"내 염력을 믿으면 된다. 우리는 이미 많은 형제를 잃었다. 우리의 도주(島主) 쇼니가의 장군들은 거의 다 목숨을 바다에 던졌고, 몇은 산으로 들어갔다. 나를 따르라. 너는 우리의 신이 되어야 한다."

바다 깊이로 물살이 빠져나갔고 적막이 흘렀다. 남조는 북조의 압박을 받는 시시각각 병량미 확보를 위하여 대부대를 이끌고 고려를 쳤다. 확보된 군량미로 그들은 북조와 맞붙어 지루한 전쟁을 잘 버텨나갔다. 그들은 북조와의 전쟁이 치열하면 치열할수록 버텨내는 힘을 바다 건너의 옥토, 고려에서 찾았다. 60년 전쟁이 끝날 때까지 고려의 침탈은 빈번히 계속되었다.

슈겐부츠의 예지력으로 보건대, 남조가 일이 년을 버텨낼 수 있을지 의문이었다. 닫힌 문 밖에 수천이 넘는 군사들이 아지발도를 기다리고 있었다. 쓰시마의 병력과 합세하여 고려로 들어갈 1만의 군사들이었다. '너는 우리 남조의 신화 마사쓰라, 약관의 장수다.' 슈겐부츠는 긴 숨을 뱉었다. 물결이 멀리 꺼져가고 있었다. 더 늦기 전에 출항해야 했다.

아지발도는 눈만 부릅뜬 채 말이 없었다. 슈겐부츠는 아지발도의 가슴 깊은 곳에 무겁게 도사리고 있는 게 무엇인지 알고 있었다.

"빌어먹을 새끼, 아직도 미련이 남아 있더냐."

슈겐부츠는 지팡이를 들어 몸을 날렸다. 지팡이가 아지발도의 머리통과 목언저리를 후려갈겼다. 아지발도의 눈가가 벌겋게 끓어오르고 입술이 떨렸다. 아으아…… 그는 소창을 집어 들고 앞문을 밀쳤다. 앞 문짝이 소창에 베어 기울었다. 그것 때문에…… 아지발도의 고소테(小袖)가 펄럭거렸다.

아지발도는 발싸개 차림으로 마당에 뛰어내려가 뒤채에서 여자의 머리채를 끌고 나왔다. 만삭이 되어 거동이 불편한 아내였다. 여자는 무릎걸음을 뗄 여유조차 없어 그대로 끌려나왔다. 그는 아내를 마당 한복판에 팽개쳤다. 그러고는 소창 자루를 땅에 찍으며 군사들을 향해 손을 펴들었다. 그의 손에 여자의 머리카락이 엉겨붙어 있었다.

"처자는 사치스러운 것이다. 남조가 망하는데 남겨두어 능욕 당하게 할 필요가 없다. 너희가 병선을 끌고 나를 찾아왔으므로 같이 떠날 것이다."

아지발도의 말끝을 따라 군사들은 '가미쇼'를 외쳐댔다.

쇼겐부츠는 마치 모든 것을 이루었다는 표정을 지었다. 기력이 다한 남조는 절대적인 구원자가 필요했다. 슈겐부츠는 자신의 수양딸을 아지발도에게 줬다. 아무도 의심하지 않았다. 아지발도는 강신(降神)한 불이었고, 바다의 바람이었으며, 용오름으로 솟은 태양이었다. 그는 만삭의 딸과 눈이 마주쳤으나 슬그머니 턱을 올려 바다 위 구름을 봤다. 강한 바람에 머리카락이 흩날려 여자의 얼굴을 때렸다.

여자는 무릎을 꿇고 단정하게 앉았다. 아지발도의 눈이 여자의 입술에 꽂혀 이글거렸다. 여자는 눈을 뜨고는 아랫입술을 깨물었다. '이 아이는…… 아니에요. 산을 조심하세요.' 여자는 다시 눈을 감았다. 소창이, 곧바로 여자의 배를 찔렀다. 남조가 무너져 북조의 무리들에게 수모를 당하느니 차라리 지아비 손에 죽는 게 평안하다. 가족의 관을 짜는 자들은 얼마나 행복할까. 여자의 비명이 밀려오는 파도머리를 치며 뻗어나갔다.

아지발도는 태아를 꺼내어 두 손으로 받쳐들었다. 애기보에 쌓인 핏덩이가 꿈틀거렸다. 그는 애기보를 뜯어내고 큰 걸음을 떼었다. 태양이시여, 바람이시여 이 피를 받아주소서. 녹나무 아래 엎드려 그는 오체를 바닥에 던졌다. 핏덩이의 꿈틀거림이 이내 멈췄다. 군사들이 그의 뒤에서 절을 했다. 드높은

녹나무가 바람에 쓸려 아픈 소리를 냈다. 소분아 잘 가거라. 너희는 해와 달로 환생해라. 슈겐부츠의 눈가가 잠깐 떨렸다.

살 두 개가 아지발도의 정면으로 파고들었다. 그는 나기나타 날을 세워 화살대를 건드렸다. 화살이 물을 찬 듯 방향을 틀어 비껴나갔다. 연이어 양 옆에서 먼저 달려드는 가별치의 공격을 받아냈다. 아지발도는 칼을 휘두르는 기병을 향해 치도를 뻗었다. 그의 육중한 무게에 밀려 기병의 손목이 꺾였다. 치도가 기병의 칼을 그대로 밀고 들어가 목을 쳤다. 피가 나기나타의 칼날 위로 번졌다. 아지발도는 뒤이어 덤비는 왼쪽 가별치를 향해 나기나타를 휘둘렀다. 병사는 칼 한 번 쓰지 못하고 치도에 밀려 말에서 떨어졌다. 아지발도는 마주 오는 성계를 향해 전력으로 말을 몰았다.

"죽여라. 적장의 모가지는 내가 날린다."

아지발도는 바람이 풀을 쓸어버리듯 무기를 횡으로 치고 들어왔다. 성계는 아지발도를 공격할 겨를이 없었다. 아지발도의 나기나타가 길게 울었다. 성계는 칼끝을 아래로 내려뜨리며 막았다. 칼날이 깨지며 나기나타 쇠봉이 그대로 몸뚱이를 향해 파고들었다. 손목에서부터 팔까지 벼락을 맞은 듯 전율이 일었다. 살 근육이 순식간에 말라버린 것만 같았다.

성계는 한 손으로 감당할 수 없어 칼을 쥔 손에 왼손을 갖다 댔다. 젊은 피가 폭발하여 늙은 성계의 근육을 썰어버릴 듯했다. 치도 쇠봉의 위력에 밀려 성계의 허리가 뒤로 꺾였다. 성계는 쇠봉을 위로 올렸지만 젊은 괴력의 힘은 수평으로 성계를 그대로 밀어뜨렸다. 성계의 등이 말 엉덩이 끝에 거의 닿을 듯 젖혀졌다. 아지발도는 옆으로 벗어나는 성계를 놓치지 않고 다시 나기나타를 들어올려 사선으로 그었다. 성계는 팔을 뒤로 뻗어 치도를 되받아쳤다. 그러나 치도는 성계의 옆구리를 노리며 파고들었다. 옆구리가 불에 댄 듯 뜨거웠다. 치도가 경번갑을 뚫지는 못했으나 칼 맞은 자리가 크게 휘어져 벌어졌다.

성계는 다시 날아드는 아지발도의 무기를 제대로 받아내지 못했다. 찌르기로 달려드는 치도를 쳐내다 말에서 굴러떨어졌다. 그는 낑거리줄을 붙들고 끌려가며 무릎이 땅에 끌리지 않도록 몸부림을 쳤다. 황산 기슭에서 창에 뚫려, 그는 왼쪽 어깨에 힘을 줄 수가 없었다. 상처가 터져 명주옷을 적셨다. 말의 속도가 디뎌진 틈을 타서 안상 위에 오른손을 얹어놓고 겨우 등자를 밟을 수 있었다. 다시 말을 돌려 접전을 치른다면 얼마나 많은 병사가 또 나가떨어져야 할지 알 수 없었다. 호위궁사들도 상처를 많이 입었다.

"천호를 구해야 해."

호위궁사들은, 아지발도 부대가 말을 돌려 돌진하기 전에 접전지 한복판에서 뛰어내려 바닥에 엎드렸다. 그들은 부상당한 병사들처럼 쓰러져서 움직이지 않았다. 적은 활과 칼이 들어갈 틈이 없어 접전이 계속될수록 부대원들은 점점 기가 질렸다. 어떻게든 상황을 뒤집어야만 했다. 전장에 누워서 낙마병처럼 위장을 하며 적병을 노리는 수, 낙병노습(洛兵臑襲)이었다.

낙병노습…… 다른 수가 전혀 없을 때, 고육책으로 펴던 위험한 전술이었다. 말은 누워 있는 물체를 밟지 않는다. 그들은 그 믿음 하나에 의지하며 적병의 질주를 기다릴 수밖에 없었다. 땅 위의 물체를 밟았을 때 나머지 발이 지면을 디딘 감각과 달라서 자칫 균형을 깨뜨려 넘어질 수 있기 때문에, 말은 앞의 장애를 습관적으로 비켜가는 것이었다.

하지만 불안감은 컸다. 머리통을 밟아버릴 듯한 말굽의 진동은 견디기 어려운 두려움이었고, 밟히기라도 한다면, 스치는 말굽에 몸뚱이 일부분이 닿기라도 한다면 장애는 불가피한 것이었다.

나무토르는 적병이 떨어뜨린 창에 손을 뻗고 실눈을 뜨고 모로 쓰러져 있었다. 서너 걸음 건너 옌즈하라도 칼을 쥔 채 하늘을 보고 누워 있었다. 멀리 정산봉 쪽에서 아이가 눈에 띄었다. 난이였다. 아이가 그를 보고 있었는지 수풀 위에 작은 키를 드러내고 오랫동안 그대로 있었다. 하아…… 말을 모는 소리가 아련했다. 땅이 울리고 있었다. 하늘 위의 별은 언제 또 사라졌는지. 흐린 구름 조각들이 말굽에 지근지근 밟힌 듯 푸른 멍이 들어 뭉개졌다. 지축이 흔들리는지 꺼지는지 굉음은 점점 커갔다.

나무토르는 고개를 꺾어 다가오는 적의 발굽을 노리고 있었다. 저것이 아지발도의 것이다. 말이 무릎을 잔뜩 말아올린 채 땅을 딛는 것이 보였으나 잠시였다. 주변에 흙이 튀고 먼지가 일어 목표물을 놓치고 말았다. 나무토르는 티끌이 들어가 아픈 눈을 억지로 뜨며 빠르게 찍어대는 울림을 노렸다.

끼아악…… 나무토르는 상체를 반쯤 일으키며 창대를 휘둘렀다. 창끝에 말굽이 닿았는지 말았는지 손바닥에 전해지는 느낌이 거의 없었다. 그는 다시 다리에 힘을 주고 일어서서 창대를 세워 달려가는 말 엉덩이를 겨누었다. 말은 서너 걸음을 뛰다가 왼쪽 앞다리에서부터 균형을 깨뜨리며 미끄러지듯 주저앉았다. 하지만 말은 뒤집히거나 옆으로 구르거나 하지 않았다. 그대로 다시 일어서 움직이고 있었다.

안 돼. 나무토르는 창을 들어올려 힘을 다해 던졌다. 왼쪽 어깨가 찢어질 듯 통증이 몰려왔다. 창은, 말을 탄 거구의 장수 등을 향해 날았다. 찍어라, 제발. 말이 다시 기우뚱 비틀거렸다. 발목이 접질렸는지 왼쪽으로 쓰러질 듯 위태롭게 움직였다. 창이 아지발도의 등이 있던 빈 공간을 뚫고 허무하게 지나갔다. 젠장. 나무토르는 흙을 집어던지며 화를 냈지만 소용없는 일이었다. 그의 좌우 먼 곳에서 서너 마리의 말들이 거꾸러지고 있었다. 엔즈하라 우수루 하우라키의 낙병노습이 성공한 모양이었다.

그들은 혀를 놀려 괴성을 지르며 칼과 창을 들고 뛰어 기병의 등과 목을 찍었다. 성계가 주춤거리는 아지발도를 놓치지 않고 그리로 달렸다. 근접거리에서 칼을 휘둘러 아지발도의 목을 노렸다. 아지발도는 비틀거리는 말 위에서 위태롭게 중심을 잡으며 성계의 공격을 막아냈다. 성계가 휘두르는 칼끝마다 노련미가 넘쳐흘렀다. 힘은 아지발도에 비할 바가 전혀 아니었으나 칼의 흐름은 춤을 추듯 전혀 무리가 없었다. 아지발도는 어깨 보호대 수(袖)를 현란하게 들썩이며 나기나타를 휘둘렀다. 나기나타와 부딪칠 때마다 성계의 칼날이 깨어져서 허공으로 튀었다. 아지발도의 봉은 두껍고 너무 단단했다.

"천호, 칼끝은 비단 물결이구려. 이젠 내 차례야. 목을 꿰어다 저승 바다 현해탄까지 끌어다 수장을 시켜주겠어."

나기나타가 성계의 머리통을 쪼갤 듯 위에서 아래로 내려 꽂혔다. 막아낼 때마다 온몸이 저려 감당하기가 어려웠으나, 비틀거리는 말 때문인지 치도의 위력은 반나마 줄어 있었다. 이마와 뺨을 감싼 장구 속에 비치는 아지발도의 눈은 신기 들린 듯 초점이 어그러져 있었다. 발그레한 광대뼈 부근에서 뿜어져 나오는 열기는 단내가 가득했다.

 왜말을 지껄여대어도 성계는 그게 무엇을 뜻하는지 대강 알아듣고 있었다. 만 명이 넘는 대군이 무엇 때문에 저 어린 장수에게 목숨을 거는가. 그것도 소속이 다른 연합부대들이. 신인(神人)에 대한 절대적 믿음 때문인가. 군진마저 짜내는 것을 보면 젊은 장수는 확실히 넘보기 힘든 위엄이 있었다. 나기나타를 무력화시키는 방법은 근접전 하나뿐이었다.

 성계는 말을 옆으로 바짝 붙이고 상체를 아지발도 쪽으로 기울였다. 아지발도는 봉 끝에 달린 칼날을 쓰지 못하고 창자루 중간대로 성계를 내리쳤다. 아지발도는 성계를 밀어내어 나기나타를 효과적으로 휘두르려 애를 썼다. 아지발도가 쇠봉으로 밀어젖힐 때마다 성계는 안장에서 뽑혀나갈 듯 심하게 들썩거렸다.

 "네 힘은 못 당하겠구나. 하지만 황산은 너의 자리가 아니다. 너희가 우물을 다 말리면 땅이 갈라져 네 부대를 몽땅 쓸어버릴 것이다."

 칼을 뻗어 베고 찔러도 번번이 아지발도의 무기에 막혀 힘만 빼었다. 공격할 곳은 한 뼘도 채 안 되는 안면 일부분과, 팔뚝 보호장구 안쪽의 공간뿐이었다. 모두 칼이 닿을 수 없는 곳이었다.

 "노장의 관은 내가 이미 다 짜놓았소. 고려군은 우리의 진격을 저지할 하루거리 군사력밖에 되지 않아."

 낄낄대는 아지발도의 입가에 침이 흘렀다. 성계는 말을 계속 붙이며 아지발도의 허점을 찾았으나 허사였다.

 "네 남조 천황은 어디에 숨어서 너희 피를 마시고 있냐. 그자가 현자라면 정예군을 이렇게 타국에서 죽게 하지는 않을 것이다."

 성계의 비아냥거림이 떨어지기도 전에 아지발도의 눈이 퍼렇게 빛났다.

 "아아악, 신군을 모욕하지 마. 쳐 죽이겠어, 늙은 개자식."

 아지발도의 나기나타가 더욱 빠르게 춤을 췄다. 어디서 분노가 솟구치는지 근육을 터뜨릴 듯 힘을 쏟아내며 고함을 질렀다. 말이 엉키며 주위를 돌고 돌았다. 병사들은 다들 자기 진영으로 돌아가 둘의 싸움을 지켜보고 있었다. 아지발도는 감정을 조절하지 못했다. 한번 터진 흥분은 완력으로 끝없이 분출되었다.

"우리는 신군이야. 나를 조종할 분은 오로지 천황신밖에 없다. 그 더러운 주둥이를……."

성계는 연이어 아지발도를 자극했다. 흥분할수록 동작이 커져 허점을 노출시킬 것이었다. 다행스럽게도 아지발도는 그의 의도대로 광폭하게 움직여줬다. 성계는 그가 흥분한 틈을 타 어깨를 노려 칼을 그었다. 하지만 미늘은 깨어지지 않고 칼날만 미끄러졌다.

아지발도는 눈을 가늘게 찢으며 무기를 사선으로 그었다. 쇠봉은 성계의 가슴팍을 겨누고 쳐밀어댔다. 성계가 칼로 막았으나 쇠봉을 이기지 못하고 부러져버렸다. 손잡이에 새겨진 용 문양의 쇠붙이만 남아서 허무하게 번들거렸다. 이빨도 나가지 않았던 칼이 토막만 겨우 남아 허공중에 쓸모없이 서 있었다.

"됐다."

아지발도의 눈가에 살기가 조소처럼 번졌다. 이제 나기나다 끝으로 찍어죽일 일만 남았다. 아지발도의 나기나타가 한껏 올랐다가 빠르게 아래로 꽂혔다. 성계는 말을 뒤로 무를 여유가 없었다. 치도는 성계의 몸을 뚫지 못했다. 다친 아지발도의 말이 기우뚱거리며 몸을 꺾는 바람에 치도는 말의 옆구리에 스쳤다. 아지발도의 몸도 균형을 잃고 비틀거렸다. 아지발도는 고삐를 조이며 말을 성계에 붙이려 했지만 말은 끝내 그대로 돌아서 황산 기슭으로 절룩거리며 달렸다.

"안 돼. 성계를 잡아야 해."

아지발도는 신발 뒤축으로 말 엉덩이를 찍었으나 말은 움찔거리기만 할 뿐이었다.

적진에서 여남은 명이 말을 몰고 나왔다. 성계는 뒤돌아서서 아군 진영으로 가야 했다. 칼자루를 아지발도를 향해 던지고 화살을 뽑으며 안장 뒤에 걸어놓은 활을 집어들었다. 두세 발 날렸으나 모두 빗나가버렸다. 접전에서 기력을 다 쏟은 탓이었다. 아군 진영으로 오는 길에 멀리서 말을 잃고 서 있는 나무토르를 잡아당겨 뒤에 태웠다.

"뒤를 쫓아. 아지발도는 멀리 가지 못한다."

엔즈하라가 부대를 모아 나가자 정도전이 헐떡거리며 뛰어와 손사래를 쳤다.

"멈춰라. 뒤따르면 적의 함정에 빠진다."

엔즈하라가 말을 듣지 않고 그대로 부대를 몰아가려는데 정도전은 화를 참지 못하고 돌을 집어던졌다.

"망나니 같은 놈. 그만두래두."

그때서야 엔즈하라는 돌을 손으로 받아내며 말을 세웠다.

정도전은 성계의 어깨 상처와 서너 군데 찢긴 팔다리를 보고 혀를 찼다.

"성계공은 내 말을 명심하지 않은 게요?"

성계는 대꾸하지 못했다. 정도전의 이마에 질책의 주름이 모아졌다. 눈썹이 매섭게 곤두서 쉽게 가라앉을 기미가 보이지 않았다. 유인독능우천지······.

정도전은 돌을 집어들었다.

"이 짱돌······ 이것을 어디에다 써야 옳단 말인가. 들으시오. 천심에 관통하지 않는 자는 패장(敗將)이오."

바람이 불었으나 정도전의 눈썹은 흐트러지지 않았다. 곤두선 눈썹이 성계의 상처를 파고드는 것만 같았다. 풍등을 만들던 병사들이 손길을 멈추고 정도전의 날선 눈을 바라보고 있었다. 정도전은 돌멩이를 성계에게 던져줬다. 돌을 받아쥔 손바닥에 통증이 몰려왔다. 정도전은 등을 돌리고 섰다. 온몸이 아리고 피로가 한꺼번에 몰려왔다.

미즈류와 박순이

"이름이 뭐냐?"

나무토르는 물주머니를 아이에게 줬다. 아이는 받지 않았다. 나무토르는 아이를 물끄러미 보다가 품에서 빗을 꺼내어 아이에게 줬다.

"이름이 뭐냐?"

"말했잖아, 난이라고."

아이는 빗을 채어 제 품에 감췄다. 나무토르가 아이의 머리를 쓰다듬으려고 했으나 아이는 팔을 들어 막았다.

"아저씨 싸우는 거 보고 있었어?"

나무토르가 묻자 아이는 큰 눈망울을 들어 고개를 두어 차례 끄덕였다.

"무섭지 않았어?"

"무서워."

아이의 눈이 금세 젖을 듯했다. 나무토르는 아이의 손 안에 있는 빗을 가리켰다.

"내 딸 거야. 키가 너만 해."

아이는 쥐었던 빗을 곧장 나무토르에게 내밀었다.

"아, 아니. 그런 뜻이 아니고…… 그냥 너 가져. 엄마 있어?"

아이의 눈에 물방울이 고여 굴렀다.

"아빠는?"

아이는 도리질을 했다. 그때 산기슭에서 아낙이 내려와 아이를 토닥이고는 나무토르에게 고개를 숙였다. 아낙은 아이의 어깨를 잡았다. 아이는 신경질적으로 어깨를 털었다. 아낙은 아이를 어르고 달래더니 데리고 기슭으로 올라갔다. 아이는 다리를 절고 있었다. 나무토르는 아이의 작은 어깨를 오래 바라봤다.

미즈류는 누운 채로 하늘을 봤다. 그의 곁에는 부상 포로병들과, 끌어다놓은 사체들이 뒹굴고 있었다.

"신병(神兵)이기를 부정한 놈. 넝쿨의 신이 네 목을 졸라 매

달고 물푸레 신이 매타작으로 두들겨 멍석의 신이 너를 구겨 말아버리고, 너를 벼랑으로 몰아 골짜기에 떨어뜨려 바위신이 매장할 것이다."

떠돌이 무사단 아부레모노 출신 병사가 미즈류에게 돌을 던져 광대뼈에 상처를 냈다. 미즈류는 돌아보지 않고 앞만 봤다. 들판이 그의 눈높이만큼 낮게 가라앉아 있었다. 아부레모노 병사는 다시 나뭇가지를 집어던졌으나 그는 대응하지 않았다. 들판 건너 복판에 보이는 여자, 새끼손톱만큼 가늘고 작게 보이는 여자가 그의 눈에 밟혔다.

그는 눈을 잔뜩 찌푸리며 여자를 유심히 바라봤다. 하늘을 올려다보고 우는, 울음 끝에 카악 기침을 뱉는 모습…… 그의 손가락이 들판을 가리키며 떨리고 있었다. 왜병이 뛰어올라 그의 가슴을 발로 찼다. 그는 맞으면서도 먼 여자를 보는 눈길을 거두지 않았다. 박, 박순이…… 그는 병사의 어깨를 잡아 밀치며 그리로 걸음을 떼었다.

허벅지에는 화살이 박힌 채였다. 팔과 옆구리에도 창과 칼이 스친 상처로 피가 흥건했다. 그는 몇 걸음 떼지 못하고 넘어졌다. 감시병들이 달려들어 창대로 찍었으나 그는 주먹으로 감시병의 면상을 찍고 뛰었다. 절름거리며 한쪽 발로 뛰었다. 감시병이 창대를 미즈류의 다리 사이에 넣고 넘어뜨렸다.

관목 가시에 얼굴을 찍힌 그는 개의치 않고 일어서 또 뛰었다. 감시병이 시위를 늘여 그의 등을 겨누었다. 화살 끝이 그의 비틀거림을 따라 움직였다.

"놔둬."

이두란의 비장 우르하타가 고개를 저었다. 미즈류가 한 시위 거리까지 달아난다 해도 한 발에 등판을 뚫을 수 있었다. 우르하타는 한쪽에 서서 잣나무에 대고 오줌을 누다가 병사 하나를 불러 뭐라고 속삭였다. 병사는 왜병 허리 굽히듯 인사를 하고는 산모롱이를 돌아 사라져 오지 않았다. 오줌을 다 갈긴 우르하타는 팔짱을 낀 채 검은 수염을 날렸다. 미즈류는 들판 주검들 사이를 헤치고 뛰었다. 뜯겨진 바짓가랑이와 늘어진 소매가 거추장스러웠는지 그는 그것들을 찢어내며 절름거렸다.

"박, 순, 이."

여자의 윤곽이 또렷해질 즈음에, 미즈류는 갑자기 걸음을 멈췄다. 뚫어지게 여자를 보다가 그는 고개를 숙였다. 그러고는 한동안 움직이지 않았다.

"제 놈이 무슨 여자는…… 가당치도 않은 위설(僞說)이지."

두란 부대 속에서 중얼거림이 낮게 땅바닥을 기었다.

"그냥 죽여버려."

누가 명령을 내렸는지 몇이 활에 살을 걸었다. 고개 숙인 미즈류의 어깨가 들썩이고 있었다. 시위 끝에 내려앉은 바람이 팽팽한 소리를 감춘 채 숨을 죽이고 있었다. 미즈류는 가죽 단화를 땅에 문대며 서 있었다. 바람이 더 이상 침묵을 견뎌내지 못하고 시위를 강하게 쳐댔다. 궁수들이 각지를 풀려는데 우르하타가 막아섰다. 미즈류가 여자 쪽으로 걸음을 떼기 시작했다. 넘어지고 다시 일어서며 여자 앞까지 걸었다. 궁수들 시위에 머물던 바람이 느리게 움직여 미즈류의 등까지 닿았다. 흙바람이 일었다.

"박순이."

미즈류는 무릎을 꿇고 여자의 종아리를 붙들었다. 찢겨진 치마에 맨살이 차갑게 그의 팔에 안겼다. 미즈류는 여자 이름을 거듭 부르며 목울대를 숨넘어가게 떨었다.

"날 봐. 나를. 어쩌다가. 박순이……."

그는 여자를 올려다보며 몸부림을 쳤으나 여자는 풀린 눈을 허공 한 곳에 박아두고 있었다.

"나야, 장목이가 왔다고. 너를 만나려고 노예로 살면서 죽지 않고 버텼어. 너를 만나려고 왜놈 무사가 되어 고려로 다시 돌아왔어."

미즈류는 일어나 두 손으로 여자의 뺨을 감쌌다. 눈을 맞춰

보려고 해도 여자의 눈동자는 한쪽으로 돌아갔다.

"이, 이것 봐. 네가 준 박달나무 묵주 목걸이. 너 잊었어? 변산 갯벌에 나가 소금을 실어오면 결혼하자 했는데."

미즈류는 기억을 되살려내려고 말을 끌어다 주워섬겼으나 여자는 그를 보지 않았다. 끌어안은 강보에 잔뜩 힘을 주면서 몸을 떨고 있었다.

"가, 애기 가져가지 마. 물어버릴 거야."

여자는 목을 들어올리고 숨을 가쁘게 쉬었다. 여자는 미즈류가 들어올린 묵주 목걸이를 손으로 쳤다. 실에 꿰인 묵주 한 알이 묽은 빛을 내며 흔들렸다. 미즈류는 그것을 여자의 목에 걸어주려 했지만 여자는 갑자기 눈에 퍼런빛을 터뜨리며 이를 번뜩였다. 여자는 미즈류의 팔을 잡아채어 물어뜯었다. 살점이 떨어지도록 여자는 턱에 힘을 다하고 있었다. 미즈류는 여자의 머리채를 잡아젖히며 턱을 벌려놓았다. 미즈류의 눈에 물기가 가득했다.

"너 하나 믿고 이렇게 살아왔는데."

물기가 묵주알 위로 떨어졌다. 황산 기슭에서 화살 몇 발이 뻗어왔다. 화살은 그들 근처에서 꽂혔다. 또 서너 발이 연이어 떨어졌다.

"안 되겠다. 이리 끌고 와."

남녀를 지켜보고 있던 두란이 기병 서넛을 시켜 데려오도록 했다. 적진에서 쏘아올린 살의 수효가 점점 늘어가고 있었다. 기병들은 산기슭 쪽으로 힘차게 살을 날리며 달려나갔다. 살이 곧게 뻗어 숲속으로 들어가 박혔다. 기병들은 미즈류와 여자를 끌어서 각기 말에 태우고 돌아왔다.

"우르하타는 어디 갔나. 이 자식 어떻게 된 거야."

두란은 꿇어앉은 미즈류를 가리키며 우르하타를 찾았다. 우르하타가 대열 뒤에서 촌로를 이끌고 두란 앞으로 나섰다.

"영감 이야기를 들어보면 알 것입니다. 영감, 말해봐."

우르하타는 영감을 밀쳐 꿇어앉혔다. 두란은 영감이 진정되기를 기다렸다가 물었다.

"저자를 아는가?"

영감은 곁눈질로 미즈류를 보더니 고개를 끄덕였다.

"장목이라고 하지요, 양장목. 남원 양씨요. 운봉에 양진수의 자식이요, 셋쩬데 큰아들은 어려서 호열자에 치여 죽었고, 둘째는……."

"말이 길구만. 애비는 죽었어, 살았어?"

"예, 애비는 우리 둘째아들 사촌댁네 당숙하고 가까이 지내는데."

"그래서 어쨌어?"

"술이 워낙 고래인지라 짚신짝 멍석 쪼가리 바가지까지 팔아먹고."

"그래, 그래. 뒈졌다고 치고, 내참, 저 여자는 누구야?"

"미친년, 실성년이지요."

"누가 그걸 몰라?"

두란은 갑갑하여 토시를 들어올리다가 꾹 참고 너그럽게 표정을 고쳐 잡았다.

"내가 이런 걸 못 해. 맞다 틀리다. 평생 둘 중의 하나만 고르며 살아왔어. 야, 네가 해."

두란은 우르하타에게 노인을 다루라고 일렀다. 우르하타는 뒷목을 긁적이며 괜한 헛기침을 몇 방 날렸다. 여자가 누구의 여식이며 지아비가 누구인지를 캐물었다.

"운봉 은행나무골 길에 오래된 효자 비석이 있죠. 모친이 고질병에 걸려 죽어가자 아들이 허벅지를 베어 먹여 병을 고쳤다는 효자비이지요. 비석이 너무 오래되어 그 위에 비각을 세웠는데, 그때부터 요상한 일이 벌어졌습죠. 밥을 지으려고 마루에 쌀바가지를 내놓으면 쌀이 비럭지처럼 기어다니고, 떡을 해놓으면 떡시루가 처마 위에 떡허니 달라붙고. 숫제 요상한 일…… 그리고 여기저기서 불이 나기 시작하는데, 시도 때도 없이 홀라당 타버리고."

"그러니까 뭐야."

우르하타가 답답하여 말을 중간에서 끊어버렸다. 노인은 눈치를 보다가 기어들어가는 소리로 겨우 말을 이었다.

"무당을 불러 점을 쳐보니 비석자리가 도깨비혈이라 이거요. 거기에 집을 지었으니 도깨비가 싫어하지. 비각이 집이라 도깨비가 갑갑했던 거요. 그래서 동네를 온통 뒤집어놓았던 것이지요."

노인의 말을 듣다 못하여 우르하타가 또 말을 끊으려고 하는데 노인은 아랑곳하지 않고 입을 열었다.

"강박순네, 저 여자네 집 말이요. 박복하게 살 거라 해서 박순이라 지었는데 성이 강씨야. 도깨비를 홀려먹은 조상이지. 그래서 집도 도깨비터를 보고 떡허니. 도깨비가 열낼 만하지요? 그래서 돈 거라니까요."

우르하타가 한숨을 쉬었고, 이두란이 그 뒤에서 손바닥으로 이마를 두드렸다. 그들은 노인의 이야기를 정리해서 들을 수밖에 없었다. 노인은 그들의 반응에는 신경도 쓰지 않고 희디흰 수염 사이로 계속 말을 뱉었다.

"정혼한 남정네가 있었는데, 저기 양장목이. 어디를 갔는지 안 오는 거야. 온다 간다 말이나 있어야지요. 변산 바다에 빠져 뒈졌다고 하고, 어떤 이는 개경 길 바닷길로 나갔다고도 하고. 4년을 기다려도 안 와요. 애비 강막동이가 화딱지가 나가 저 딸내미를 시집보내버렸지요. 도깨비혈 건너 집으로 말이지요. 근데 신랑은 일 년 만에 피말라 죽었어. 쯧쯧, 저것 봐. 자식새끼는 불타 죽고, 이게 다 도깨비를 건든 죄여."

노인의 말 끝 무렵에 여자는 악악, 소리를 지르다가 입가에 거품을 물었다. 미즈류가 여자의 상처 많은 등을 붙들며 입술을 떨었다.

"다 내 탓이오. 내 죄야. 노예로 돌짐을 지고 땅바닥을 기면서도 나는 바다만 봤어. 물결의 파장만큼이나 어느 하루 마음이 일렁이지 않은 때가 있었을까. 북쪽 바다 건너 고려 땅, 내 속울음이 몽땅 바다가 되었어. 돌아갈 날만 기다리며, 돌아가기 위해서 목숨을 걸었어. 왜적이라도 되면 어떤가. 이렇게 왔는데, 내가 이렇게 돌아왔는데."

미즈류는 여자를 붙들고 주저앉았다. 묵주알이 떨어져 풀숲에 굴렀다. 미즈류는 그것을 찾아들고는 온몸을 떨었다.

"나는 이제부터 네 곁에 있겠다. 천호, 이 여자와 나를 같이 있게 해주시오."

미즈류는 두란 앞에서 무릎걸음을 걸었다. 그는 두란의 가죽신을 붙들고 거기에 이마를 묻었다. 제발. 눈 가득 물줄기가 흐르며 미즈류의 안면이 심하게 뒤틀렸다. 두란은 여우털 모자를 고쳐 쓰면서도 굳고 강한 외꺼풀 눈을 풀지 않았다.

"자슥, 나는 천호가 아니야."

두란은 팔목에 낀 토시를 툭툭 치면서 코를 씰룩거렸다.

"그래도 이 작자는 왜놈 무사야. 쉽게 보지 마. 엉뚱한 짓 못하게 지켜."

우르하타는 고개를 저었다.

"그럴 것 없겠수. 놈은 귀순했소. 녀석을 쓸모 있게 써먹을 수 있도록 족쳐보아야 하지 않우?"

우르하타는 미즈류를 이용할 뜻을 비쳤다. 두란은 우르하타의 숱 많은 변발채를 보다가 더는 말을 하지 않았다.

신돈의 칼

"개혁을 한다는 것들이 더 음험하지."

변안열은 도열한 중앙군 기병대 앞에 섰다. 정면에 보이는 서무의 먼 구릉에 왜적의 함성이 겨울 까마귀떼 울음처럼 소란스러웠다. 화살 몇 발이 간간이 하늘 위로 솟았다 떨어지곤 했다.

"군기를 흔들어놓고, 정권 쟁탈에 골몰하는 저자들은 도축장 삽배들과 뭐기 다른가. 선왕이 심양에 있는 나를 불러들이긴 했으되, 선왕이 저자들에게 빌미를 준 것밖에 한 일이 무엇이 있겠는가. 선왕을 원망하고 싶지는 않지만 그저 강릉대군으로 받든 그 시절이 그립구만. 그 이후로는 아니야. 안 그렇소, 포은?"

변안열은 활 끝에 시위 줄을 고정시킨 도고자를 살피다 정몽주의 동의를 구했다. 정몽주는 눈가의 주름을 늘어뜨리며 고개를 주억거리는 것으로 답을 대신했다. 변안열의 생각에 전면 동의하는 것은 아니었지만 일정 부분 이해를 같이하고 있어 대략적인 공감을 표한 것이었다.

정몽주 같은 온건 개혁론자들은 어차피 급진 혁파론자들과 등을 대고 거리를 둘 수밖에 없어, 수구 권문세족 일파로 치부되는 것은 지당한 일이었다. 권문의 전횡이 그의 비위를 틀어지게 하긴 했지만, 양 갈래의 팽팽한 대립을 장고하며 들여다본다는 것은 우스운 일이었다. 지금은 충이냐 역이냐의 외갈래 선택의 상황이었다. 오로지 그것만 따지고 고민할 때였다. 극도 신흥이냐 극도 권문이냐 사이에서 중도 신흥이나 중도 권문 등속은 존재가치가 아예 없었다.

"차라리 노골적으로 변발을 해버린 충렬왕 때가 더 좋았을지도 모르지."

변안열은 말안장을 더듬었다. 안장은 차갑게 식어 있었다. 안장에 엉덩이의 온기가 미지근하게 달아오를 때까지 한판의 싸움을 끝낼 수는 없을까. 속결로 저 무능의 가별치들을 따돌리고 승리를 할 수는 없는 일일까. 충렬왕 시절이 비록 원의 부마국이라며 손가락질을 당하기는 했으나 그래도 그때가 안정적이었다고 그는 여기고 있었다.

고려 25대 충렬왕, 그는 태자 책봉 후 원나라에 입조하여 연경에 머물면서 원 세조의 딸 홀도로계리미실 공주를 아내로 맞아들였다. 부마가 된 것이었다. 원 입조 2년이 지난 뒤 고려의 왕위에 오르려고 귀국할 때 그는 이미 고려 사람이 아니었다. 모든 신하에게 변발을 강권하면서 듣지 않는 자는 회초리질까지 서슴지 않았다. 그는 몽골정책 대행자였다. 고려의 군신들은 변발하지 않는 자가 하나도 없게 되었고, 나라는 원나라의 먼 지방 행정성으로 전락해버렸다.

즉위 반년도 채 안 되어, 그는 원의 요구에 그대로 순응하여 일본 정벌 전쟁판을 벌였다. 나라가 아사 직전이라고 생민들은 울부짖는데, 충렬왕은 자신의 신념대로 밀어붙였다. 1차 원정 4만 명, 2차 원정 15만 명. 그러나 왕에게는 백성의 아우성은 그저 마루 밑에서 눈치보며 짖는 주린 개에 지나지 않았다. 정벌 실패로 나라는 방어력마저 상실했다. 합단군이 쳐들이와 왕은 강화노로 천도하고 진쟁은 1년 이상 길게 진행되었다.

"북방야인과 왜구의 침입이 기승을 부리기는 했어도, 그래도 왕께서는 동녕조를 찾아오지 않았습니까? 기개는 있으셨지요."

 최탄이 서북면 일대를 몽골에 바친 일을 두고 한 말이었다. 충렬왕이 원 세조에게 직접 요청하여 동녕조를 환부(環府)했던 것이었다. 정몽주가 박티무르를 보고 슬쩍 눈을 감았다가 변안열에게 고개를 돌렸다.

 "그런데 공민왕은 어떻소. 혁파를 한답시고 쯧쯧. 공민왕 주변에 혁파세력들은 미미했지. 홍건적을 몰아냈어도 후유증은 너무도 커 환궁조차도 못 했어. 체찰사, 형공도 선왕을 보필하지 못한 자괴감이 컸을 게야. 원과 연합하지 않고서는 도저히 단독 활생이 불가해 반원 정책은 접어야 했지. 안 그렇소?"

 정몽주는 턱을 목에 당기며 서너 발치 떨어져 있는 성계와 삼봉을 힐끗거렸다. 변안열이 정몽주의 눈짓을 알아차리고 부러 큰 소리를 냈다.

 "그게 다 원을 거부한 것에 대한 혹독한 대가요."

 변안열의 헛기침에 박티무르의 한쪽 눈이 슬며시 감겼고, 주형장의 소맷자락이 거친 바람소리를 냈다.

 "선밥의 솥뚜껑에 손을 댔던 게지. 아니면 어차피 익힐 수 없는 밥이었거나. 개혁이라는 허울에 헛것이 쓰인 것이거나. 선왕은 애초부터 그런 능력이 있기나 했는지 모르겠소 그려. 그렇지 않고서야 인간이 그렇게도 표리가 다를까. 관음증에 강간에, 쯧쯧."

"그래서 그의 개혁이라는 것이 한낱 유희거리에 지나지 않다 하지 않았소? 원나라 조정에서는 말이오."

박티무르가 변안열의 말꼬리를 물고 끼어들었다.

"선왕을 보필했던 주변자들이 원래부터 부패 기질이 농후했기 때문이지. 양의 탈을 썼다가 권력의 맛을 보자 승냥이 이빨로 집어삼키는. 권력이라는 게 인생 최고의 성찬 아니겠소? 왕사 편조가 그렇고, 기현이 그렇고 또……."

성계를 보며 입술을 씰룩거렸다. 홍건적의 난 직후부터 공민왕은 반란에 시달렸다. 공민왕이 개경으로 환궁하는 도중에 찬성사 김용이 반란을 일으켜 죽을 고비를 넘겼고, 그다음 해, 원 왕후 기씨의 사주를 받고 최유가 군사 1만을 이끌고 의주를 함락시키며 변란을 일으켰다. 왕권은 숭엄하지 못했다. 아무나 정변을 일으켜 넘봤으며 그것을 쉽게 차지할 수 있으리라 여겼다. 힘겹게 세워놓았던 문신중용정책은 물거품이 되었고, 그 자리를 대신하여 무장들이 차지하게 되었다. 나라를 자신들이 구했다는 득의양양함으로,

"선왕은 변했소. 예전, 나에게 고토회복의 의지를 보였던 강릉대군이 아니었소. 시정잡배도 하지 않을 농탕질을 낙으로 삼아 하루를 연명해나가다니. 선왕을 국왕으로 믿고 따르

는 자는 아무도 없었지. 당신들도 마찬가지야. 선왕과 함께 사라졌어야 할 모리배들."

변안열은 정도전과 성계에게 손가락질을 했다. 공민왕은 살해되었다. 갑인년 9월에 최만생과 홍륜 등이 공모하여 왕을 난도질해 죽였다. 공민왕의 성애(性愛)는 오래 전부터 정상적이지 못했다. 자신의 침소에 시녀들과 귀족자제들을 불러들여 음행을 하도록 하고 매일 문틈으로 그것을 엿봤다. 그는 귀족자제 홍륜, 한안 등과 함께 동성애를 즐겼다. 벽을 쥐어뜯으며, 휘장을 온몸에 감으며 날이 새도록 뒤엉켜 고양이 우는 소리를 냈다. '너희는 익비를 범해라. 아이가 생길 때까지 끝없이 그 짓을 해.' 공민왕은 모든 것을 포기한 지 오래되었다.

고려 개국 이래 가장 온전한 자주국을 만들겠다는 의지도 부패 없이 깨끗한, 생민만을 위한 나라를 꾸려가겠다는 각오도 가을바람에 철석이 여린 날개 오그라들 듯 비틀렸다. 폭우로 파도를 만들어 몰아붙이던 추진의 기개는 꺾였다. 사람들은 그의 패륜과 망측 유희만 기억하게 되었다. 즉위 23년의 옥좌는 비린 정액 냄새로 찌든 채 썩어 문드러졌다.

하지만 그가 죽어가면서까지도 포기하지 않은 것이 하나 있었다. 후사에 대한 집착이었다. 자신의 생리적 힘이 닿지 못했던 탓이었을까. 그는 여러 왕비를 거느리고도 후사를 보지 못했다. 자신의 마흔 중년 비감한 삶을 예견했던지, 그는 어떻게든 후사를 만들어내려고 광기에 가까운 편집증을 보였다.

그가 택한 방법은 귀족자제들의 젊은 몸뚱이를 빌리는 것이었다. 이른바 '자제위'는 그렇게 만들어졌다. 홍륜과 한안, 권진, 홍관, 노선 등을 불러들여 왕비들을 강제 추행하도록 하는 것만이 후사를 얻을 수 있는 유일한 방안이라고 그는 믿었다. 궁궐에서 추행당하는 비명이 매일 기둥을 갉아뜯는 중에, 익비가 회임했다는 소식을 그는 듣게 되었다.

그는 익비의 뱃속 아이를 자신의 적자로 꾸미기 위해 내시 최만생에게 왕비와 같이 밤을 보낸 무리들을 없애라고 일렀다. 그러나 내시 최만생은 공민왕을 이미 주군으로 보지 않았다. 최만생은 도리어 홍륜과 한안 등에게 왕의 지시를 발설하고 그들 무리와 결탁하여 왕을 없앨 계획을 짰다.

술을 몽땅 먹이고 고꾸라져 잠들도록 한 뒤에, 그들은 공민왕의 침구를 난도질했다. 마흔다섯의 생은 낭자한 피로 마감되었다. 죽음의 위협을 무릅쓰고도 끝까지 겁간을 거부했던 두 왕비, 혜비 이씨와 신비 염씨는 궁궐을 떠나 중이 되었다. 가을비가 마른 잎을 쓸며 길섶을 적시던 날이었다.

"침소의 음생을 개혁의 음험이라며 관자놀이에 핏대를 세우는 짓은 체찰사답지 못하군. 음모는 당신들이 꾸미고 있어. 세월을 10년 전으로, 20년 전으로 몽땅 돌려놓으려고 말이지. 그때가 무척이나 그립겠지?"

정도전은 귓전을 지속적으로 간질이던 그들의 험담을 털어내기라도 하듯 귀를 후벼파며 다가섰다.

"냉기 들린 바람이 송곳이 되었군, 귓속까지 얼얼한 게."

정도전은 맞바람을 맞으며 섰다. 옷섶이 풀어져 바람이 그의 야윈 가슴까지 파고들었다.

"선왕이 표변했던 것은 사실이나 그대들의 한담은 객줏집 장도칼로 도마를 쪼아댄 칼자국 같아서 쏩쏠하군. 그대들한테 베풀었던 선왕의 온정이 뒷날 냉대로 돌아오니 객쩍은 일 아니오? 선왕의 심기를 아는 자는 결코 그렇게 입에 가시를 세워 뱉을 수 없으리니. 선왕은 고독과 절망 속에서 죽어갔소. 무엇 때문이었겠소. 그렇지, 왕비 노국공주의 죽음 탓이오. 체찰사는 이렇게 말하겠지. 그까짓 여자 하나 때문에. 하지만 헌 고쟁이 아궁이에 쑤셔넣듯 그렇게 치부하면 곤란하지. 선왕의 변절은 사람에 대한 애정 때문이었소. 달리 말하면 믿음을 준 인간에 대한 존중이요 애착이었다 이거요. 그것이 지나쳐 몽환의 세월을 보낸 것은 안타까운 일이었지. 하지만, 국왕은 진정한 사랑을 아는 분이었소. 소중한 것에서부터 하찮은 것까지 모두 사랑해야 진인이 된다는 것을 알았던 것이오."

참혹하게 일그러진 공민왕의 행각은, 산고 끝에 죽은 왕비에 대한 통분 때문이었다고 정도전은 거듭 덧붙였다. 정몽주는 고개를 흔들며 낮게 숨을 뱉었다. 흰 수염발이 바람결에 모로 쏠렸다.

"허허, 이거 바가지로 개울물 뜨려다가 덜컥 까치독사 한 마리를 퍼올린 셈이군. 선왕의 행각쯤이야 그럴 수 있다고 덮어둘 수도 있는 문제지. 내가 직시한 것은 그런 인욕 따위가 아니지. 급진이라는 충복의 개, 왕사 편조의 광기에 물려 죽은 수많은 현사들은 그 억울함을 어찌 풀어야 하지? 아직도 피 묻은 거적이 거리에, 사랑채에 그대로 널려 있는데."

포은의 턱에 잡힌 주름이 가녀리게 떨리고 있었다. 편조는 신돈의 법명이었다.

"흠, 상국(上國)이라. 수행사, 그 말을 똑똑히 기억하고 있지요? 홍무제가 신돈에게 내린 칭호 말이오. 공민왕은 고려국왕이고, 편조는 상국이라 했겠다? 이건 국왕을 일부러 능멸하고 국성을 고의적으로 호도하려는 술책이었지. 아, 명나라 주원장이 그렇게 부르는데 기고만장하지 않을 자 누구인가. 여물 씹던 짝눈이 나귀도 날뛸 일 아니오?"

국왕의 개혁 칼날이 숫돌질부터 잘못되었다고 정몽주는 목소리를 높였다. 도열하여 서 있던 말들의 간격이 조금씩 틀어지고 있었다. 비장들이 대열을 바로잡는데 정몽주의 뒤에서 말들의 투레질이 끈끈하게 울렸다. 수행사 주형장의 귓불이 벌게지는데 정몽주는 애써 모른 체하며 눈길을 삼봉 쪽으로 옮겼다.

"공민왕이 가장 거북해 했던 게 역설적이게도 우리 문사들이었지. 아오? 이 조신 집단들을 어떻게 견제할 것인가 고민 끝에 왕사를 끌어들였던 것이지. 역대 국왕들의 뻔한 수법이었지."

공민왕은 신돈을 입궐시켰다. 파당에 전혀 때가 묻지 않은 무욕의 선승, 그 대자심이 도성에 가득 낀 부패와 불평등의 배설물 더께를 걷어낼 수 있으리라 믿었다.

"관직만 해도 그렇게 유장한 직명은 선사 때부터 후대에까지 아마 없지 싶지? 영도첨의사사 관중방감찰사사 취산부원군 제조승록사사 겸 판서운관사. 어후, 혀가 다 말리는군."

편조는 승복을 벗었다. 그는 공민왕이 내린 '청한거사'라는 칭호도 버리고 '돈'이라는 속명을 썼다. 속가에 내려가 온 마음을 던져 나라를 바로잡겠다는 결행의 표시였다. 신돈은 개각부터 단행했다. 노장 최영을 쫓아냈고 원로 이제현의 문생들을 척결했다. '궁성에 들어서면 좌주(座主) 문생들이 회랑 연화 판석처럼 밟힌다. 그들은 서로 끌고 밀며 견결한 종파를 이루었다. 온 나라를 가득 채운 유생 도둑들이다.' 고봉밥 먹은 마당쇠가 빗질을 하듯이 그는 이제현 일파의 허리띠나 신발 모양만 눈에 띄어도 가차없이 쓸어버렸다. 이제현이 신돈을 보고 '불자도둑'이라며 몰아붙였으나 신돈은 개의치 않고 정치 마당에 먼지를 뿌옇게 일으키며 계속 쓸어댔다. '흉인으로 환난을 일으킬 것'이라며 모든 유생들이 떠들어도 신돈은 계획대로 일을 진행했다.

신돈은 전민추정도감(田民推整都監)을 설치하여 노비문제와 토지문제를 해결해나갔다. 거대사찰도 부당편취 의혹에서 예외가 될 수 없었다. 왕족도 귀족도 성역이 될 수 없었다. 권문 장원에 불법으로 갇힌 노비들과 부역을 피해 달아나 두려움에 떨며 숨어지내는 양민들을 찾아 모두 제 집으로 돌려보냈다. 양민이 되게 해달라며 장원을 탈출하여 신돈을 찾는 노비들이 수만 명씩 몰려들었다.

신돈은 그들의 송사를 반드시 해결해줬다. '성인이 나타났다.' 노비들은 나뭇가지로 땅을 치며 소리를 질렀고, 유생과 장원주들은 '중놈이 나라를 망쳤다.' 가슴을 두드리며 시해 의지를 불태웠다. 경천흥, 오인택, 김원명 등이 신돈을 제거하려다 유배를 당했고, 감정, 김홍조 등이 밤 길목을 지키며 칼을 갈다가 붙잡혔다.

중소지주들과 노비, 양민을 제외하고 신돈은 모든 문생 권문족의 적이 되었다. 신돈은 기득 권문을 이겨낼 수가 없었다. 신돈이 역모를 꾀한다는 그들만의 소문이 커지고 커져 결국에는 사실로 만들어내고 말았다. 신돈 집권 6년, 정책 실행 5년 만의 일이었다. 신돈은 공민왕 앞에 무릎을 꿇었다.

"하, 이제 물러갈 때인가 봅니다. 소신은 전하의 부름을 받았을 때 제 명을 알았습니다. 오늘이, 운이 부러지고 명이 다하는 날이올시다. 이 머리카락은 국정에 임하면서부터 기른 것입니다. 5년 된 것이지요. 목이 잘리거든 저자의 나뭇가지에 매달아 바람에 흩날리게 해주소서."

신돈의 이마 주름이 터질 듯 일그러졌다.

"이제 신에 대한 낭설은 천년을 넘긴 뒤에까지도 어지럽게 떠돌 것입니다. 그때마다 썩지 않은 이 머리카락들이 바람에 울며 덧없이 쓸리겠지요. 내 정성은 사라지고 깊은 오욕만 남을 것입니다. 전하와 함께한 나의 개혁은 고작 5년이고, 권문의 풍모는 5백 년이기 때문이올시다."

신돈의 눈에서 피가 흘렀다. 애초부터 이길 수 있다며 시작한 것은 아니라고 했다. 권문을 용납하기엔 세월이 너무 닳아

속가행에 장죽이나 짚으며 두어 발 내딛었을 뿐이라며 신돈은 머리를 조아렸다.

"하지만 들으소서. 이 잊혀진 5년이 훗날, 까마귀만 가득한 먼 훗날, 쫓기는 자들에게는 마른 불씨가 될 수 있을 것이며, 매 맞아 죽는 자들에게 둔덕 밑 보이지 않는 들불이 될지도 모를 일입니다. 신은 그것을 위해 몸을 태웠습니다."

신돈은 수원에서 주살되었다. 모순 혁파를 위해 함께 일했던 이춘부, 기현, 이운목 등도 형장으로 사라졌다. 신돈의 머리카락은 돼지 똥 가득한 진땅의 저자를 오가는 굽에 밟혔다. 사람들이 소곤거리는 뒷전에, 말이 우는 한밤에, '나는 천하니 거리낄 게 없다.' 바람소리인 듯 개울소리인 듯 낮은 음이 며칠째 울렸다고도 했다.

"식자층 중에 유일하게 신돈의 백정 칼에 살 베이지 않은 자 누구이던가? 자네들이었지? 신흥 사대부들 말이야."

정몽주는 한쪽 수염을 비틀어 꼬았다.

"중이 성균관에 나가서 공자 앞에 절을 하니 어떻던가? 그대를 위해 융숭한 상을 차린 것보다 나았지? 편조는 누누이 말했다면서? 인재는 신진뿐이니 기우는 국운을 일으켜달라. 얼마나 감읍했을지. 나에게 득이 된다 해서 받아들인다면 사심 가득한 편견자들과 다를 바 없겠지. 급진이 성공을 이룬 적이 어디 한 번 있었던가?"

정몽주는 꼬았던 수염을 풀었다.

급진의 성공. 삼봉은 동공을 한쪽 위로 들어올리며 문득 생각에 젖었으나 뾰족한 답을 찾을 수 없었다. 급진이 이루어놓은 세상은 정녕 어떤 모습일까. 편조 5년 동안의 그 흙바람 가득한 혼돈의 거리가 실제 사람 사는 본 세상이었을까. 문득 흙바람이 멈춰 고요해지고 피만 낭자한 대로를 누가 또 나서서 광인처럼 소리치며 칼자루를 치켜들 것인지. 시작도 하기 전에 미완으로 소멸되어 지워지는 그것이 급진의 참모습일지. 정도전은 생각 많은 눈빛으로 마른 가지를 올려다봤다.

"삼봉, 들으시게."

정몽주는 삼봉 옆으로 두어 걸음 옮겼다. 그의 눈가 주름이 온건했다.

"우리는 다 해봤어. 신돈의 혁파 속에서도 있어봤고, 홍건적의 칼 감옥에서도 뼈처럼 목숨을 깎아가며 견디기도 해봤네. 여길 보아. 다 둘러보아도, 지금 왜구의 칼춤 속에 연명(延命)이 아득한데 그대의 정혁(鼎革)이 대체 무슨 소용인가. 민생론이 백성들에게 밥이 될 수 있다고 보는가? 아니야. 이놈 저놈 다 소용없어. 깔짚 속에 쪽박 들고 잠자는 노숙 걸신들에게 그것은 하늘 위 또 다른 허공에 불과한 것이지. 그대의 구름도 이제 비가 되어 땅에 곤두박질쳐야 하지 않겠나?"

정몽주의 발끝에 댑싸리 마른 잎이 밟혔다.

"편조의 바람은 더 이상 불지 않아. 차후 어느 세상에서든 말이지. 자넨 그리워하겠지? 그 그리움은 아마도 영원한 것이 될 거야. 슬프게도 말이지."

풀대 꺾이는 소리가 났다. 정도전은 고개를 저었다.

"포은 선생, 내가 한때 그 온건을 사랑하여 옷자락에 비친 그림자마저도 흠모했던 학사시여. 선생은 꿈을 믿지 않으시오 그려. 꿈은 기다리는 자에게 옵니다. 이제, 모두가 다 얼어붙는 겨울이 오고 산하가 눈에 덮여 죽을 것입니다. 한설이 얼마나 휘몰아칠지 나는 알지 못합니다. 하지만 그 동한 밑에 피죽의 씨라도 한 알만 살아 있다면, 현세가 아니더라도, 몇천 년이라도 나는 기다릴 것이오. 꿈을 부르는 피죽의 간절함이 오래 메아리쳐 저 먼 날에 반드시 무성한 잎을 훈풍에 키워낼 것이오."

정도전의 마른 가슴에 찬바람이 가득했다. 큰 들숨으로 한껏 부풀어오르고 있었다. 포은은 노여움으로 삼봉의 눈망울을 차마 누를 수가 없었다. 차라리 몽상이기를. 몽상은 현실을 결코 덮을 수 없다고 거듭 확신하면서도, 진정 저 망상의 정혁이 오기는 할 것인지 자꾸 불안감이 엄습해오는 것이었다. 변안열이 칼집으로 자신의 허벅지를 힘껏 후려갈기더니 말에 올랐다.

"포은 선생, 삼봉의 그리움을 아예 내가 끝장을 내겠소이다. 저 왜구들을 박살내 거대 원나라를 다시 세우는 그날을 만들어야 할 것이오. 그리하면 삼봉의 꿈은 밑동이 잘려 끝내 거꾸러지고 말 것 아니오."

변안열의 무게에 말허리가 휘청거렸다.

"원나라는 아낌없이 우리를 지원했소. 우리가 그것을 기억해야 하는 게 의요. 이 토벌은 종군파견관이 판정할 거요. 나의 참전은 의를 위한 것임을 알아야 해. 너무 깊어 유배지로 고려하지도 않았다는, 이 광대무변의 험준령에 내가 토벌 수장으로 자처하고 나선 것은 왜구의 종식만이 목표가 아니오. 우리의 강존(剛存)을 보여 북원과의 소원함을 풀려는 것이오. 게다가……."

변안열은 눈가에 힘을 모아 한 사람씩 차례로 훑어봤다. 곁의 정몽주와 서너 걸음 뒤의 박티무르, 주형장, 또 그 옆의 두란과 성계. 그리고 그 건너 지리멸렬하게 흩어져 있는 가별치들을 눈으로 하나씩 집어나갔다.

"두 제국 간에 강한 군사 결합이면 또 어떻소. 우리의 북방

진출 계획은 이 새로운 친원론으로 완성되는 것 아니오?"

변안열이 입술을 무겁게 움직이며 말을 잇는데, 주형장이 볼살을 한쪽으로 몰아 심하게 부풀리며 눈을 부라렸다.

"요사이 불순하게 삐져나오기 시작하는 담론의 정체가 무엇인가 했더니 제 입의 자발을 견디지 못하고 터져나오는군. 북원과 연합전선을 펴 명을 친다? 그전의 친원론은 그저 원과의 관계 공고화인 데 반해, 이제는 아예 한 걸음 더 나가시겠다? 이른바 신친원론이라 이거지? 가소로운."

이히히히히, 주형장은 비단포 옷자락을 부여잡고 웃었다.

"저 일어서기도 어려운데 뜀박질이야? 친원파들 자신의 무능을 감추기 위한 실현 불가능한 개수작이지. 당신들이 대장원과 노비 이외에 관심을 기울인 것이 있었던가? 그대들은 언제나 그랬어. 안에서 고름이 터지면 그것을 감추기 위해 백성들을 향해 외쳤지. 총동원령이다, 북방족이 쳐들어온다! 수천 번 써먹었던 수법이야. 칠 능력도 없으면서 전쟁 준비만 하는 거야. 이제 새로운 구실이 생겨서 다행이로군. 명나라가 쳐들어온다! 모두 막아라. 낄낄."

주형장은 손나발을 하고 외치는 시늉을 했다.

"지금 무엇을 하자는 것인지 도대체 알 수가 없는 사람들이야."

주형장의 웃음이 또 한 차례 간드러지는데 변안열은 당당하게 출진명령을 내렸다.

"모두 나서라. 중앙군만이 아니라 모두. 체찰사의 명을 들어야 할 것이다. 우둔한 가별치들아. 일어서."

그의 명령을 듣는 것은 중앙군밖에 없었다. 다른 원수들은 중앙군의 집결을 불안스레 바라보고 있었다.

"출진이다. 목숨을 내놓고 나서라. 가별치 눈먼 들개들이 따르지 않는다면 우리 단독으로라도 나서겠다. 겁 많은 개새끼들 같으니라고."

가자. 변안열이 말을 몰아 아래로 내려섰다. 처명이 뛰어들어 변안열의 앞을 가로막았다.

"단독 작전이 군진에 균열을 일으켜 몰사한다는 것을 모르는 것이오?"

"그건 내가 할 소리야. 저리 비켜. 나는 지금까지 참아왔다. 너희가 치지 않으니 내가 나서는 것이다."

변안열은 인월역 본진을 가리키며 말 앞가슴으로 처명을 밀쳤다. 처명이 말 무릎에 걸려 넘어졌다.

"가자. 고려를 구할 자는 우리다."

중앙군은 횡으로 길게 늘어서 비탈을 내려갔다. 군마의 질주가 위태롭게 땅을 두들겼다. 중앙군이 서무로 내려서자 능선 위에 있던 적들이 대열을 갖추고 곧바로 응전태세를 취했다. 왜적 500기가 구릉을 내려서며 중앙군을 포위할 듯 밀려들었다.

"멈춰."

처명이 단기로 나가며 만류했으나 중앙군의 먼지 속에 묻히고 말았다. 변안열의 말이 선두로 뛰쳐나갔다. 대열은 변안열을 정점으로 양 갈래로 뒤처지며 쐐기 물결을 이루었다. 성계와 두란은 변안열의 대열에 눈살을 구기며 그 끝을 좇고 있었다. 변안열은 서무 능선 정면을 향해 말을 몰다가 기수를 갑자기 왼쪽으로 돌렸다. 변안열 부대가 활처럼 굽어지며 같이 따라 돌았다.

동무듬이었구나, 변안열이 노리는 것이 저것이었어. 성계는 숨을 뱉으며 입술을 단단히 물었다. 동무듬은 낮고 평평한 평야지대였다. 동무듬 쪽에는 풍천이 인월역과 맞닿아 남북으로 가로질러 가고 있었다. 중앙군은 송곳을 들어 찌르듯 동무듬의 넓은 평지를 향해 진격해 들어갔다. 성계 뒤에 정도전이 말없이 중앙군의 꽁무니를 바라보고 있었다. 동무듬을 뚫으면 서무 구릉의 적과 부딪치지 않고 우회하여 인월역 본진으로 남하할 수 있을 것이었다.

변안열은 명적을 뽑아들고 시위에 걸었다. 동무듬에는 남북으로 길게, 보병 창수들이 전투지역의 경계를 표시하는 양 도열해 있었다. 창병들쯤이야. 2천 명이 늘어서 있다 하더라도 중앙군의 파괴력으로 충분하리라 생각했다. 변안열은 콧바람을 세차게 뿜으며 늘어선 적의 한 지점을 향해 살을 쏘아붙였다. 변안열의 우는살의 신호에 따라 기병들이 그곳을 향해 집중적으로 살을 날렸다. 무수한 살이 침봉같이 가늘게 무리지어 한 곳으로 쏟아졌다. 그곳의 창병들이 한꺼번에 몰아닥친 살을 맞고 쓰러졌다.

한 곳만 뚫으면 된다. 변안열은 어금니에 힘을 줬다. 뚫린 곳을 통과하여 본진으로 남하하면 싸움은 그것으로 다하는 것이었다. 평지를 뚫어 풍천까지 동진하다가 천변을 따라 본진으로 돌격하면 될 것이었다.

뚫리기만 한다면…… 성계와 왜구는 나의 돌파를 의아스럽게 생각하겠지. 왜 풍천을 옆에 끼고 남진하느냐고. 강을 끼고 가다 적의 공격을 받으면 몰사할 수밖에 없는데 하필 그 방법이냐고 웃겠지. 우리 중앙군은 정예다. 조국을 위해 언제든 죽을 각오를 해왔다. 모르는 이들은 비아냥거릴 것이다. 배부른게 중앙군 세습 무인들이라고. 녹봉을 받고 위엄만 부리니 싸움인들 제대로 하겠느냐고 말이다.

하지만 정예는, 단 한 번의 죽음을 위해 매일 긴장 속에서

대기하며 있을 뿐이었다. 아무도 모르리라. 죽음을 위해 처자까지 잊고 부모마저 지워야 한다는 것을.

"한신은 1만 명으로 조나라 20만 대군을 상대했다. 나의 중앙군사들아, 쏘아라."

변안열의 화살이 적의 눈을 뚫었다. 말갈기가 제멋대로 휘몰아치며 날렸고 전방의 시야가 흙바람에 자꾸 흐려졌다. '함지사지이후생(陷之死地以後生) 치지망지이후존(置之亡地以後存)'이라고 했다. 변안열은 말의 질주 탓에 심하게 떨리는 턱을 단단히 고정시켰다. 경적(輕敵)이지, 저들은…… 적은 분명 1천 명의 고려군을 가볍게 볼 것이었다. 저 허술한 동무듬의 방비가 바로 경적이 아니고 무엇인가.

세찬 바람이 변안열의 얼굴을 때렸다. 가루가 되어 부딪치는 바람들, 그것들은 그의 투구와 얼굴에 닿아 그대로 달라붙었다. 바람 끝에 삭은 풀냄새가 묻어났다. 그는 얼굴에 묻은 흙먼지를 훔쳐낼 겨를도 없이 살을 날렸다. 창을 들고 늘어선 적의 윤곽이 점점 또렷해지고 있었다. 적과 거리가 가까울수록 흙바람은 더욱 드셌다.

중앙군의 뒤편 북쪽 인풍리에서 바람을 빨아들이는지 풍속은 더욱 거칠어 중앙군을 휩쓸고 있었다. 눈썹 끝에 티끌이 달라붙어 떨어지지 않았다. 가죽신 끝에 걸린 등자가 자꾸 미끈거려 사출하기가 거북스러웠다. 그는 살을 뽑아 걸면서 등자 깊이 발을 넣었다. 얼굴에 붙는 티끌의 수효는 점점 더 많아졌다.

활을 쥔 왼손으로 눈밑을 쓸며 다시 거궁 자세를 잡았다. 코끝에서 풀냄새가 떠나지 않았다. 소맷자락에 묻어 있는 티끌들…… 말똥, 그것은 뜻밖에 배설물 조각들이었다.

이곳에 웬 말똥일까. 변안열은 살을 날리며 왜적 창병들을 봤다. 창병들은 창끝을 고슴도치처럼 세우고 버티고 있었으나 눈망울은 심하게 떨고 있었다. 단숨에 쳐부수리라. 창병들은 말을 앞세운 기병들한테는 적수가 될 수 없었다. 화살이 빠르게 꽂혔다. 말이 가까이 가기 전에 창병들은 거꾸러졌다. 빗발쳐 쏟아지는 중앙군의 장병전을 버텨내려고 창수들은 뚫린 공간을 몸으로 막고 또 막았으나 끝내 빈 공간을 메우지 못했다.

"됐다. 적들이 거꾸러졌다."

변안열은 살로 말의 엉덩이를 치며 전력으로 나갔다. 자꾸 왼쪽 발에 걸린 등자가 불안했다. 그는 발이 빠지지 않도록 발끝을 숙여 디뎠다. 그의 화살촉 끝이 좌우의 창병들을 노리며 방어지대를 벗어났다. 이제 시야가 툭 트인 개활지가 눈에 들 것이었다.

처명, 너는 여기서 죽는다

　황산 기슭에서 아지발도가 중앙군의 움직임을 내려다보고 있었다. 아지발도는 동무들의 창병 방어지대를 보며 낮게 웃음을 터뜨렸다.

　"도랑을 쳐놓고 큰 고기를 기다렸더니 미꾸라지 새끼가 튀어오르는구나. 나는 전쟁의 신이다. 중앙군 녀석들이 내 군진을 알아챌 리가 없지. 눈에 보이는 것만 보고 덤벼드는 꼴이란. 푸른 기를 올려라."

　아지발도의 손이 올라갔다. 동쪽을 지시하는 깃발의 색이었다. 황산 기슭에 청기(靑旗)가 우뚝 솟아오르자 동무들의 뚫린 방어지대 뒤편 군데군데에서 먼지가 피어올랐다.

"군진은 곰의 가슴처럼 장중하지만, 작전은 매의 발톱처럼 기민하고 날카로워야 한다. 새가 오르듯 위에서 내려다보고 먹이를 찾다가 달아나는 놈을 봤을 때는 급히 몸을 꺾어 땅으로 박힐 줄 알아야 한다. 구름이 흩어졌다 모이고 천둥이 쳐 비를 뿌리듯 전혀 예측하지 못하도록. 저기 봐. 놀라는 중앙군들을."

크흐흐…… 곰이 낮은 울림을 내듯 아지발도는 입술 사이로 이빨을 드러냈다.

"체찰사, 고삐를 꺾으시오."

뒤에서 비장의 목소리가 갈라졌다. 눈앞에, 툭 트인 들판 대신, 한 떼의 단단하고 검은 무리가 이쪽으로 몰려들고 있었다.

"왜놈 기병대다."

그들은 분명 철기갑에 중갑주를 한 왜적 기마대였다. 어떻게 저들이 나타났는지, 그는 도무지 이해할 수가 없었다. 적 기마대는 5백 기는 족히 되어 보였다. 말똥…… 그것 때문이었구나. 동무듬은 변안열이 판단한 대로 창부대의 방어진으로만 꾸려진 곳이 아니었다. 왜적은 기마대를 숨겨두고 창부대를 허술하게 앞세워 그곳으로 고려군을 유인했음이 분명했다.

왜구 기마대가 어떻게 평야지대에 은폐하고 있었을까. 변안열은 고개를 갸웃거렸으나 이내 답을 찾아낼 수 있었다. 왜적은 들녘에 말을 눕혀 고려군이 쳐들어올 시간만을 헤아리고 있었다. 말을 눕혀 숨겨둘 곳은 얼마든지 있었다. 그들은 고려군이 들이치기 전부터 전장에 부대를 분산시켜놓고 싸울 준비를 이미 마쳤다. 며칠 동안 말을 세워두고 기다렸다가, 오늘 고려군이 당도하는 것에 맞추어 말을 눕혀 동무듬 남북 방어선을 허술하게 꾸며놓았다. 고려군이 동무듬을 치면 그들은 강한 방어선으로 버티고, 서무 능선의 왜적과 황산 기병이 뒤를 치면 고려군은 고립될 것이었다.

저들이 노리는 것은 고려군의 포위였다. 1만 명으로 천 명을 에워싸는 것은 어려운 일이 아니었다. 저들은 어느 곳을 정해놓고 고려군을 사지로 몰아 죽이려고 했던 것일까. 변안열은 그곳이 가늠이 되지 않았다. 그는 급히 고삐를 오른쪽으로 잡아채었다. 기마대를 적진 깊숙이 남으로 끌고 가는 수밖에 없었다. 말똥냄새, 들바람을 타고 날리는 분비물의 티끌은 왜적의 지독히도 치밀한 전법 때문에 생긴 것들이라.

"이번에는 흰색 기를 올려라. 높이."

서쪽을 의미하는 백기가 바람을 타고 펄럭였다. 아지발도가 손가락을 들어 병력을 출진시키기나 한 듯이 서무 병력의 절반이 파도를 이루며 한 덩이로 쏟아져내렸다.

"놈들의 퇴로는 없다. 변안열 용장도 이제 내 손 끝에서 사라지리라."

서무 기쿠치 부대의 질주를 따라서 먼지가 일며 길고 긴 벽을 이루고 있었다.

"서무 기병대 절반이 우회하여 중앙군의 퇴로를 막고, 잔존 부대가 앞을 가로막고 압박한다면 적은 수렁에 빠진 돼지 꼴이야."

다시 백색 깃발이 하나 더 올랐다. 서무 잔존 부대가 구릉 위에서 도열하여 섰다. 깃발이 내려가면 돌격할 것이었다.

"서무의 왜적이 우리 퇴로를 막았습니다."

서무에서 출격한 기마대가 변안열 부대를 따라 길게 우회하여 길을 끊어놓았다. 뒤와 옆이 막혀 중앙군은 달리는 속도 그대로 남진할 수밖에 다른 도리가 없었다.

변안열은 숨을 들이마시며 퇴로를 찾았으나 허사였다. 산과 나무들이 덧없이 그의 시선 뒤로 물러서고 있었다. 콧속으로, 벌린 입 안으로 흙바람과 티끌이 들어왔다. 동무듬에 숨어 있던 기병들은 변안열 부대가 풍천 쪽으로 벗어나지 못하도록 맹렬한 속도를 내어 같이 남진했다. 서무 능선에 남아 있는 잔존 부대까지 가세한다면 완전히 막혀 빠져나올 수 없을 것이었다. 기수를 우측으로 돌려 나오려고 해도 뒤에서 쫓는 기병의 속도가 너무 빨라 방향을 틀 여유조차 없었다.

병졸 몇몇이 서쪽으로 뻗어 돌아나오려고 대열에서 이탈하자 적들이 패를 이루어 덮쳤다. 병졸들이 처참하게 찍혀 굴렀다. 거리를 좁힌 서무 추격대는 중앙군 뒤에서 삼매타궁을 쏘거나 창을 던져 고려군을 하나씩 잡아나갔다. 중앙군이 전몰하면 고려군 전체 전력이 심대하게 구겨져 왜적 제압은 수포로 돌아갈지도 모를 일이었다.

성계와 이두란은 손을 쓰지 못하고 변안열 부대를 지켜보고 있었다. 변안열을 구하러 모두 출병한다 해도 서무 능선의 잔존 부대와 황산에서 뛰쳐나올 아지발도 부대를 막을 수가 없을 것이었다. 쫓기는 것을 지켜보던 정몽주도 바람에 수염을 날리며 침묵할 뿐이었다. 쥐었던 손끝이 펴지며 가녀리게 떨리고 있었다.

"처명이 나가시오."

정도전은 처명을 불러 변안열을 구하라고 했다. 처명이 주먹으로 왼 가슴을 지며 군례를 한 뒤 곧바로 자신의 부대를 불러모았다.

"우리가 간다!"

처명 부대가 몸을 날려 말을 잡아탔다. 멀리서, 구릉에 있던 서무의 잔존 부대가 처명의 움직임에 맞추어 같이 말을 몰았다. 처명 부대의 지원을 용납하지 않겠다는 의도였다. 성계는 처명을 만류하지 못했다. 변안열을 구하지 못하고, 같이 위태로워질 것이 뻔한데도 그는 처명을 붙들지 못했다. 처명은 벌써 들녘 한복판으로 달리고 있었다. 팔짱을 낀 성계의 토시가 자꾸 움찔거렸다.

"처명을 믿으시오. 사지를 벗어나게 할 장수는 처명밖에 없소. 저이는 돌격 때마다 매번 사지에다 자신을 몰아넣고 싸우기 때문이오."

정도전이 불안스레 흔들리는 성계의 팔을 눌렀다. 뼈만 남은 정도전의 손마디는 매우 강했다. 성계는 고개를 끄덕였으나 찢어진 입술에 피가 짙게 배었다. 포은이 성계를 보고 소리를 높였다.

"체찰사에게 일이 생기면 그 책임을 반드시 묻겠다. 항명한 죄, 토벌군을 분열시킨 죄, 천이여 굽어살피소서. 체찰사의 목숨 건 결행은 다 가별치의 배임 때문이야. 내가 본 대로, 장계를 올리고야 말리."

포은의 수염발이 바람에 뒤집혀 꼿꼿이 섰다. 누런 원나라 갑옷을 입은 처명 부대가 들판을 가로질렀다. 서무 구릉의 잔존 왜적이 부대의 진입을 막으며 방어벽을 두껍게 하기 전에 퇴로를 터줘야만 했다.

"끼어든 저 녀석은 어떤 놈이야. 뭐? 처명? 하얀색 깃발을 내려라."

아지발도의 고함에 백기가 꺾이듯 내려 수평으로 누웠고, 서무 잔존 부대가 출격했다. 전열은 혼탁하게 뒤섞여버렸다.

달려가는 처명의 앞에 서무 추격대가 있었고, 그 앞에 도망치는 변안열 부대, 그리고 변안열의 맞은편에서는 서무 잔존 부대가 막아서고 있었다.

"왜적의 말에 살을 박아."

처명의 명령에 부대원들은 멈칫거렸다. 고려군이 한 번도 쓰지 않은 전법이었다.

"이 싸움은 사람이든 말이든 가리지 않는 더러운 전쟁이다. 어서 쏴."

병사들은 앞서 달리는 왜적의 말을 향해 살을 쏘았다. 왜적들은 몸을 뒤로 돌려 처명 부대를 공격할 수가 없었다. 달리는 말 위에서는 오로지 정면 공격만 유효했다. 느닷없는 처명 부대의 개입에 서무 추격대는 변안열 부대를 공격하는 데 집중할 수가 없었다. 몇몇의 왜적 추격대가 처명 부대의 기습을 감당하지 못하고 대열을 벗어나 달아났.

"떨어져 나가기 시작한다. 더욱 바짝 조여."

처명은 말 서너 목 거리까지 다가서며 왜적의 등 뒤에 살을 박았다.

"체찰사, 도시오. 이쪽으로."

그의 고함이 멀리 앞선 변안열 부대까지 닿지 못하고 말굽 소리에 묻혔다. 처명은 부하들 몇과 함께 왜적 추격대를 앞지르기 시작했다. 변안열이 뒤를 힐끔거리며 달렸다. 변안열은 뒤이어 오는 처명을 발견하고는 비로소 오른쪽으로 방향을 틀었다. 맞은편에서 조여오는 서무 잔존 부대와의 거리가 가까워지고 있었다. 서무 잔존 부대에서 날린 화살이 변안열 부대 쪽으로 쏟아졌다.

변안열은 날아오는 화살을 칼로 쳐내며 길게 회전했다. 변안열 뒤를 왜적 셋이 쫓고 있었다. 처명이 그들의 말 뒷다리에 화살을 먹였다. 말이 다리를 접질리며 그의 시야에서 사라졌다. 인마의 비명이 그의 귓바퀴를 때렸다. 두 기가 남았다. 그들은 변안열을 향해 칼과 창을 휘둘러댔다. 변안열이 넘어질 듯 적의 공격을 어렵게 받아냈다.

처명의 화살이 노릴 곳이 없었다. 처명은 잡은 살을 풀지 못하고 머뭇거렸다. 칼을 높이 쳐든 적의 옆구리가 보였다. 각지를 풀었다. 손끝에서 강한 진동이 퍼져나갔다. 왜적의 겨드랑이에 정확히 살이 들어갔다. 왜적이 뒤로 넘어갔다. 처명은 칼을 빼들고 나머지 왜적의 등 뒤로 바짝 붙었다. 힘을 다해 칼로 내리쳤으나 섬광만 번뜩였다. 왜적은 창으로 변안열의 등을 노리고 있었다. 다급해진 처명은 칼을 왜적의 말 가랑이 사이로 찔러넣었다. 말은 뒷다리에 끼어든 칼을 맞고 미끄러지듯 주저앉았다. 다리 사이에서 칼이 격렬하게 떨었다. 변안열은 곧바로 말을 돌려 사지를 벗어났다.

"저 새끼를 내가 잡겠다. 따라와."

아지발도는 말을 몰고 비탈 아래로 내려섰다. 아지발도는 2백 기만 이끌고 서무 잔존 부대와 합류했다. 황산 부대 나머지는 혹 있을지도 모를 성계 부대의 진입에 대비했다. 아지발도 곁을 따르는 호위 무사들이 처명을 향해 살을 날렸다. 처명이 변안열을 따라서 말을 돌리는 사이에 화살이 날아왔다. 허벅지를 뚫었다. 또 두 발이 날아와 옆구리를 치고 떨어졌다. 처명은 등자를 딛고 설 수가 없었다. 말의 속력이 떨어지고 있었다. 그는 허벅지의 살을 뽑아버리고 말의 엉덩이를 쳤다. 처명 부대가 변안열 부대를 따라 놀았다.

퇴각은 쉬운 일이 아니었다. 정산봉 본진으로 돌아오는데 아지발도 부대가 앞을 가로막으며 같이 뻗어나왔다. 처명은 남북으로 막혀 빠져나오기 어려웠다. 칼도 없고 기병용 방패도 없는 처명에게 적들이 달라붙어 칼을 그어댔고, 창으로 찔렀다. 적의 창을 붙드는 사이에 칼이 날아와 팔뚝을 쳤다. 왼팔 상박부에서 피가 흘렀다. 처명은 창을 잡아당겼다. 중갑옷을 입은 키 작은 적은 말에서 뽑힐 듯했다. 뒤에서 다른 적이 칼을 휘둘러 투구를 베고 나갔다. 투구는 찌그러졌으나 머리는 상하지 않았다.

처명은 창을 바로잡고 왜적의 머리통을 갈겼다. 서너 합의 교전에 처명은 뱃가죽에서부터 힘이 빠져나갔다. 왼쪽에 있는 적을 치고, 오른쪽에서 내려긋는 칼을 막았다. 창끝으로 오른쪽 적의 면상을 찔렀다. 뼈를 뚫고 들어가는 묵직한 감각이 손끝에 전해졌다. 창을 빼내는 순간 누군가 그의 왼팔을 장검으로 그었다.

"비켜라. 처명 너는 여기서 죽는다."

아지발도였다. 아지발도는 두 손으로 치도를 휘둘러 처명의 몸뚱이를 쳤다. 처명의 몸뚱이가 말에서 튕겨나갈 듯 솟구쳤다. 아랫도리에서 힘이 빠지고 무기를 휘두를 예리함도 단번에 꺾였다. 처명이 방어자세를 잡기도 전에 치도가 옆구리를 찌르고 들어왔다.

"크흐, 너는 하고 많은 곳 중에서 이곳 깡촌 산비탈에서 죽는구나. 풀이나 많이 뜯어먹고 가거라."

창날이 빠지자 기력이 사그라지면서 그는 휘청거렸다. 아지발도의 윤곽이 자꾸 흐릿해졌다. 부대원은 어디로 갔는지 쇠 부딪치는 소리들만 허공을 메웠다. '너는 죽어서는 안 된다.' 어디선가 굵은 음성이 그의 목덜미를 감았다. 지난날, 요양성 동녕부를 지키던 시절, 기병 5천 보병 1만 명을 거느리고 쳐들어온 성계의 목소리인가 싶었다.

성계는 동북면에서부터 황초령 설한령을 넘어 압록강까지 먼 정벌전을 펼쳤다. 성계는 우라산성을 치고 계속 진격하여 요양성 동녕부까지 들어왔다. 원의 평장 기사인 테무르가 동녕부를 근거지로 해서 고려를 치려 했는데, 공민왕은 동북면 원수 성계와 서북면 원수 지용수를 보내어 먼저 동녕부를 공격하게 했던 것이다. 동녕부 동지(同知) 이로로첩목아(李吳魯帖木兒)가 야둔촌에서 항복했지만, 오로지 단 한 사람 처명만은 함락 직전의 성을 끝까지 지켰다. 평장 기사인 테무르도 도망친 성에서 홀로 남아서 성계의 부대와 맞섰다.

소부대로 1만 5천의 고려군을 당해내는 처명의 용기는 무모할 정도로 큰 것이었다. 귀순하여 이원경으로 이름을 바꾼 이로로첩목아가 처명에게 다가와 항복할 것을 권했다. '이성계 원수는 한방으로 네 몸을 뚫을 수 있다.' 이원경이 손을 높이 쳐들자 한 시위 거리에서 성계가 살을 날렸다. 처명의 투구가 떨어졌다. 처명은 개체변발을 흩날리며 투구를 주워들었다. '나에게 단 하나 남은, 무장의 소신을 꺾지 마라.' 처명이 이원경의 가슴팍에 투구를 던졌다. 이원경은 웃으며 투구를 돌려줬다. '이번엔 네 허벅지다.' 이원경이 또 손을 들자 살이 날아와 처명의 왼쪽 허벅지를 뚫었다. '내 모가지를 뚫는다 해도 동녕부는 가져가지 못할 것이다.' 처명은 성 안으로 들어가 상처를 싸매고 결사대를 끌고 나왔다. 이원경은 혀를 내두르며 물러섰다. 결사대는 한나절을 버티며 고려군을 막아냈다. 지휘부가 다 떠난 성을 소부대로 지키며 처명은 끝까지 싸웠다.

성계는 처명을 지켜보다가 홀로 말을 끌고 나섰다. 오후의 해가 떨어질 무렵이었다. '너는 죽어서는 안 된다. 너의 조국은 이미 너의 충절을 알았을 것이다.' 처명의 결사대가 에워싸고 그를 죽일 수도 있었으나 성계는 크게 개의치 않았다. '나와 함께 가자. 너의 결사대라면 요동이 평안할 것이다.' 성계는 처명을 존중해줬다. 진정한 장수로 대하며 성계는 다가섰다. '너는 살아야 한다. 네가 오지 않으면, 내가 무릎을 꿇겠다.' 성계는 처명 앞에서 무릎을 꿇고 머리를 숙였다. 자신을 알아주는 자를 처명은 차마 외면할 수 없었다. '원수, 왜 나를…… 나를 살려 어디에 쓰려고…….' 칼을 내려뜨리고 하늘을 우러르며 처명은 설움을 삼켰다. 북원도 지원하지 않는 요양성에서, 홀로 의를 다하며 죽으리라던 결심을 접어야 했다. 장수는 무엇을 위해서 살아야 하는가.

처명은 어른거리는 적을 향해 계속 창을 휘둘렀다. 옆구리가 흥건하게 젖어 있었다.

"죽어선 안 돼."

탁한 소리가 병장기와 부딪쳐 크게 울렸다. 이두란이었다. 두란은 철련협봉을 들어 아지발도의 치도를 쳐내며 처명을 빼냈다.

"아지발도를 막아라."

두란 부대 20명이 아지발도를 에워싸고 접근을 막았다. 두란은 처명 뒤에서 칼을 휘두르는 왜적의 머리를 내리쳤다. 투구가 박살나며 적이 말에서 떨어졌다.

"나와. 어느 놈이야. 내가 다 상대해주갔어."

철련협봉은 적의 면상을 노리며 춤을 췄다. 두란의 부대는 기병용 방패에 칼과 창을 들고 있었다.

"처명을 구해라."

두란 부대 호위궁사들이 처명을 감싸고 포위를 뚫었다. 두란은 방패로 적의 공격을 막으며 거칠게 무기를 휘둘렀다. 봉 끝에 사슬을 매단 쇠뭉치가 바람을 가르며 눈에 걸린 적들을 여지없이 부쉈다. 두란 부대는 대열을 유지하며 횡으로 늘어섰다. 적의 수효가 많다고는 하더라도 기병용 방패로 맞서면 효과적인 대응을 할 수 있을 것이었다. 적도 횡으로 대열을 늘어뜨리며 창과 칼을 놀렸으나 고려군의 방패에 막혀 진전이 없었다. 고려 군진에서 퇴각신호가 울렸다.

"애새끼 발톱, 너는 다음에 보자."

두란은 부대를 돌려 전력으로 본진을 향해 달렸다. 아지발도가 뒤를 쫓았으나 남원성 보병들이 활을 쏘아 접근을 막았다. 처명을 죽이지 못한 아지발도의 분기가 들녘을 휩쓸었다. 황산 기병들이 물러나며 욕설을 날렸다. 다시 고요가 들녘을 눌렀다.

동무듬이냐, 황산이냐

"왜 저걸 저놈한테 줘개지고."

두란은 화를 냈으나 별수 없는 노릇이었다. 처명 덕에 겨우 목숨을 부지한 변안열은 눈알을 뒤집고 미즈류를 심문하고 있었다.

"우르하타, 너는 왜 저리 넘긴 거이야."

이마가 벌겋도록 목청을 높이며 닦달을 했지만 우르하타는 뒤통수만 긁으며 몸을 뒤로 뺐나.

"녀석이 비장급 무사라……."

우르하타는 그래서 미즈류를 변안열한테 넘겼다고 말을 얼버무렸다. 변안열은 별장들에게 형틀을 박아세우라 하고 미즈류를 그리 끌고 갔다.

"녀석을 어떻게, 무엇으로 믿냐. 형틀에 단단히 잡아매라."

변안열은 미즈류의 사카야키 형 머리를 잡아끌어다 형틀에 찧었다. 앞이마를 대머리처럼 밀어올린 머리에서 피가 흘렀다.

"인두 가져와."

별장이 벌겋게 불이 단 인두를 손에 들었다.

"지져라."

인두가 미즈류의 허벅지에 파고들었다. 누린내가 코를 찔렀다.

"본진이 어디냐."

살을 태우며 연기가 피어올랐다. 미즈류는 사지가 묶여 몸을 움직이지 못했다. 입술을 깨물어 피가 흘렀다. 미즈류는 인월역을 가리켰다.

"네 주둥이로 똑똑히 말해."

인두가 가슴을 지졌다.

"인월역이오."

미즈류는 머리를 형틀에 찧으며 헐떡거렸다. 변안열의 입 가장자리가 느긋하게 늘어졌다.

"들었지? 내 말이 맞은 것이다. 녀석을 죽여도 좋다. 계속

지저서 왜 이리 넘어왔는지를 추궁해. 간인의 꿍꿍이가 무섭게 도사리고 있는지도 모른다."

별장의 인두에서 연기가 피어올랐다. 변안열은 성계와 정도전에게 손가락질을 하며 한쪽 눈썹을 치켜올렸다.

"너희 고집이 얼마나 잘못 되었는지 알겠지? 황산? 그게 본진이냐? 본진의 깃발이 저렇게 버젓이 펄럭이는데 헛것이 씌였나? 가장 고지식한 진법, 산을 등지고 물을 앞에 두고 있어. 왜구들은 그 전법밖에 여기에서 다른 방법이 없어. 저 뒤는 고려군이 넘어서 올 수 없는 아주 안전한 곳이지. 우리가 저기를 먼저 치면 왜구들은 지리산으로 도망칠 기회를 놓쳐 들녘으로 나오게 되어 있어. 그럼 다 잡을 수 있는 거야. 그것도 모르고 토벌에 나선다고 설쳐대는 꼴이란."

변안열은 혀를 차고는 마른 침을 모아 세차게 뱉었다.

"순찰사, 네가 이 토벌을 망쳤다. 우리의 토벌 전법은 이제 다 노출되었다. 너희는 분명히 진다. 패배의 책임을 누가 질 것이야."

변안열의 손가락이 성계를 찌를 듯 꼿꼿하게 섰다. 자신을 구한 처명에게 예 따위는 표하지도 않았다. 처명의 상처에도 관심을 보이지 않았다. 변안열의 눈은 흔들림도 없었다. 두란이 나무를 흔들며 소리를 질렀다. 가지가 끊어져 변안열의 발밑에 떨어졌다.

"패배의 책임? 패배나 생각하고 있는 주제에…… 아니지 승리할 수 있다는 것을 보여주겠어."

정도전이 나섰다. 정도전은 이두란을 일으켜 세웠다.

"퉁공이 해결하시오. 가별치의 저것으로 말이오."

정도전은 앉아 쉬는 두란 부대원을 가리켰다. 부대원 몇이서 도끼를 갈고 있었다. 도끼날은 칼날처럼 푸르게 빛을 쏘아대고 있었다.

어른 머리통만 한 도끼들이었다. 도끼에는 나무 대신에 쇠자루가 박혀 있어 보기만 하여도 무지한 무게에 질릴 지경이었다. 제 근력에 맞도록 만들어진 도끼는 모두가 제각각이었다. 창대 반 토막 정도의 길이에서부터 팔뚝만 한 길이까지 모두 다 달랐고, 날의 크기도 다양했다. 반월형 날과 장작패기용 날, 그리고 찍기 좋도록 다듬어진 쐐기형 날이 번뜩이고 있었다.

"모두 도끼를 들어 출병하시오. 고려군은 본래 도끼부대요. 그 진가를 똑똑히 보여주시오."

정도전의 눈빛이 도끼날처럼 퍼렇게 드러났다. 두란은 철련협봉을 버리고 성인 머리통만 한 도끼를 집어들어 날 끝에 침을 뱉었다.

"기래, 기렇디. 내가, 이 투란투르티무르가 이길 수 있다는 것을 보여주지. 변공, 잘 보기요. 당신을 사지로 몬 저 서무 왜놈들을!"

두란의 고함에 까무러쳐 늘어져 있던 미즈류가 머리를 쳐들었다. 미즈류는 머리의 무게를 이기지 못하고 다시 아래로 늘어뜨렸다. 성계는 별장을 불러 미즈류를 풀어주도록 했다.

"아무리 적병이라고 하더라도 무자비하게 다룰 것은 아니다. 살아 있는 자까지 일부러 죽일 수야 있겠나. 어서."

별장은 변안열의 눈치만 보며 인두를 굳게 쥐고 있었다. 성계는 인두를 빼앗아 던지고는 미즈류를 풀어줬다. 미즈류는 의식을 잃은 채 그대로 늘어져버렸다. 두란은 자기 부대를 불러모았다.

"가별치들아 나서자."

두란은 가죽신을 벗어 나무에 대고 털었다. 잔돌과 검불이 떨어졌다. 두란은 성계를 보고 수염을 쓸어올리며 말에 올랐다. 말의 두 다리를 들어 솟구쳤다. 두란은 말 목에 몸을 바짝 붙였다.

"언니가 보믄 우습겠지만, 나는 우리 건주 여진의 희망이오. 언니가 내 모가지를 날리기라도 하면 어떻게 되는 줄 알아? 우리 부족은 물론이고 해주 여진 야인 여진까지 총동원령이 떨어져 언니를 박살낼 거우다. 낄낄, 되우 무섭지? 우리 부족은 말했지. 내가 고려 땅에서 객사라도 하면 고려국을 쑥밭을 만들겠다고. 나 언니한테 짐이 되지 않으려면 살아남아야 해."

두란은 허리를 굽혀 성계의 어깨를 치고는 대열 앞에 섰다.

"모두 도끼를 들어라."

도끼밖에 없었다, 왜적을 이길 수 있는 길은. 똑같은 칼과 창으로 승부가 날 수가 없었다. 변안열은 가별치들이 도끼를 뽑아드는 것을 보고 조소를 지었다. 두란 부대의 표정이 비장하면 할수록 변안열의 웃음은 더욱 커졌다. 정몽주도 모자를 고쳐 쓰다가 문득 고개를 돌려 도끼 부대를 보고는 실소를 머금었다.

"가자우."

두란 부대는 방패를 끼고 달렸다. 도끼를 허리 뒤에 바짝 붙여 숨기고 질주했다.

"무식한 것들……."

변안열은 의자에 앉아서 칼자루를 턱에 괴었다. 변안열 뒤에 있던 박티무르가 처명에게로 다가갔다. 처명이 천을 찢어 화살 맞은 허벅지를 싸매는 동안 부하들이 옆구리를 동여맸다.

"너는 우리 원나라 순혈인데, 어찌 고국을 등지고 타국에서 용병질인가. 이제부터라도 고국을 위해 일해야 하지 않나?"

박티무르의 메기수염이 흔들렸다. 처명은 요대를 단단히 조였다.

"내가 어떻게 하기를 원하나."

처명의 이마가 단단하게 굳어갔다. 박티무르는 처명 옆으로 풀썩 주저앉으며 낄낄거렸다.

"바로 그거야. 고분고분해야지. 원나라로 다시 돌아오면 천호를 시켜줄 것이니 체찰사의 말을 들어라."

처명은 눈을 크게 뜨고 한참 동안 박티무르를 바라봤다.

"……미친 새끼."

처명은 전통에서 화살을 뽑아들어 박티무르를 후려갈겼다.

"수염 뽑아버리기 전에 저리 안 꺼져?"

박티무르는 처명의 느닷없는 매질에 깜짝 놀라 뒤로 물러섰다.

"너, 원나라에 들어오기만 하면."

박티무르는 분이 나서 소리를 질렀으나 도와주는 이가 없어 혼자서 발만 굴렀다. 처명의 부대원들은 손뼉을 치며 너털웃음을 터뜨렸다. 처명은 화살을 꺾어 던지고 서무로 달려나가는 두란 부대를 굽어봤다. 두란 부대는 함성을 지르며 적진으로 향했다. 왜적 5백 기가 나와 두란 부대를 향해 다가왔다. 기마 가득 두란 부대의 방패가 촘촘히 이어져 벽을 이루며 전진했다.

"쳐라."

두란은 반월형 도끼를 번쩍 쳐들었다. 푸른 날에 살기가 뚝뚝 흘렀다. 왜적은 느닷없이 시야를 가득 메우고 있는 머리통만 한 도끼를 보고는 눈을 크게 떴다. 두란의 도끼가 무서운 속도로 적의 투구를 파고들었다.

쩍, 단방에 투구가 날리며 적의 머리가 갈라졌다. 피가 도끼날과 머리의 틈을 비집고 튀어올랐다. 적은 눈을 뜬 채로 뒤로 떨어져 말 아래로 사라졌다. 으아아…… 가별치 푸른 날들이 하늘을 가득 덮었다. 적의 투구들이 동강이 나 사방으로 튀었다. 두란 부대는 방패로 적의 창과 칼을 막으며 도끼질을 쉬지 않았다. 내려치는 속도에 팔과 어깨가 잘려나갔다. 도끼날 끝에서 적의 중갑옷 미늘들이 덧없이 튀어 흩어졌다.

"대구리만 치라우."

두란의 도끼가 적의 면상을 찍었다. 도끼날이 지나간 자리에 왜병의 얼굴 절반이 달아나 보이지 않았다. 피가 터져 앞가슴을 흠뻑 적셨다. 눈앞에 있는 왜병들이 차례로 사라졌다.

"몽땅 오라믄. 가이 새끼들."

두란은 고삐를 당기며 적을 압박해나갔다. 근접전에서 창은 아무런 위력을 발휘하지 못했다. 왜적이 달려들어 창을 뻗었지만 두란은 방패를 비스듬히 틀어 창을 막았다. 적의 창은 방패면을 비껴 긁으며 공허하게 허공을 찍었다. 두란은 도끼를 적의 관자놀이에 박았다. 투구가 오그라들어 적의 면상을 덮어버렸다. 두란의 도끼에, 자루에, 손목에, 얼굴에, 온통 피가 가득했다. 적들이 달아나기 시작했다. 두란은 추격하여 몇몇의 뒤통수를 박살냈다.

와, 모두 두 손을 번쩍 들어 소리를 질렀다. 핏빛 도끼들이 하늘 위로 솟구쳤다. 전투개시 이후 처음 맛본 쾌감이었다.

"어디를 가니, 가이 새끼들. 날래 오라믄."

가별치들은 두란을 흉내내며 멀어지는 적을 향해 소리를 날렸다. 여유는 오래 가지 않았다. 성계가 생각한 반나절…… 날이 저물고 있었다. 흐린 구름 속에 내내 머물렀던 해마저 스러지면서 희미한 빛마저도 하나둘 거두고 있었다. 모두들 지쳐 있었다. 처명과 성계가 부상을 입었고, 다른 패장들과 병사들도 많이 성해 있었다. 좌병들은 부지런히 물을 피 날랐으나 지쳐 있는 병사들의 갈증을 풀어주기에는 턱없이 부족해 동동걸음을 쳤다.

미즈류의 낮은 소리가 겨우 한마디씩 힘없이 목구멍을 넘어왔고 닦달과 질문은 수없이 쏟아졌다.

"내 말을 들으시오. 나는 여기에서 죽어도 좋소. 박순이가 저리 되었는데, 내가 무슨 미련이 남아 살기를 바라겠수."

미즈류의 눈에 참았던 물기가 흘러내렸다.

"나는 모든 것을 다 말했고, 이 자리에서 목을 쳐도 좋소. 고려군의 손에 내 피를 묻힌대도 나는 귀순을 후회하지 않을 것이오."

볼을 타고 내리던 물기가 입 안으로 스며들었다. 미즈류가 짠내를 뱉는 동안 말이 끊겼다. 원수들과 종사관들까지 그의 주위를 에워싸고 울먹임을 듣고 있었다. 변안열이 물었다.

"각 부대는 어떻게 배치되어 있냐."

"황산은 쇼니가 부대가 맡고 있고, 동무듬은 아소 부대, 그리고 서무와 본진은 기쿠치 부대가 주력이오. 아소가 부대는 보병이 우수하오. 기병이 조금 처집니다. 동란 중에 거의 궤멸하다시피 하여 그렇소. 지휘관 데무토로는 성질이 급해 도무지 인내라는 걸 모르는 자요. 서무의 방어선은 기병이 주력이지요. 그곳은 보병이 매우 약합니다. 적은 인원으로도 승산이 있다고 봅니다. 황산에는 아시다시피 아지발도가 지키고 있습니다. 쇼니가의 후예를 자처하고 있습죠. 신군으로 떠받들고는 있으나 신중한 자이니만큼 그쪽은 도리어 속전을 펴서 끝내는 게 유리할 겁니다."

"본진은 인월역이 틀림없겠지?"

거듭되는 변안열의 물음에 미즈류는 짜증 대신 잠시 말을 멈추고 침을 삼켰다.

"제 몸이 두 개라면 그것을 다 잘라도 좋소이다. 제 가슴속에 복수심으로 키워온 것이 있습니다. 왜적 박멸의 비결 말이지요. 들으시겠습니까?"

미즈류는 지친 눈에 겨우 힘을 주며 헐떡거렸다. 변안열은 콧구멍을 크게 벌려 연거푸 숨을 뱉었다.

"들어나보자."

"한데, 조건이 있습니다. 반드시 들어주셔야 합니다."

"건방진 놈. 네가 아무리 비장급 무사라 한들 하수인에 불과한 놈인데 감히."

변안열 대신에 별장이 말채찍을 들어 위협을 했다.

"말해봐."

박니무르가 몸이 달았던지 재촉했다. 미즈류는 눈을 감았다. 입을 다문 채 있다가 눈을 떴다.

"조금 전에 동무듬을 타고 진공하신 것은 옳은 선택이었습니다. 다만······"

미즈류는 인두로 지진 부위가 아린지 무겁게 신음을 뱉었다.

"고려군은 돌파력이 약하더군요."

말을 끊으며 별장이 채찍으로 미즈류의 목덜미를 갈겼다. 곧바로 핏자국이 드러났다.

"별장 나리는 성질이 기름불이시군. 수도 열세지 기동력 또한 더디지. 이런 정도라면 며칠을 가도 왜적을 무너뜨리지 못할 겁니다. 변화 없이는 모두 죽습니다. 내가 보니까 접전 때마다 찌를 곳이 없어 쩔쩔매던데 아직까지도 적을 파악하지 못했소이까?"

미즈류의 목소리는 작았으나 단호했다.

"겁 많은 자일수록 자기 보호가 강한 법이오. 무예가 출중하고 기백이 독하면 보호장구쯤이야 허술하게 다룰 것이 아니겠소? 적을 이기는 방법은 하나요. 동무들을 치고 나가되, 선두에 여진 부대를 세우는 거요. 이두란 원수라 하셨소? 도끼를 쓸 줄 누가 알았겠소. 처음 이겨봤잖소. 그 뒤는 처명 부대가 따라나서고. 기예는 처명 부대가 한 수 위더군요. 이두란 원수와 함께 도끼를 쓰셔야 함은 물론이오. 이성계 부대가 그곳에 가세하고, 마지막엔 중앙군이 받혀주면 될 것이오. 서무의 기쿠치 부대는 도끼로 패한 경험 때문에 쉽게 대응책을 내지 못해 주저하며 소극적으로 나설 것이고, 동무듬의 성질 급한 아소 부대 장수를 유인하여 중앙군의 활로 제압하면 될 것이오. 장수 데루모투는 언제나 선봉에 있으니 그놈만 잡으면 그곳은 바로 궤멸이오. 중앙군은 질서 준칙이 매우 엄정하니 다혈질 부대를 잡기에 가장 적합하다 할 수 있소. 이기는 길은 그것입니다."

다만 황산의 아지발도가 걱정이긴 하나 모두 집중하여 동무듬을 치고 나가면, 멀리 있는 황산 부대는 뒤쫓아올 수 없다고 했다.

"싸움을 언제까지 끌고 가실지…… 왜적은 고려군의 의중을 아직 잘 모릅니다. 급하면 느긋하게 응할 것이고, 느긋하면 열을 내며 붙을 것이기에."

미즈류는 힘에 부쳐 숨을 헐떡거렸다. 변안열이 칼집으로 미즈류의 어깨를 두드렸다.

"혼자 다 해처먹어라."

그러면서도 입가 한쪽은 은근하게 늘어졌다. 미즈류는 다시 입을 열었다.

"그런데 가장 긴요한 게 있어야 합니다. 저 검차(檢車)들은 대체 뒀다가 어디에 써먹으려 했던 것이오? 저것들을 전진 배치하며 나간다면 천하에 그 어떤 것이 당해낸단 말이오."

검차, 그것이 있었지. 본진이 어디냐 다툼만 벌이다가 그냥 방치해뒀던 것, 변안열은 검차가 있는 쪽을 서둘러 눈으로 더듬었다. 돌파의 목표가 정해지지 않았으니 당연히, 그것은 쓸모를 잃고 방치되었던 것이었다. 기마접전이나 장병전으로 시간을 허비하며 저녁을 맞이한 것이 안타까웠다.

검차는 바퀴가 세 개 달린 수레로 그 앞에 창을 쐐기 모양으로 여덟 개를 박아 밀고 가는 것이었다. 수레 정면 위에는 적의 공격에 대비한 방패막이가 있어 서너 명의 병사가 화살 공격의 두려움 없이 밀 수 있는 무기였다. 기병전에 대비한 무기 중 이보다 더 효과적인 것은 없었다. 주위 원수들의 얼굴에 화색이 돌았다.

"그렇지, 검차야."

변안열은 검차가 몇 대인가를 비장에게 물었다. 50대, 비장은 다섯 개를 변안열의 얼굴에 들이댔다. 다소 부족한 것은 사실이었으나 그 정도면 적의 저지선을 뚫는 데 크게 무리가 없을 듯했다. 서무와 동무듬에 각각 2천 명씩 진을 치고 있다손 치더라도, 적들은 방어선을 길게 늘어뜨려 병력을 분산시키고 있어 응집력이 부족했다. 승산은 충분히 있었다. 믿어주지 않고 인두로까지 지져가며 문초를 했는데도 미즈류는 원망의 낯빛을 드러내지 않았다. 변안열은 고개를 끄덕였다. 미즈류는 변안열의 고갯짓을 놓치지 않고 말했다.

"작전이 성공하면, 나를 놓아주시겠습니까? 박순이와 지리산으로 들어가게 해주십시오. 소원은 그것뿐입니다."

미즈류의 눈에 물기가 고였다.

"덕두봉 저기 중턱에……"

미즈류는 서무 건너에 하늘을 가로막은 산자락을 가리키며 떨리는 음성으로 말했다.

"저기가 용마름산이오. 어느 도인이 칼로 산줄기를 갈랐는데 그게 용의 모가지였다오. 나는 용도 아니지만 몸뚱이가 다치고 사랑마저 다쳤으니 목 잘린 놈 아닌가. 그 도인이 나를 두고 산 모가지를 잘랐는지. 내 고향 저기 저편 운봉, 월석리 너머 독굴재에 상사바위나 될거나. 처녀가 시집을 가지 못하고 상사병에 걸렸는데 여자를 짝사랑하던 총각이 그 바위 위에서 처녀를 밀고 저도 떨어져 죽었답디다. 여자는 죽어 지네가 되었고, 풀이나, 하찮은 풀이나 털며 지나다닌다는데. 풀잎 휩쓸리면 지네 생각 여자 생각에 총각은 바람이 되어 울고. 나도 사랑을 이루시 못하면 죽어 바람이니 될끼."

미즈류의 어깨가 심하게 떨렸다. 들어가 용이 되든 상사바위 바람이 되든, 그것은 지리산 구름과 별만이 알 것이라고 깊게 한숨을 쉬었다.

미즈류의 눈에서 눈물이 떨어졌다. 변안열은 미즈류를 눕히고 상처를 싸매주라고 했다.

미즈류는 여자 쪽으로 자주 눈길을 돌렸다. 여자는 원수들의 가랑이 사이 풍경 멀리에 있었다. 정몽주는 변안열을 불러 무리를 벗어났다. 그들은 낮은 소리를 내며 천천히 걸었다. 박티무르도 그들의 어깨 사이로 고개를 내밀며 좌우를 계속 두리번거렸다. 우르하타와 바이쟈가 이두란 앞에 다가섰다. 그들 옷자락에서 멧돼지 오줌 내가 났다.

"족장, 어떻수. 단판에 깨뜨려버립시다."

우르하타의 뺨에 땀이 굳어 소금기가 희게 비쳤다. 두란의 머리채에도 소금기가 가득하여 마구 뒤엉켜 있었다. 우르하타는 도끼로 나무를 두드렸다. 잘 벼린 도끼날에 나무껍질은 쉽게도 벗겨졌다.

"싸움은 감으로 하는 겁니다. 제까짓 것들, 자신 있수다."

바이쟈가 도끼를 뒤집었다. 시퍼런 빛이 섬뜩했다.

"요것으로 못 처부술 게 뭐요. 우리는 도끼 하나로 모든 걸 다 했수. 적을 죽이고, 말과 소를 잡고, 움막도 만들어내고…… 이쯤 되었으면 끝장을 냅시다."

바이쟈는 도끼 등으로 우르하타의 것을 쳤다. 나무가 반나마 파여 곧 쓰러질 듯했다.

"그래? 한판 진하게 붙어보까? 언니 어딨네?"

두란은 나무에 힘을 줬다. 날에 파인 나무가 생살을 드러내며 툭, 부러졌다. 두란은 정도전과 이야기를 하고 있는 성계를 불렀다.

"도끼 맛을 놈들한테 한 번 더 보여주자우요."

걸걸한 목소리가 둘 사이의 어깨를 비집고 들어갔다. 그들 발밑으로 어스름이 기어들고 있었다. 어스름은 고요 속에서 귀를 세우고 그들의 몸체를 휘감았다. 산까마귀 몇 마리가 전장 위에 부상당한 말과 주검들 위로 낮게 날았다. 두란의 목소리가 성계의 귓불 근처에 닿지 못하고 겉돌다 바람에 쓸려 갔다. 성계의 인중 주름이 길게 늘어졌다. 단판에…… 두란이 목에 조금 더 힘을 주다가 성계의 표정을 보고 풀더미를 걷어찼다.

"에이 썅, 왜 그러우?"

성계는 이마의 주름을 펴고 두란을 바라봤다.

"내 생각은 좀 달라. 싸움을 그렇게 하면 안 돼."

그러자 두란이 성계 앞으로 이마를 들이밀었다.

"날이 저물기 전에 끝장을 내자고 했지? 그때는 언제고, 안 돼? 제미 또 그놈의 병법 타령이오? 나는 그 소리만 들어도 경기가 나."

"너, 또 대가리 속에 무엇이 꽉 틀어박혔구나. 네놈 대가리는 한번 박히면 절대 빠지지 않으니."

"내가 언니하고 맞지 않는 게 이거야. 때를 잡았다 하면 물불을 가리지 말아야 하는데, 강이피지(强而避之) 노이요지(怒而撓之), 뭐 이따위거나 늘어놓고. 나도 한마디 해보까? 손자가 말했답디다. 결단을 내리면 즉시 칼질하라고. 김은 새어나가기 마련이다. 맞아? 그럼 가야지 안 그래?"

두란이 확신을 가지고 몰아세우는데 성계는 이마에 피가 몰려 터질 듯한 것을 꾹 눌러 참고 있었다.

"나도 성질이 급하기는 너만큼이나 해. 하지만 지금은 아니야. 동무듬은 처명이 죽을 뻔한 곳이야. 또 동무듬이어서는 안돼. 그것도 병력을 몽땅 쏟아부어서 말이지. 우리가 나선 사이에 황산 왜병은 어찌할 것인가. 나도 병법 하나 읊조릴까? 기세가 무어야. 거센 물이 돌을 떠내려가게 하는 거야. 네 기세 하나만큼은 유별나지. 그런데 절도라는 게 있지. 강하하는 수리가 새의 목을 부수고 날개를 꺾는 찰나와 같은 게지. 절도는 짧아야 돼."

바꾸어 말하면, 기세는 쇠뇌를 당긴 것이고 절도는 그것을 쏘는 것이라며 성계는 두란을 타일렀다.

"나는 절도를 찾고 있다. 그것이 우리의 생사를 가를 것이다."

성계의 음성은 간절했다. 정도전이 손을 들어 둘 사이를 막고 나섰다.

"통공, 지금 중요한 또 다른 것은, 주도권의 문제요. 저 귀순자를 믿고 싸움을 강행하는 것은 체찰사에게 작전권한을 몽땅 바치는 것이오. 그게 옳다면 당연히 하겠지만, 지금은 아니오. 신중하시오."

정도전의 두건이 틀어져 한쪽 관자놀이로 쏠렸으나 두란은 고개를 완강히 흔들었다.

"몰라. 나는 여태 직감 하나로 싸워왔어. 나는 쇠귀야. 어따 대고 경을 읽으려고 그래. 내가 옳다 싶으면 언제나 나는 이겼어."

두란은 정도전의 말을 무시하고 성계의 머리를 받아버릴 듯 발돋움을 했다. 정산봉에서 잔가지 부러지는 소리가 연이어 들렸다. 간인 종예였다. 종예는 찌그러진 투구와 무거운 요로이를 벗고 왼 가슴에 주먹을 댔다.

"넛골이 터져서 죽는 줄 알았습니다 이제 더 안 가도 돼죠? 어휴."

귀환 명령을 받은 그는 성계 앞에 서자 안도의 숨을 거푸 내쉬었다.

"고려 출신 비장 무사가 도망쳤다고 고려 피가 섞인 군사들을 색출하느라 저놈들 눈깔이 죄다 뒤집혔습니다. 미즈류라고 하던데. 오, 저 녀석?"

종예는 먼발치에 있는 미즈류를 보고 손가락질을 했다.

"적은 알아봤어?"

성계는 종예에게 물을 건넸다. 물은 한 모금이 채 남지 않았다. 종예는 가죽 물병을 완전히 뒤집어 입을 댔다.

"적은 필사적으로 싸우고자 합니다."

성계는 종예의 답을 더 기다렸다.

"장황하게 말하거나 하지 않습니다. 하지만 군율을 어기면 매우 혹독합니다. 바로 모가지를 날려버리지요."

종예는 마른 입술을 축이는데 성계는 더 말하기를 요구하고 있었다.

"또."

원하는 것을 얻을 때까지 계속 말을 시키는 집요함이 있었다. 종예는 한숨을 내쉬며 눈망울을 계속 굴렸다.

"부하를 통솔하는 것도 무위(武威)였고, 부대를 다스리는 것도 무위(武威)였습니다."

종예의 이마에서 땀이 솟았다. 성계는 팔짱을 낀 채 들녘의 어스름을 내려다봤다. 무의 위엄으로 부대를 다스리는 자는 강압이 너무 강해 오히려 규율을 흐트러뜨릴 수 있었다. 부드러움과 여유가 없는 부대였다. 부대가 위기에 빠졌을 때, 그때는 다른 부대보다 더 혼란에 빠지기 쉬울 것이었다. 정도전은 깊은 눈으로 종예의 말을 듣고 있었다.

"종예야, 수고했다. 좀 쉬었다가 한 번 더 올라갈 일이 있겠다."

"또, 또 갑니까?"

종예는 성계를 올려다보고는 땅이 꺼지라고 한숨을 내리쉬었다.

"저놈들은 싸움이 오래 갈 것이라고 생각하고 있습니다. 숫자가 많은 것에 대한 자신감이죠. 그때까지 내가 버텨야 하다니……."

간인은 콧등을 구기며 떨었다. 두란이 성계를 보고 혀를 찼다.

"거봐. 아니잖아. 내 감이 맞아. 저것들이 느슨할 때 단번에 불을 당겨야 해."

우르하다기 누란을 서들어 나섰다.

"천호, 이제 날이 저물어갑니다. 어둠이 깔리면 오늘은 끝입니다. 공격은 한번입니다. 지금 끝내야지요."

"비장, 서두른다고 되는 게 아니야. 적은 필사를 다짐하는

데, 그곳에 섶을 지고 가서야 되겠나."

"천호, 그게 아닙니다."

바이쟈가 성계의 말을 끊었다.

"모두 많이 다치고 지쳐 있습니다. 고향을 떠나서 개경까지 달포, 운봉 인월까지 또 달포. 우리는 쉬지도 않고 왔습니다. 지금 끝장을 내야 합니다. 몇 달 동안 잠 한숨 제대로 못 잤습니다. 싸움이 길수록 우리는 집니다."

그들이 성계를 붙드는 사이에, 변안열은 벌써 검차를 끌어다 놓고 있었다.

"안 된다. 검차를 그대로 둬라."

성계가 검차 끄는 병사를 제지하며 나서는데 변안열이 머뭇거리는 병사를 말채찍으로 후려갈겼다.

"무슨 소리야. 검차는 내가 끌고 왔어. 내 것이라고. 어서 가."

변안열은 병사의 등을 발로 밀었다. 창을 앞세운 검차의 바퀴소리가 어지럽게 울렸다. 검차수들은 수레 안으로 들어가서 뜀박질로 무거운 병기를 밀었다. 바퀴들이 고르지 못한 들판 위를 휘청거리며 굴러갔다.

"두란, 네가 가지 않으면 이번 공격은 무위로 끝난다. 가지 마. 내게 조금만 시간을 다오."

성계는 두란의 철릭 소매를 붙들었다. 두란은 풀렸던 변발 채를 질끈 동여매며 입술을 단단히 오므렸다.

"왜 안 간다는 거요. 승부가 빤히 보이는데 물러서다니, 언니는 주우(朱愚)요? 칠 때, 같이 쳐야지. 공이 변안열에게 돌아간다면 우리한테 돌리면 되는 거요. 우리 여진은 그렇게 살진 않았수. 야인 전법은 그냥 치는 거요. 나의 힘을 의심하면 나는 끝장나는 거야. 고려인들이 초막을 짓고 그 안에서 잠잘 때, 나는 들녘에서 별을 보고 찬 이슬을 적셨지. 우리는 초막조차 꿈꾸지 않았어. 젠장. 우리는 야인이야. 고려인 너희들이 그렇게 불러주지 않안? 자연인이란 말이지. 초목 그대로 사는 법, 이것이 여진인만이 갖는 세상법이우. 너희는 그것을 모른다. 참 우주를 몰라."

두란은 소맷자락을 잡은 성계의 손목을 쳤다. 성계는 그 손으로 두란의 목덜미를 휘어잡았다.

"내 말 들어. 이번 한 번만 물러서고 비껴 있어."

"이것 안 놔? 뚫어버리겠어."

두란은 활을 성계의 옆구리에 겨누었다. 성계는 두란의 목을 조여 들어올리다 내려놓았다.

"너는 나보다 활을 잘 쏜다. 그러나 너만 한 궁수들은 내 휘하에 차고 넘친다. 하지만 너처럼 형제의 피를 나눈 부하는 아무도 없어. 너뿐이야."

성계의 처진 입술이 허옇게 뒤집혔으나 두란은 표독한 눈을 거두지 않았다.

"에이, 쌍!"

활을 팽개치고 두란은 돌아섰다. 활이 튀어 성계의 무릎에 감겼다. 성계는 칼을 빼려다가 멈추고 손목을 계속 떨었다. 두란 없이는 아무것도 할 수가 없었다. 두란 부대가 가장 컸고 가장 강했다. 두란이 있은 다음에 처명이었다. 두란을 노려보며 서 있던 처명이 화를 참지 못하고 칼을 뺐다. 이야아…… 두란의 등을 후려치려고 달려들었다. 우르하타와 바이쟈가 칼로 맞받아쳤다. 처명은 그들을 죽여 버릴 살기로 몰아쳤다. 두세 합 만에 둘은 밀려났다.

"다 죽여버린다."

처명이 칼을 옆으로 그어나가는 데 성계의 호위궁사들이 몸으로 막아섰다. 처명은 칼을 땅에 꽂으며 이를 갈았다. 서무구릉 저편에서부터 땅거미가 기어오고 있었다. 먼 지리산 자락은 벌써부터 키를 세우며 어둠에 잠기고 있었다.

"처명, 너도 가라. 나는 여기에서 죽겠다."

땅거미가 들녘에 배를 깔고 기다가 한 차례 출렁거렸다. 반주…… 처명은 팔뚝에 힘을 주고 근육을 단단히 말았다.

"내가 곁을 지키지 않으면 그냥 밀리고 맙니다. 거두소서. 저곳은 모두 사지(死地)입니다. 왜 자꾸 가라 하십니까."

"너는 두란과 합세해. 여기에 있으면 본진 공격도 황산 방어도 다 무너지고 말아. 따라가야 해."

성계는 한번 뱉은 말을 결코 번복하지 않았다. 처명은 그의 결단을 꺾을 수 없었다. 처명의 턱 근육이 돌처럼 단단해졌다.

"나더러, 끝내 가란 말입니까."

주먹을 쥐고 성계의 가슴팍을 후려갈겼다.

"심산궁곡에 겨우 불귀가 되는 것을 보여주려고, 나를 요동에서 예까지 끌고 온 것입니까? 고작 객사나 보여주려고?"

처명의 늑대 조끼가 빳빳하게 턱을 세웠다. 바람에도 쉽게 쓸리지 않고 긴 목울대를 뽑아올려 짖어댈 듯 송곳처럼 곤두섰다. 처명의 눈과 이마가 벌겋게 달아올랐다.

"가, 어서 가라고."

성계의 목소리가 떨렸다.

"나는 너의 반주이므로, 너는 내 말에 목숨을 걸어야 해. 어서 가."

어차피 공격을 감행한다면, 저쪽을 살려내야 했다. 그것이 지금 그가 할 수 있는 모든 것이었다.

"출진이다. 정렬해라."

패장들이 소리를 지르며 말을 몰고 뛰어다녔다. 검차가 앞에 늘어섰다. 변안열이 말에 오르며 성계를 노려봤다.

"끝내, 같이 가지 않겠다는 거냐? 저놈은 모반자다. 반드시 응징하고 말겠다. 이번에는 반드시 동무들을 뚫는다. 저곳만이 우리가 이길 수 있는 유일한 길이다."

변안열이 말을 돌려서 성계를 등지고 섰다. 두란의 깃발이 검차 뒤에 섰다. '퉁'이라고 새긴 붉은 글씨가 꼿꼿이 섰다. 처명의 깃발이 다음을 이었고 맨 뒤에 변안열 부대의 영기가 따랐다. 배극렴의 남원성 보병들이 활을 잡은 채 길게 늘어서서 거리를 두고 걷고 있었다. 신명이 멀어지려는지…… 성계는 진공 부대의 뒷모습을 내려다봤다.

성계 부대원들은 황산 쪽을 바라고 정렬해 서 있었다. 누군가 나무토르에게 다가와 손을 잡았다. 나무토르는 아래를 내려다봤다. 난이였다.

"아저씨, 또 가?"

나무토르는 허리를 굽혀 난이의 얼굴을 쓰다듬었다.

"왜 자꾸 싸워? 이놈들 저리 가라. 할아버지처럼 무서운 눈을 뜨면 달아날 텐데?"

허리에 손을 얹고 눈에 힘을 준 아이 모습이 여린 구절초 잎 같았다. 나무토르는 소리내지 않고 눈가에 웃음 주름을 만들었다.

"이렇게 해볼까? 이노옴!"

나무토르는 아이의 흉내를 내며 두 손을 갈퀴 모양으로 구부려 달려들다가 아이를 안았다.

"놔, 놔."

아이는 팔다리를 세게 저었다. 나무토르는 아이를 놓아주지 않고 볼에 입을 맞췄다. 부대원들이 떠날 채비를 마쳤다. 나무토르는 아이를 내려놓고 그쪽으로 뛰었다. 아이 목소리가 바람결을 타고 여리게 흔들렸다.

"돌아오지? 꼭 와야 돼. 아빠도 온다고 그랬는데……."

아이는 서 있었다. 큰 눈이 이내 아래로 처졌고, 옷자락이 풀잎처럼 흔들렸다.

주형장이 정도전과 성계의 뒤로 다가왔다. 그의 입에서 아직도 양고기 냄새가 났다.

"천호, 저 변안열 부대를 그냥 둘 것인가. 자기 수족도 다 빼앗긴 얼간이 같으니."

주형장은 이빨 사이에 있는 양고기 조각을 빼내어 풀덤불에 퉁겼다.

"그대는 싸워서 무엇을 하려는가."

급작스러운 물음에 성계는 한쪽 눈을 찡그렸다. 우문(愚問)이었다. 우답을 던져야 할지, 묵답을 놓아야 할지, 그도 아니면 현답을 안겨야 할지 판단이 서질 않았다. 싸워서 무엇 하려고…… 성계의 진답과 주형장의 속내는 서무 들판을 가로지른 적과 아군의 이해만큼이나 다를 것이었다. 성계는 답 대신에 되물었다.

"그대는 무엇 하러 여기에 왔는가."

존대를 피한 성계의 어투에 주형장의 눈가가 찌그러졌다.

"너…… 좋아. 너희가 잡을 끈은 나밖에 없다. 변안열을 저대로 두어서는 안 된다. 전쟁에 지는 한이 있더라도 체찰사의 행보를 막아라. 내가 책임을 지겠다. 나를 통해 친명 선언만 해준다면, 내가, 너를 필히 고려의 병부상서로 올려놓겠다."

먼지바람에 주형장은 눈을 깜박였다. 흙바람이 계속 불었다. 그는 손가락으로 눈을 비볐다.

"네가 무엇으로 책임을 질까. 그 주둥이 나불거림을 수결로라도 표시할 수 있어? 내가 기껏 병부상서나 탐할 놈으로 보이냐? 건방진 자식 같으니. 수행사 주제에 오만 천하를 다 갖은 듯 위세를 떠니. 북이든 남이든 스치는 검조차 치명적인 독이야."

성계는 말에 올랐다. 성계의 말이 똥 한 무더기를 갈겨 발밑을 어지럽혔다. 오직 사람만이 홀로 천지와 짝하여 선다면, 그때가 언제일 것인가. 성계의 생각보다 앞서서 말이 완보로 나가고 있었다. 변안열 부대와 두란 처명 부대가 동무듬으로 향하는 사이에, 황산의 아지발도 부대가 그들 뒤를 노리고 나오고 있었다. 성계 부대가 그것을 막고 나서야 했다. 내버려둔다면 동무듬을 치는 혼성 부대가 전몰할지도 모를 일이었다.

적의 움직임이 이렇듯 뻔한데…… 성계는 한숨을 쉬었다. 성계는 병사들 앞으로 말을 몰았다. 지리산 수많은 골짜기마다 이미 어둠은 가득 들어찼고, 점점 더 짙은 무게로 가라앉고 있었다. 저 어둠이 더하면 출렁거리다가, 드디어는 개울 터진 물살로 여기 들녘까지 휩쓸어버리고 말리라. 종내는 저 어둠의 드높은 파고에 묻혀 소멸되고 말리라.

천이여, 천이여……

"고려군이 움직이고 있습니다."

왜병의 다급한 소리가 숲을 털었다. 말에 오르는 병사들의 소리가 연이어 들렸다. 아지발도는 마차 대형으로 묶인 말 네 마리를 차례로 쓰다듬으며 어스름 건너 고려군의 질주를 지켜보고 있었다.

"물을 가져와."

아지발도는 나무 물동이를 들어 물을 들이켰다. 물이 넘쳐 얼굴과 목을 적시며 갑주 안으로 파고들었다. 그는 물동이를 들어 말 뒤에 매여 있는 비석에 대고 뿌렸다. 물방울들이 튀어 주위를 적셨다.

"내가 물을 마셨으니 내 이름자 새긴 비석도 먹어야지. 고려군이 한꺼번에 동무듬을 치지 않고, 저기…… 성계 부대인가? 저것들만 남아 있군. 나와 붙어볼 모양이지?"

아지발도는 물 먹은 비석을 어루만졌다. 손가락이 얼어붙을 듯 냉기가 싸늘하게 팔을 타고 기어올랐다.

"비석은 내가 가지고 올 것이 아니라, 저 성계 장군이 지고 왔어야 옳겠군. 성계공의 명운은 길지 않다. 저 땅거미를 막을 자는 아무도 없어. 내가 저자를 꺾으면 고려는 끝인 거야. 상장군도 아닌데 성계공의 진법과 싸움 대열은 매우 뛰어나다. 천 명밖에 안 되는 군사를 가지고 우리의 진격을 막아내다니, 요동벌의 장수가 저 정도로 탁월할 줄을 생각지도 못했다. 대단해. 하지만…… 고려는 성계공 편이 아니야. 성계공은 고려의 기운 국운처럼 노회하다. 닳고 닳았어. 내 젊음을 결코 이겨낼 수 없다."

아지발도는 대열 앞에 섰다. 그들은 황산을 비운 듯 무더기로 쏟아져나와 들판을 가로지르기 시작했다.

검차 무리가 들판 가득 횡으로 번져나가고 있었다. 발톱을 뺀 늑대처럼, 칼을 문 들개들처럼 검차는 빠르게 달려나갔다. 들불 번지듯 땅거미를 뚫고 날선 창날 무더기를 앞세우며 달려나갔다. 수많은 창날들이 어둠의 몸뚱이를 깊게 찌르며 빠르게 돌진했다. 검차를 몰아세우는 별장, 패장들의 채찍이 어두운 하늘을 찢고 있었다.

"달려. 개거품을 물고 죽더라도 뛰어. 단 한 번이야."

변안열은 말의 속도를 점점 더 올리며 부대를 몰았다.

"우리는 이긴다. 문제가 생기면 모든 것이 합류하지 않은 성계 탓이다. 어서 가."

그는 달리면서 뒤에 남은 성계를 돌아봤다. 아지발도 부대가 내려오고 있긴 했지만, 동무들을 뚫고 지나는 고려군을 쫓아오기에는 거리가 너무 멀어 보였다. 외톨이로 남아 아지발도와 맞서는 성계 부대가 고독해 보였다. 저것은 저자의 외로움 몫이야. 스스로 고집을 부린 것을 후회하지는 않겠지. 변안열은 자신을 앞서나가는 영기를 올려다봤다. 이 몸은 생민의 한 사람에 불과하다. 군의 어족(御足) 밑에 깔리는 진토일지언정 그것이 군을 위한 길이라면 나는 기꺼이 밟혀 스러지겠다. 영기가 드세게 흔들리고 있었다.

배극렴은 칼을 높이 들었다 내렸다. 속보로 걷던 궁사들이 일제히 한쪽 무릎을 세우고 앉아 서무 구릉을 향해 화살을 날렸다. 살이 곡선을 그리고 날아 다가오는 적 기병대 위에 떨어졌다. 배극렴의 남원성 궁사들은 뛰다가 멈추며 거푸 살을 날렸다. 서무의 기마대를 최대한 억제하여 검차의 돌진이 용이하도록 했다.

"격진(擊進)."

나발이 귓바퀴를 찢어내며 예리하게 울렸고, 패장들의 채찍이 풀덤불을 난폭하게 잘라냈다. 검차수들은 전력을 다하여 수레를 몰기 시작했다. 수레가 땅위에서 제멋대로 튀며 적을 노리고 돌진했다. 수백 개의 창날이 저승사자의 손톱처럼 땅거미를 할퀴며 맹렬한 바람소리를 냈다. 마지막 공격처럼 검차들은 허리 높이의 허공에 무수한 구멍을 남기며 속도를 더했다.

"어둡기 전에 본진을 차지할 것이다."

바람대로 본진을 빼앗기만 한다면, 날은 저물어 전쟁은 그것으로 끝이 나고 말 것이었다. 두란 부대가 검차 뒤에 바짝 붙었다. 부대원 수십 명이 붉은 띠를 두르고 있었다. 왜적은 늘어선 검차에 다가서지 못하고 활만 쏘아댔다. 검차의 방패 위로 화살이 부딪치며 굴렀으나 수레의 속도는 줄지 않았다.

"너, 너펄거리는 섯 눈꼴사납게 왜 했네?"

두란은 동무듬 쪽으로 말을 몰면서 우르하타에게 손가락질을 했다. 우르하타는 붉은 어깨띠를 들춰 보이고는 소리 높여 웃었다.

"싸움판에 나서면 내 부하가 선봉 아니오. 허튼짓 못 하게 하려고 표시해둔 거요."

"네 부하들 죄다 뻘건 띠구만. 정신 사나워 도끼질이나 제대로 하갔어?"

두란은 못마땅한 듯 코를 씰룩거리다가 날아오는 화살을 방패로 막았다. 붉은 띠를 두른 기마병은 50명 정도였다. 뒤따르던 처명 부대가 말을 오른쪽으로 이동시켜 서무 쪽으로 달려나갔다. 검차를 우회하여 부대의 오른쪽 측면을 치려는 적의 공격을 막아낼 방어책이었다. 부상이 컸으나 처명은 몸을 사리지 않았다. 적과의 거리가 점차 좁혀지고 있었다. 패장들은 검차를 더욱 세게 재촉했고, 공격진 숨결이 턱에 차도록 빨라지고 있었다. 처명은 성계 부대가 있는 쪽을 자꾸 돌아봤다. 성계 부대가 벌써부터 황산 왜적과 부딪치고 있었다. 처명의 입에서 한숨이 느리게 새어나왔다.

검차 부대가 동무듬과 서무의 경계를 뚫고 지나갔다. 검차를 피하지 못한 적병이 창에 꿰어 그대로 끌려나가고 있었다. 비명이 검차의 창끝에서 갈가리 찢어졌다. 동무듬의 왜적과 서무의 왜적이 검차를 저지하려고 몰려들었다. 5, 60기의 무리가 달려와 검차를 뚫으려고 했다. 두란은 검차의 벌어진 간격 사이로 말을 몰아 그쪽으로 비집고 달려드는 적을 막았다.

적의 창이 두란의 몸 한복판을 겨누었다. 방패로 막는다 하여도 정면으로 맞부딪치면 방패가 뚫리든지 두란이 나가 떨어지든지 할 것이었다. 맞대응에 실수를 한 번이라도 범하면 마상에서의 싸움은 그것으로 끝이었다.

두란은 왼팔에 꿰찬 방패를 옆으로 비틀며 창끝이 한쪽으로 비껴가도록 했다. 적의 몸이 앞으로 쏠리고 있었다. 두란은 말을 붙이며 도끼로 적의 머리를 쳤다. 적이 팔을 들어 막다가 도끼날 끝에 손목이 잘려나갔다. 도끼는 거리낌 없는 속도로 적의 투구마저 부숴놓았다.

왜적은 속도를 늦추지 않고 검차를 향해 돌진했다. 말 앞가슴이 검차의 창에 뚫렸다. 창들이 뒤틀리며 부러져나갔다. 검차수들은 말의 돌진에, 수레에 부딪치며 공중으로 튀어올랐다. 왜적이 다친 말을 계속 밀어붙였으나 말은 창을 가슴에 꽂은 채 두란이 있는 곳으로 모로 돌았다. 두란이 도끼를 날려 왜적의 목을 쳤다. 말이 발을 헛디디며 검차 옆으로 굴렀다. 검차가 뒤집혀 말 위에 떨어졌다. 검차 대열이 흐트러지고 있었다.

두란이 소리를 지르며 빈 공간을 메우고 나섰으나 연이어 몰려드는 적의 공세에 대열을 제대로 복구할 수가 없었다. 검차는 정면의 공격에는 강했지만 측면과 후면은 약했다. 방패막이 정면 한 곳에만 있는 탓이었다. 적의 화살이 측면을 노리고 날아들기 시작했다. 검차는 계속 질주했고 적의 기마와 잇달아 충돌했다. 두란은 동무들의 측면을 방어하기 위해 부대를 왼쪽으로 돌렸다. 부대원들이 따라 돌면서 동무들의 적들과 부딪쳤다.

"이 간나는 어디 갔어?"

두란은 성질 급하다던 적장을 찾고 있었다. 적장과 맞붙어 대갈통을 박살내는 게 그가 선두에 선 이유였다. 하지만 아소 부대 데루모토는 대열 뒤에서 멀찌감치 떨어져 있었다. 적장을 잡으려면 5백여 기의 대열을 헤쳐야 했다. 적은 화살을 쏘면서 두란 부대와 일정한 거리를 유지하고 다가서지 않았다. 반 시위 정도의 거리, 적은 꼭 그만큼에서 진퇴를 조절했다. 맞붙을 시기가 언제인지, 어느 곳에서인지 두란은 가늠하지 못했다.

적이 다가오지 않으니 짧은 도끼는 필요 없는 무기가 되어 버렸다. 고려군 대열은 속이 빈 그릇 같아서 어느 한 곳이 무너져버리면 바싹 깨어질 형국이었다. 본진과 가까워질 때까지 속도를 조절하며 나아가야 했다. 검차 몇 대가 말과 충돌하여 뒤집히는 바람에 대열이 아무래도 불안했다. 서무에서는 요시카게가 진두에 서서 공격 명령을 내리고 있었다.

"그냥 부딪쳐."

아지발도 부대의 전령이 요시카게에게 달려와 명령을 전했다. 요시카게는 곧바로 전법을 수정하며 고함을 질렀다. 그의 고함이 끊길 때마다 3, 40기의 기마가 검차를 향해 질주했다. 그들은 관망에서 벗어나 적극적으로 검차를 파괴하려고 했다. 요시카게 결사대가 목숨을 걸고 기마로 부딪쳐왔다. 그때마다 검차가 몇 대씩 뒤집혀 허공에서 빈 바퀴만 굴렸다.

"놈들이 부딪쳐온다. 더 세게 밀어."

서무의 장수와 동무의 장수 성격은 미즈류가 말한 것과는 정반대였다. 서무를 막고 나서려던 처명은 왜적의 질주를 감당하기가 버거워졌다. 서무 기쿠치 부대는 공격진을 둘로 나누었다. 검차를 맡은 한 무리와 고려군 우측 측면을 노린 무리였다. 처명 부대는 사선으로 부대를 늘어뜨리며 왜적을 방어해야 했다. 처명은 검차 부대의 가운데 공간을 비워두고, 옆구리가 뚫리는 것을 막을 수밖에 없었다. 변안열 중앙군은 후면을 단단히 틀어막으며 계속 전진하고 있었다.

성계 부대는 애초부터 아지발도의 공격을 당해낼 수 있는 것은 아니었다. 변안열 부대가 본진에 닿을 때까지, 아지발도 부대를 틀어막고 있어야 했다. 부대원 간격을 최대치로 넓혀

선다고 해도 황산 부대를 대하기가 어려웠다. 날이 더 어두워지려면 몇 합을 치러야 할지 모를 일이었다. 부대원들은 알고 있었다, 황산 부대를 막지 못하면 변안열 부대는 궤멸하리라는 것을. 방어도 지금이 마지막이라는 것을. 왜적의 진법대로라면 황산은 분명 가라메테, 측면 공격이었다.

지금 변안열이 택한 공격을 옳다 그르다 탓할 겨를이 없었다. 각기 생존해야, 모두 사는 것이었다. 현재는 오로지 그것만을 생각하는 게 옳았다. 땅거미는 스산하게 떼로 몰려들고 있었다. 감당할 수 없는 냉기가 피 냄새를 풍기며 번져나갔다. 바람은 이빨 나간 칼날처럼 그의 등골과 갑옷을 소리내며 훑었다. 소름이, 피마저 얼려버릴 듯한 추위가 온몸을 휘감았다. 천이여, 내가 진실이라고 믿었던 것을 온전히 실재로 채울 수 있다면.

"안이야, 준비 됐냐."

성계는 부대를 둘로 나누어 가운데를 비워뒀다. 적은 점점 가까이 다가오고 있었다. 성계 부대 대열 한복판에서 사수(射手) 안이와 시졸(矢卒)이 바삐 움직였다.

"쏴라."

성계가 들었던 손을 내리자 연노(連弩)가 살을 뿜었다. 열 개의 노를 끈으로 연이어 세워둔 연노를, 사수가 맨 끝의 시위줄을 잡아당기자 나머지 노들이 시위를 당기며 한순간에 열 발이 날았다. 연노는 일곱 대가 늘어서 있었다. 연노를 맡은 사수들은 총사수 안이의 구령에 따라 연거푸 살을 날렸다. 늘어선 연노 옆에 쌍궁과 삼궁도 같이 발사되면서 살들이 어스름을 뚫고 직선으로 날았다. 연노는 단궁보다 두세 배의 반발력이 있어 적의 기물이나 갑주를 관통할 때 쓰였다. 적은 땅거미를 뚫고 뻗어오는 연노의 살을 막아낼 수가 없었다. 살은 마갑주를 뚫고, 요로이를 뚫었다. 달려오던 적들이 연노의 공격을 받고 무너졌다.

"됐다. 적장을 찾아라."

엔즈하라가 어스름 건너를 손가락으로 가리키자 나무토르가 노 하나를 손에 쥐고 빠르게 시위를 당겼다. 퍽…… 살은 단숨에 날아 물체의 한가운데에 박혔다.

"맞았어."

함성이 터졌다. 우수루와 하우라키가 뛰어나가는데 성계가 손을 저었다.

"아니야, 더 기다려."

가슴에 화살을 맞은 아지발도는 머뭇거림 없이 그대로 달려오고 있었다. 화살을 꽂은 채였다. 아지발도는 화살을 뽑아 던졌다. 살이 갑주를 뚫지 못한 것이 분명했다.

"어찌 된 거야?"

"갑주가 너무 두꺼워. 두 개를 껴입었나봐."

다른 왜적들은 연노 살 한 방에 낙마를 하는데 아지발도는 달랐다. 연노를 당기던 총사수 안이의 손끝이 떨렸다. 살을 놓는 사수들도 손길을 더듬거렸다.

"더 쏴."

대충 걸린 연노들이 적을 향해 시위를 퉁겼다. 아지발도 주위에 있는 왜적들이 넘어졌다. 아지발도의 옆구리에 한 발이 더 꽂혔으나 그는 나기나타를 휘두르며 개의치 않고 달려왔다.

"내가 나선다."

성계가 말을 몰았다. 부대원들이 가운데를 메우며 몰려들어 성계와 함께 돌진했다. 기병용 방패를 들고 모두 도끼를 거머쥐었다.

"아지발도, 저 어린 장수가 변화무쌍하게 전술을 부리니 전쟁을 하기 위해서 태어나지 않고서야. 저자는 불처럼 번지고 물처럼 변해. 대체 종잡을 수가 없으니……."

성계는 머리를 세차게 흔들고는 소리를 질렀다.

"가자, 세상은 우리가 구한다."

성계는 턱에 단단히 힘을 주고 도끼를 높이 쳐들었다. 단

한 번의 가격으로 승부를 낼 것처럼 손아귀에 그가 가진 모든 힘을 모았다. 말의 다리 힘줄을 끊어놓을 듯 그는 되게 몰아 숨조차 쉴 틈을 주지 않았다. 그들은 밀려오는 검은 파도를 향해 날아든 바람 조각들이었다. 독한, 찬서리 가득 머금은 바람들. 달리다가 적의 살을 맞은 부대원들 몇이 덧없이 굴렀다. 땅거미가 그들을 누르고 지나갔다. 바람이 파도를 꺾으며 포말을 휘어잡았다.

부대원들은 닥치는 대로 도끼를 휘둘렀다. 투구와 갑주 터지는 소리가 어둠을 울렸다. 부대원들은 말을 몰아붙이며 적의 창을 무기력하게 만들었다. 나무토르와 옌즈하라가 성계의 좌우를 지키며 도끼질을 무자비하게 했다. 아지발도의 힘은 그대로였다. 치도 봉이 성계의 어깨를 찍었다. 성계가 도끼를 들어 휘두르는데도 아지발도는 결코 물러서지 않았다.

아지발도는 성계의 가슴을 밀치고 봉끝으로 목덜미를 찍었다. 창끝에 찔린 것보다도 더 아리고 매웠다. 봉끝이 목울대를 건드렸다면 그 자리에서 거꾸러졌을지도 모를 일이었다. 성계의 노끼실에 아지발도는 허리를 젖히며 봉으로 막았다. 아지발도는 침을 뱉으며 성계를 밀어냈다. 성계의 허리가 꺾여 말밑으로 떨어질 듯했다. 그는 아지발도가 내려치는 봉을 방패로 막으며 몸을 일으켰다.

"너희는 고려국의 걸림돌이다. 왜적이 죽어야 개혁이 산다."

"고려는 이미 내 것이야. 궁성을 접수하는 날, 성계공 당신은 내 신하가 될 것이야. 그 도끼로는 네 어린 국왕 대갈통이나 쪼개봐."

아지발도의 눈은 신들린 듯 초점이 없었다. 저 광기를 제 섬나라로 되돌릴 수만 있다면. 저자를 내 휘하로 삼아 명과 원을 없애고 왜국마저 섬멸할 수 있다면. 성계는 이내 고개를 저었다. 저들은 처자를 죽이고 현해탄을 건넌 무리였다. 자신과의 모든 관계를 칼로 베어버리고 떠나온 저들의 뇌리에 남은 것은 오로지 하나뿐일 것이었다. 구국…… 하나 남은 그들의 신념은 어떠한 도끼질로도 깨어지지 않을 것이었다.

저들은 모두 죽어서도 결행을 후회하지 않겠지. 적의 결행과 자신의 결사 중 어느 것이 강한가는 중요하지 않았다. 저자나 나나 부러진 쇳소리 내는 운명인 것을. 어쩌면 그럴지도 몰랐다. 다만 부딪쳐서 울기 위해 살아온 명인지도 모를 일이었다. 그것이 소모이든, 구국이든, 정혁이든 상관없는 일이었다. 자기 선택의 몫일 뿐이었다. 방패로 아지발도의 공격을 막을 때마다 살덩이가 산산이 부서져나가는 듯했다.

아지발도는 치도를 짧게 쥐고 횡으로 그어 성계의 목을 노렸다. 아지발도는 다시 흥분하기 시작했다. 근육을 과도하게 써 쉽게 기력이 소진되기를 성계는 바랐다. 그 사이, 허수가 발견되면 성계의 도끼날이 파고들 것이었다. 하지만 아지발도는 쉽게 지치지 않았다. 빈틈이 보여도 빠른 몸놀림 때문에 성계는 공격을 하지 못했다. 그의 옆구리와 등 뒤로 시린 기운들이 조여들고 있었다. 치도 때문만은 아니었다. 시커먼 투구 그림자들, 적병이 그의 부대를 점차 옥죄어오고 있었다.

"포위되었다."

병사들이 서로 부딪치며 안으로 밀리고 있었다. 방패와 도끼로 혼신의 힘을 다해 적을 막아내어도 무리는 끊임없이 밀려들었다. 호위궁사들이 성계 주위로 다가와 아지발도의 공격을 막아냈다. 쇠붙이 부딪치는 소리가 병사들의 수런거림처럼 불안하게 들려왔다. 병사들의 간극이 너무 좁아 말머리조차 돌리기 어려울 지경이었다. 병사들의 외곽 멀리에서 비명 몇 마디가 터져나왔다. 힘을 다해 두 대 간격을 넓혀보려 했으나 적의 두께는 점점 더해가고 있었다.

성계 옆에서 아지발도의 공격을 막고 있던 하우라키가 떨어졌다. 아지발도는 나기나타를 사선으로 그으며 성계를 노렸다. 방패가 힘없이 팔목에서 돌았다. 나기나타가 성계의 경번갑을 그었다. 뚫리지는 않았으나 치도 지나간 자리가 뜨거웠다. 아지발도는 치도를 두 손으로 돌려잡고 봉대 끝으로 가슴팍을 찍었다. 성계는 숨을 쉴 수가 없었다. 봉대가 무자비한 속도로 목을 쳤다. 몇 백 근 쇠뭉치로 치는 것 같았다. 성계는 중심을 잃고 휘청거렸다.

"아예 여기서 생매장시켜주겠다."

봉대가 연이어 성계의 어깨에 떨어졌다. 우수루가 방패를 들고 막아도 덧없이 밀려났다. 나기나타가 곧게 뻗어 우수루의 어깨를 찍고 바로 이어 성계의 배를 눌렀다. 딱, 창끝이 쇠철판에 찍혔다. 아지발도는 주저없이 다시 찔렀다. 창날이 허벅지를 비켜나갔다. 날빛은 어둠 속에서도 차갑게 도드라졌다. 치도가 옆구리로 들어왔다. 쇠고리가 뜯겨나가며 박혔다. 성계는 말에서 떨어졌다. 성계의 몸뚱이를 찾는 아지발도의 창대가 말머리와 잔등을 후려갈겼다.

천이여, 천이여…… 그는 헐떡거렸다. 죽음과 바람은 나의 기(氣)가 될 수 있을 것인지. 말에서 곤두박질친 자, 다시 오를 수 있을 것인지. 그는 나기나타가 현란하게 춤추는 끝에서 검은 하늘을 보고 있었다. 옆구리에서 끈적거림이 느껴졌다. 피와 추위, 그리고 비와 더위마저 나의 기(氣)를 삼을 수 있다면. 그러면 해와 달이 나의 눈이 될 수 있으리. 죽어도 죽지 않는, 천의 생명으로. 힘을 주소서. 나는 아직 할 일이 많소이다.

방패는 손에서 풀려나간 지 오래였다. 말 잔등에 의지해서 창날을 피할 수밖에 없었다. 이게, 삼봉의 물음에 답할 천답(天答)인가. 오직 홀로 설 수 있으려면, 나의 기를 어그러뜨리는 실수와 나를 병들게 하는 눈가림을 걷어내면 될 것인가. 그것들을 걷어내며 순결로 서서 죽음으로 당당히 맞서면……내 눈과 내 귀의 총명은 해와 달의 광채라고 믿어보자. 눈을 감으면 밤이요 뜨면 낮인데 몸이 지치는 것을 두려워해서는 안 될 것이었다. 그러면 홀로 설 수 있으리라. 두 눈을 뜨고 광채를 받아, 그도 아니면 어둠 건너 흐릿한 빛이라도 거두며 나를 세울 수 있겠지. 치도가 성계의 어깨를 찔렀다. 말을 사이에 두고 뻗은 창날은 몸을 관통하지는 못했다.

성계는 주저앉았다. 자꾸 눈이 감겼다. 천지간에 정상적이지 못한 것을 이(異)라 한다. 세상은 온통 저 불순한 거짓으로 덮여 있다. 그 비정상들의 자질구레한 화(禍)가 재(災)다. 재앙이다. 재 뒤에 반드시 이(異)가 일어난다. 상식적이지 않은 것들이, 정의를 가장한 불의가 세상을 덮는다.

우리 안의 이(異)와 밖의 이(異), 세상 안팎에서 불타오르는 이(異)를, 나는 그것들을 막아야 한다. 내가 살아야 하는 이유가 이것이다. 이 순간이, 싸움판의 이 고비가 재(災)의 끝이요, 곧 이(異)가 고려 천지를 뒤덮을 것인데. 이(異)는 하늘의 위협이다. 나의 눈으로 저것들을 잠재워 기우는 천과 지를 세워야 한다. 우수루가 말을 돌려 주저앉은 성계를 잡아올렸다. 치도가 우수루의 등판을 찍었다.

"천호, 눈을 감으면 안 됩니다. 천호······."

우수루는 비틀거리며 말을 뒤로 빼었다. 나기나타가 빠졌다. 우수루는 숨을 크게 몰아쉬며 소리를 질렀다.

"천호를 둘러싸라. 어서."

우수루는 말에서 떨어지며 소리를 질렀다. 가볍치들이 성계를 감싸고 물러섰다. 사졸들은 성계의 뺨을 호되게 쳤다. 거듭 치면서 성계를 흔들었다. 천호······.

두란 부대가 동무듬을 지나가고 있었다. 아소 부대 데루모토는 여전히 거리를 두고 소극적 방어만 하고 있었다. 데루모토 부대를 뚫을 때까지 두란은 부대가 대열을 흐트러뜨리지 않도록 계속 고함을 질렀다. 진격대는 적의 본진으로 계속 나아가고 있었다. 우르하타가 두란을 앞지르기 시작했다. 우르하타의 병사 50명이 붉은 띠를 휘날리며 전면에서 달렸다.

"속도를 늦춰. 같이 가야 해."

두란이 도끼를 들어 적의 목을 치며 우르하타에게 소리를 질렀다. 말똥 조각이 튀며 바람에 날렸다. 우르하타는 두란을 힐끗 보다가 전력으로 데루모토 부대를 향해 달렸다. 우르하타 병사들의 도끼가 어두운 하늘에 어지럽게 그림자를 남기며 움직였다. 허공에서 도끼들이 춤을 추다가 두꺼운 적병의 사이를 뚫고 들어가고 있었다. 우르하타가 무엇인가를 작심한 듯했다.

"간나 새끼, 그대로 못 있간?"

두란이 거듭 목청을 높였으나 우르하타는 기어코 적진을 넘어서고 말았다. 적의 두꺼운 벽이 순식간에 틈을 벌렸다. 끼아아…… 우르하타는 맞바람을 훑어내며 그곳으로 부대를 몰아쳐들어갔다. 적의 저지선이 저리도 쉽게 입을 벌릴 줄 예상치 못한 일이었다. 두란의 저지 명령을 들은 가별치들은 우르하타 부대를 따르지 않고 멈칫거렸다.

우르하타의 후미가 마저 적진 속으로 빨려들어가고 있었다. 공격 대형의 한 곳이 금세 텅 비어버리고 말았다. 팽팽하던 적과의 대치 벽이 우르하타의 진입으로 푹 꺼지고 말았다. 우르하타는 적과 별다른 접전도 없이 안으로 들어가버렸다. 두란의 명령을 듣지 못한 병사 몇이 우르하타의 뒤를 따라 적진으로 끼어들었다.

그때, 쉽게도 틈을 벌렸던 적진이 빠르게 닫히고 창날이 한꺼번에 고슴도치 가시처럼 곤두섰다. 사줄들이 창날에 찔려 말에서 굴렀다. 적은 창날을 모아세우며 고려군에게 진격의 틈을 주지 않았다. 우르하타 부대는 어디로 갔는지 보이지 않았다.

"배반이다. 우르하타가 배반했다."

사졸들이 소리를 질렀다. 두란은 우르하타가 건너간 쪽을 바라보며 도끼를 휘둘렀다.

"어떻게, 저 녀석이 우리 부족을 버리고."

두란의 도끼가 적의 머리통을 쪼갰다. 도끼날이 깨지도록, 두란은 눈에 들어오는 대로 적의 머리를 부쉈다.

"두란 이놈아. 멍청한 새끼."

적진에서 우르하타의 목소리가 들렸다. 겹겹이 쌓인 적의 틈에서 우르하타의 소리가 울렸다. 두란이 침을 튀기며 고함을 뱉었다.

"배은망덕한 녀석."

"부족을 배반한 놈은 너야. 두란 이 녀석아. 너는 고려군의 원수가 되어서 우리 여진족의 안위는 생각지도 않았어. 나는 우리 부족을 살리려고 왜적과 손을 잡은 거야. 고려를 몰아내고 여진의 세상을 만들겠다. 미련한 곰탱이야. 너 때문에 여진 통합의 꿈이 끝장났다. 피로써 반드시 갚아주겠다. 여기가, 바로 네 무덤이다."

우르하타는 왜적을 총집결하여 부대를 몰사시키겠다고 소리쳤다.

"귀순자가 왔을 때에도 너에게 넘기기보다 변안열에게 주어버린 것도 내 마음이 이미 떠나버렸기 때문이었다. 내 간자들이 수도 없이 황산을 넘나들며 기밀을 발설하는 것도 너는 몰랐지?"

우르하타의 큰 소리가 살처럼 뻗어 두란의 가슴을 연이어 두드렸다. 여태 느리게 밀려나며 방어에만 치중했던 데루모토가 갑자기 군진을 바꾸며 적극 나서기 시작했다. 데루모토의 호령에 따라 한쪽 부대가 길게 회전하며 북으로 거슬러오르고 있었다.

서무 왜적 부대는 우르하타의 무리가 없는 틈을 비집고 들어오며 한쪽 대열을 구부려 고려군을 감싸듯 몰았다. 서쪽을 막고 있던 처명 부대가 더욱 횡으로 대열을 늘이며 버텨내야 했다. 검차 대열이 기어이 깨져버렸다. 왜적들은 무너진 검차를 뛰어넘으며 우르하타가 있었던 공간으로 파고들었다. 선두 대열이 급격히 무너졌다.

"물러서지 마."

변안열은 뒤처진 자들을 군율로 다스린다며 몰아세웠다. 하지만 적의 기마대가 너무 빽빽하게 들어서고 있어서 막무

가내로 싸움을 벌이기에는 고려군의 힘이 너무 달렸다. 그러나 변안열은 포기하지 않았다. 조금만 더 밀고 간다면 인월역 본진에 닿을 수 있다고 그는 확신하고 있었다. 병력을 반나마 잃는 한이 있더라도 반드시 그곳에 가 닿아야 했다.

두란 부대의 도끼가 아무리 예리하게 번뜩인다 해도 끝없이 구물대며 밀려드는 적을 다 깨뜨릴 수는 없는 노릇이었다. 우르하타가 빠져나간 뒤, 가까스로 공격 대열을 추스르던 고려군은 급격히 무너져내리고 있었다. 두란 부대와 처명 부대 사이가 끊어지고 있었다. 변안열 부대 일부가 중간을 떠받치며 버텼으나 후방이 약화되어 적에게 뒤를 내주는 꼴이 되어버렸다.

두란의 도끼 부대가 한꺼번에 서너 개씩 꽂히는 창에 나가떨어졌다. 창을 막던 방패도 밀집한 적의 공격에 속수무책이었다. 왜적의 기마 창수들은 서너 명씩 짝을 이루어 가별치 하나씩을 맡아 찍어댔다. 앞 대열이 무너지고 뒤이은 대열이 쓰러졌다.

데루모토는 지극히 치밀했다. 고려군의 약점을 잡자 놓치지 않고 조직적으로 치고 들어왔다. 부대원은 계속해서 적의 창끝에 살을 꿰어 말에서 떨어졌다. 한번 무너진 대열은 수습되지 않았다. 처명은 점점 어두워가는 들녘 건너 황산 자락을 힐끔거렸다. 서무 기쿠치 왜적을 맞대고 있는 처명은 곧 끊어질 듯 위태한 명주실처럼 보였다. 처명의 눈이 어둠을 집어삼킬 듯 크게 도드라졌다.

"안 돼, 반주가 죽는다."

처명은 적의 창날을 막으면서도 황산 기슭에서 눈을 떼지 못했다. 여기에서 진공을 펼쳐 이긴다 해도 성계가 죽으면 아무런 의미가 없었다. 겨우 2백 명 남짓한 인원으로 천 명이 훌쩍 넘는 적을 막는다는 것은 처음부터 안 될 일이었다. 죽음을 불사한 대응도 가시적 성과를 이룰 때 그 의미가 있는 것이었다. 다 죽어 무너져버리면, 목숨을 다한 장렬도 정성의 지극함도 소용없는 일이었다. 성계를 구해야 재진공도, 훗날도 가능한 것이었다.

"가별치들아 황산으로 돌려라. 반주를 구한다."

서무 왜적은 반드시 따라붙을 것이었다. 그들이 처명 부대를 추격해온다면 두란 부대와 변안열 부대도 퇴로를 만들 수 있으리라 처명은 믿었다. 처명은 어두운 황산을 바라고 부대를 돌렸다. 맞대응하던 병력이 느닷없이 우회하자 서무의 기쿠치 부대는 처명을 쫓으며 그리로 급격히 쏠렸다.

"어디 가. 거기 서."

변안열의 목청이 당혹스럽게 떨렸으나 처명 부대는 그대

로 빠져나갔다. 변안열과 두란은 오른쪽으로 뚫린 공간을 확보하지 않으면 안 되었다. 진격을 위해 배치했던 군진을 회군 대열로 바꾸어야 했다. 촌분을 다투어, 전멸하기 전에 정산봉으로 되돌아가야 했다.

"처명 이놈! 내 명을 어찌 듣고……."

물거품이었다. 낮 동안 그렇게 들끓었던 전운이 처명의 역행으로 들녘 검디검은 땅바닥에 처참히 뒹굴고 있었다. 서리가 내리는지 쇠붙이들이 차갑게 얼어붙고 있었다. 이 밤을 어찌할 것인지 변안열은 아뜩하기만 했다.

처명 부대는 빠르게 황산으로 다가갔다. 부대원은 달리면서 뒤에 대고 무엇을 계속해서 던졌다. 뒤를 쫓던 기쿠치 기마대가 처명 부대의 꽁무니에서 나뒹굴었다. 넘어진 인마를 뚫고 추격하면 할수록 왜적의 말들은 긴 울음을 토하며 뒹굴었다. 그들은 무엇 때문에 쓰러지는지도 모른 채 연이어 들녘에 몸을 박았다. 철칠려였다. 처명 부대는 철칠려를 한 움큼씩 흩뿌리며 달렸다.

철칠려는 네 개의 뿔이 삼각모양으로 서로를 맞대고 있는 쇠붙이였다. 철칠려를 뿌려대는 처명의 손가락이 금세 피로 물들었다. 어떻게 집어도 모를 세우는 철칠려는 손가락 뼛속까지 파고들었다. 서무 왜적은 한 시위 거리를 쫓다가 멈춰

섰다. 더 따라가다가는 희생만 늘어날 게 뻔했다. 처명은 성계 부대를 포위한 왜적의 뒤를 쳤다. 도끼날이 수직으로 떨어졌다.

"반주, 내가 왔소."

빨리 빠져나오라며 처명은 포위를 풀었다. 안과 밖에서 포위망을 뚫는 것은 그다지 어려운 일이 아니었다. 뒤를 달았던 왜적은 양쪽의 공격을 당해내지 못하고 물러섰다. 성계 부대가 물살 거스르듯 튀어오르며 빠져나갔다. 처명이 정산봉 쪽으로 내려서며 연노 사수들을 일으켜 세웠다.

"연노를 걸어라."

그는 굼뜬 사수와 시졸들을 발로 걷어차며 화살 무더기를 던져놓았다. 성계 부대가 적의 사지를 벗어나고 있었다. 말들이 다친 몸뚱이를 끌고 뛰었다. 어둠이 말의 뒷다리를 휘감으며 쉽게 놓아주지 않았다. 입에 거품이, 콧물이 뒤엉키며 말들은 끈끈한 울음을 토해냈다.

"착시(着矢)."

처명의 소리는 거의 노기에 가까웠다. 고려군이 거의 빠져나오고 있었다. 그 뒤를 바짝 붙으며 적이 몰려왔다. 그대로 놓아두면 적의 여세가 정산봉 자락까지 미쳐 모두가 위험해질 수 있었다. 성계 부대가 다 빠져나오지 못한다 해도 적의 추격을 지금 끊어야 했다.

"발사."

"안 됩니다."

사수가 고려 잔류군이 사정거리에 있다며 처명을 만류하고 나섰다.

"이 새끼가. 쏘지 않으면 다 죽어야 해. 어서 쏴."

처명은 거듭 명령했으나 사수는 손을 떨면서 머뭇거렸다.

"아저씨, 안 돼."

뒤에서 울먹이는 소리가 들렸다. 난이였다. 난이는 처명의 토시를 잡고 매달렸다.

"저기에 나무토르 아저씨가 있어요. 쏘지 마세요."

어둠 속에서 난이의 얼굴에 물기가 빛났다. 하지만 처명은 망설일 시간이 없었다. 처명은 난이를 뿌리치고 사수에게 명령을 내렸다. 사수는 계속 머뭇거리고 있었다. 처명이 발로 사수의 턱을 걷어차고 연노 줄을 낚아채었다.

"저건 네 형제이기도 하지만 내 혈육이기도 해. 지금이야."

기마 그림자 속에 나무토르와 몇몇 낯익은 움직임이 보였다. 줄 당길 시기가 거의 지나고 있었다. 사력을 다해 말을 달리는 나무토르의 머리 갈기가 어스름 속에서 너울거렸다. 미안하다…… 처명은 입술을 달싹거리다가 줄을 힘차게 잡아당졌다. 화살 무더기가 어디로 날아갔는지 아무것도 보이지 않았다. 날아가는 것도 보이지 않았는데 말울음들이 솟구치고 그림자가 무더기로 무너졌다. 나무토르의 모습도 지워졌다.

"어서 쏴."

연노들이 동시에 당겨졌다. 사수들은 거듭 줄을 당겼다. 안돼…… 난이의 울음이 찢어졌다. 살이 다할 때까지 그들은 쏘았다. 적은 무너지는 대열을 밟고 오다가 뒤엉켜 전진을 하지 못했다. 적이 물러설 때까지, 황산이 키를 낮추며 뒷걸음을 칠 때까지 연노는 계속 울었다.

내분

"놓쳤다고?"

 지팡이가 떨렸다. 숲에는 솔가지 흔들리는 차가운 소리만 이따금 들렸다.

 "어떻게 몰아넣었는데 그것을 놓치다니."

 다이코 슈겐부츠의 지팡이가 솟구쳤다가 한참 만에야 내려앉았다. 무사들은 슈겐부츠에게 전황을 자세히 설명해줬으나 그는 분기를 풀지 않았다.

 "서무 책임자 요시카게를 불러들여라. 우리의 싸움은 적을 방어하는 데 있지 않다. 죽여, 고려를 삼켜야지. 우리의 가야 할 길이 여기에서 막혀서 되겠냐."

지리산에서 물러서면 더 이상 갈 곳이 없었다. 현해탄을 건널 병선도 모조리 부서졌다. 그들이 가야 할 곳은 개경뿐이었다.

"적의 수효가 많든 적든 그게 중요한 게 아니다. 우리의 목표는 성계다. 반드시 잡아야 한다."

"날은 이미 저물었습니다. 싸움은 내일 시작될 것입니다."

아부레모노 부대 무사 다야스가 수염도 없는 턱을 쓸었다. 뭐야? 슈겐부츠의 지팡이가 투구를 쳤다.

"너 같은 놈은, 방심하고 자빠져 자다가 창에 배창시 뀐 늙은 도야지 꼴이야. 적의 밥 짓는 연기가 솟을 때까지 안심하지 마라. 내일을 위해 오늘을 경계하고 오늘을 위해 지금을 희생해야 한다. 똑똑히 들어. 저놈들을 죽일 기회가 항상 있는 게 아니다. 놓치지 마라. 우리의 천운도 얼마 남지 않았다."

슈겐부츠의 말이 빨라지고 있었다. 그의 늙은 주름이 더욱 심하게 틀어졌다.

"너희가 겁간하고 죽인 수많은 남원성의 여자들이, 생민들 사이에서 무서운 설화로 번져나가고 있다. 마고할미 이야기로 말이다."

슈겐부츠는 주위의 지휘관들을 하나씩 뚫어지게 봤다. 남원성 사람들 사이에 번지는 이야기는 여원재에 관한 것이었다. 인월역으로 왜적 부대가 들어가면서 여원재 주막 여자를 겁간하려 했는데, 아낙이 죽음으로 거부했던 것을 백성들은 잊지 않고 있었다.

"정절을 지키려던 여자는 승병 부대원들이 만진 젖무덤을 제 손으로 도려내버리고 벼랑에 떨어져 죽지 않았어? 그런데 이야기가 기묘하게 돌아 그 여자가 지리산 여신 마고할미의 현신이었다고 하는 거야. 원한을 신령의 주술로 덧씌워 어떻게든 보상받으려는 짓거리지. 하지만, 재수 없는 이야기야. 한데, 더 참을 수 없는 것은, 그 할미가 성계 부대가 진입할 때, 그 자리에서 또 현신했다는 게야. 마고할미년이 성계 부대에게 이곳 황산을 가리켜주면서 치도록 했다는 것인데, 남원성 새끼들, 이야기도 얼토당토않게 만들어놓았어. 나는 그것이 기분 나빠. 할미년 원한이 더 크기 전에 없애버려야 해. 누가 할까."

슈겐부츠는 승병 부대장 산목(山木) 쪽으로 고개를 돌렸다. 네가 저지른 일이니 책임을 지라는 의미였다. 산목은 어깨를 보이지 않게 떨었다. 감히 신을 응징하다니. 섬나라 남조에서는 생각조차 해본 적이 없는 일이었다.

"너는 천왕봉으로 올라가라. 성계 부대가 있는 한 그 마고할미가 기승을 부릴지도 모를 일이다."

천왕봉에 있는 마고석상을 없애는 게 마음 편한 일이었다. 밤을 도와서라도 마고석상을 깨부수어야 꺼림칙함이 다소 누그러질 듯했다. 서리를 머금은 바람이 쉴새없이 불었다. 고쿠진급 무사가 뛰어와 슈겐부츠에게 고개를 숙였다.

"가미쇼가 올라오고 있습니다."

"요시카게도 데리고 오냐?"

하이, 고쿠진급 무사는 투구가 벗겨지도록 다시 고개를 숙였다.

"여진 장수 우르하타도?"

무사의 고개가 또 움직였다. 슈겐부츠는 우물 앞 섬돌에서 내려와 옆으로 섰고, 다른 무사들도 고개를 숙이고 아지발도가 오기를 기다렸다. 황산 정상을 오르는 거대한 그림자가 눈에 띄었다. 그 옆에 아지발도를 따르는 그림자들이 산 가득 쇳소리를 절렁댔다.

"불을 밝혀라. 이 목책을 뚫을 놈은 아무도 없다."

아지발도는 수행 무사에게 투구를 벗어던지며 어두운 산마루 풍방에 싸줌을 냈다. 얼굴을 가렸던 히쓰부리와 호아데를 떼어버리고 조모자마저 벗어던졌다. 시종자들이 서둘러 관솔을 피워올렸다.

"한 줄로 서. 개자식들아."

아지발도는 무사들에게 호령을 했다. 아지발도의 주먹이 부들부들 떨렸다. 기쿠치 부대 무사들과 황산 부대 무사들이 일렬로 도열해 섰다.

"개새끼들, 다 잡은 것도 놓쳐? 너희가 처명 부대를 안 놓쳤으면 성계도 내 손에 벌써 죽었다."

카아아아…… 머리통만 한 주먹이 무사들의 가슴과 면상을 후려갈겼다. 수염 희끗희끗한 늙은 무사들도 예외는 아니었다. 아지발도는 그들을 치고 밟았다. 주먹이 꽂힐 때마다 무사들은 뒤로 서너 발 날아가 떨어졌다. 그들은 쓰러지면서도 신음소리 없이 곧장 제자리로 돌아와 섰다. 발길질이 날아들고 잔인하게 면상을 찍어도, 그들은 반항도 없이 쇠뭉치 같은 그 모진 매를 견뎌냈다.

"잘못했습니다. 죽여주십시오."

그들은 더 매 맞기를 원하며 소리를 질렀다. 그렇게 해서라도 아지발도 신장(神將)의 분이 풀릴 수만 있다면 그들은 얼마든지 몸을 맡길 각오를 하고 있었다. 타국 땅에서의 실수는 죽음이었다. 돌아갈 배도 없고, 전쟁판에서 죽어야 그들은 살 수 있었다. 아지발도는 기운이 바닥날 때까지 무사들을 때리다가 나무에 자기 머리통을 연거푸 들이받았다.

"처명 그놈 하나를 못 잡아서…… 끝장낼 수 있는 싸움이었는데."

 아지발도의 울부짖음에 무사들은 고개를 숙이고 말이 없었다. 슈겐부츠가 그의 뒤에서 죽장을 울리고 난 후 고개를 숙였다.

 "가미쇼, 제가 서무 방어군 요시카게를 부른 것은 적의 몰살을 망친 책임을 묻기 위함입니다. 허락해주셔야 하겠습니다."

 슈겐부츠는 무리 앞에서 예를 갖췄다. 이미 결행 의지를 확고히 드러내고 있어 통보와 다를 바 없었으나 예는 필요 이상으로 깍듯했다. 슈겐부츠는 아지발도의 답을 기다리지 않고 요시카게를 세웠다. 요시카게는 투구부터 벗고 말없이 가운데로 나섰다.

 "너는 우리에게 주어진 기회를 망쳤다. 무엇으로 답을 하려고 하는가."

 슈겐부츠의 말에 요시카게는 요로이를 하나씩 풀어 땅에 떨어뜨렸다. 그의 몸에서 갑주 조각들이 다 떨어져나가자 품이 큰 고소데(小袖)만 남았다. 그는 윗도리를 벗어젖히고 칼을 뽑았다. 칼이 주위에서 울리는 잡소리들을 하나씩 발라내며 빛났다. 무릎을 꿇고 달도 없는 하늘을 우러렀다.

 "소임을 다하지 못해 피를 뿌렸소. 죽어서도 나무가 되어,

바람이 되어 가미쇼를 보우할 거외다."

 요시카게의 손목에 힘이 들어갔다. 침묵이 칼끝으로 모아졌다. 바람 끝보다도 싸늘한 숨결이 칼날 움직임을 따라 터졌다. 칼이 느리게 지나가고 있었다. 칼금을 따라서 피의 붉은 선이 그어지고 있었다. 마른 뱃가죽이 뒤집어까지듯 갈라지면서 근육들이 하나씩 끊어져나갔다. 요시카게의 몸뚱이가 뒤로 젖혀질 듯 휘뚝거리다가 이내 다시 자리를 잡았다. 배에서 피를 먹은 창자가 쏟아져내렸다. 요시카게는 신음도 없이 앞으로 고꾸라졌다.

 슈겐부츠는 합장을 하고 낮게 몇 마디 염불을 반복했다. 불꽃이 침묵을 다 태울 때까지 기다렸다가 무사들은 요시카게의 주검을 끌어 자리를 비웠다. 슈겐부츠는 허리를 굽혀 아지발도에게 우르하타를 보기를 청했다.

 "여진 장수의 귀순을 보여 우리 신군이 얼마나 강한지 알려야 할 거요."

 통어인(通語人)이 서고 우르하타가 앞으로 나섰다. 우르하타는 가슴에 주먹을 대고 고개를 숙였다. 슈겐부츠는 지팡이를 짚은 채 우르하타를 내려다봤다.

 "고마나루 마곡사(麻谷寺)에서부터 따라붙으며 공을 들여 다섯 번이나 촉접(觸接)했다. 우리는 진즉 공의 여진 부활 야망을 알고 있었기에 구태여 남조의 뜻을 숨길 필요가 없었지. 공은 이제 우리에게 무엇을 주려는가."

"나의 꿈은 여진 통합이오. 퉁두란은 여진을 배반했소. 고려는 우리의 적이오. 고려의 진법과 군형, 그리고 박멸 비법을 낱낱이 밝혀 반드시 꺾어버리고야 말겠소."

우르하타는 자신의 부대 50여 명이 빠져나와 고려군의 사기가 심하게 떨어졌다면서 독하게 콧김을 뿜었다.

"지금 당장 나를 선봉에 세우시오. 퉁두란의 모가지를 가져오리다. 저놈들을 이기려면……."

우르하타는 성급하게 고려를 꺾을 방도를 쏟아내고 있었다. 슈겐부츠가 지팡이를 들어 서둘러 막고 나섰다.

"그만하라. 그것은 나와 독대하여 풀어갈 것이다."

슈겐부츠는 아부레모노 부대장 다야스를 불렀다.

"다야스, 밥 짓는 불이 일어나는지 봐라. 그때까지 우리는 군장을 풀어서는 안 된다."

고려군 화부수가 불을 피운다면 싸움은 내일로 미루어지는 것이었나. 날은 이미 어두워졌고, 싸움이 계속될 상황은 아니었다. 그래도 슈겐부츠는 경계를 늦추지 않고 고려군의 움직임에 촉각을 빳빳이 세우고 있었다. 그는 우르하타를 따로 불러내어 대열의 뒤로 나섰다.

"너는 우리의 선물이다. 이제 보따리를 풀어봐라."

슈겐부츠의 눈은 어둠 속에서도 퍼렇게 번뜩였다. 황산 아래 정산봉 자락에서는 불빛 하나 나타나지 않았다.

"고려놈들이 우리의 터전 강동 땅을 빼앗았소. 여진족의 말이 비틀거리며 가야 할 곳은 눈 오고 밀림 가득한 북쪽 설원뿐이었소. 나는 기필코 말을 달려 이곳부터 저렇게 캄캄한 암흑 세상으로 만들어버리겠어. 그게 내가 해야 할 일이오."

우르하타의 떨리는 손끝에서 정산봉 어둠이 더욱 짙어갔다.

"고려의 전법은 간단하다 못해 무식하지. 보병 궁수들이 활을 쏜 뒤 기병이 달려 맞부딪치는 것이 전부요. 황산의 기예부대는 이미 노출되어 있고, 동무들의 병력도 드러나 있으니 아예 몽땅 합하면 되는 것이오."

지금까지는 고려군이 어떻게, 어디로 올지 몰라 전력을 분산해놓았다면, 이제는 그럴 필요가 없다는 것이 우르하타의 말이었다. 고려군은 정산봉에 있으므로, 그 부대가 공격에 나서거나 뒤로 달아나기 전에 포위하여 한꺼번에 불질러 죽이면 간단히 끝난다는 것이었다.

"고려군은 배후 세력도 전혀 없는데, 남조군은 답답하게도 정산봉 고려 본진 앞에서 되돌아가곤 했소. 왜 그랬지? 한방에 몰아붙여 끝장을 냈어야지. 지금 당장 내려가 저것들을 싸매고 불을 질러버리면 끝이오."

고려군이 밥을 짓는 사이에 몰아붙여 몽땅 태워버리라는 주문이었다. 내일을 기다리지 말고, 단 한 번으로 결전을 마무리해야 한다고 우르하타는 발을 굴렀다. 슈겐부츠는 고개를 끄덕였다. 포위해서 잡으면 확실히 이길 것이었다. 어찌해야 하는가. 오후부터 시작된 싸움이었으나 무사들은 지쳐 있었다. 고려군의 진입은 강하고 끈질겼다. 고작해야 열에 하나 꼴인 그들이 버텨내는 것이라니.

"너의 말이 맞다."

하지만 무사들이 움직일 수 있을지 그게 문제였다. 어두워진 들녘에 말을 모는 것은 낮 동안의 행군보다 몇 배 더 고단한 일이었다. 끼니도 거른 상태에서 나서는 것은 더욱 어려운 노릇이었다. 게다가 밤바람은 이미 겨울 칼바람처럼 모질었고, 모두 이빨을 부딪치며 심하게 떨고 있었다. 밥을 먹이고 나면 시간은 더욱 깊어 이동의 때를 놓칠 것이었다.

내일로 미룬다면…… 그것은 알 수 없는 일이었다. 내일 날이 밝으면 전세가 어떤 형태로 바뀔지 알 수 없었다. 슈겐부츠는 돌아서서 아지발도가 있는 곳으로 갔다.

"무사들만 남기고 주위를 물리쳐 주시기 바랍니다."

슈겐부츠가 읍을 하자 아지발도는 무거운 갑주를 끌며 군막 쪽으로 걸음을 옮겼다. 다야스와 서너 명의 무사들이 따라 나섰다.

"경계 똑바로 해."

다야스가 경계병의 목덜미를 내려치고는 군막 천을 내렸다. 슈겐부츠는 우르하타의 말을 전하면서 무사들에게 지금 나서기를 권했다.

"안 됩니다. 계속 산을 오르내리며 싸우는 통에 황산마루 우물이 다 마를 지경이오."

"지금 병사들은 창 자루 하나 들기도 힘이 듭니다. 모두 오늘 하루 싸움이 끝나고 밥 먹기만 기다리고 있는데 또 칼질이라니. 어렵습니다."

무사들이 손을 들어 만류했다. 다야스가 무사들의 말에 한마디를 더 얹고 나섰다.

"고려군은 도망칠 부대가 아니오. 저놈들은 패배만 하여도 목이 달아날 것인데 도망치기까지 한다면 사지가 찢겨나갈 거요. 싸움은 이제 시작입니다. 고려군은 죽기를 다해 덤빌 것이오. 우리는 여유를 가지고 유인하면 그만인 것을, 무엇하러 설친단 말이오. 길게 끌수록 불리한 것은 저놈들이오."

아부레모노 무사가 다야스를 거들며 나섰다.

"정산봉을 포위하는 것은 내일 해도 늦지 않습니다. 날이 밝은 다음에 불을 지르면 저것들 타죽는 것을 눈뜨고 즐길 것인데 구태여 보이지 않는 밤을 택할 이유가 없소. 재미없게……."

아부레모노 입김에 관솔불이 흔들렸다. 밤까지 말을 부리면 내일 말이 기진하여 쓸 수가 없다며 반대의 뜻을 분명히 했다. 관솔불은 모여앉은 무사들의 이마를 붉게 물들였다. 군막에 나뭇가지 긁히는 소리가 들렸다.

"누구냐."

다야스가 칼을 빼어 어두운 군막 끝에 그었다. 군막이 찢어지고 찬 바람이 들어왔다. 칼끝에 피가 배어 있었다. 다야스가 찢어진 군막을 뚫고 나가 소리를 질렀으나 산바람이 어둠을 잔뜩 끌고 와 군막을 흔들 뿐이었다. 다야스가 서너 걸음 뛰어 내려가 어둠을 헤집었으나 어떤 흔적도 발견해내지 못했다.

"들어와."

아지발도의 목청이 찬바람을 막고 나섰다. 그는 손에 든 부채를 무릎에 대고 쳤다.

"잔말 말아. 밥 먹고…… 그리고 나서는 거다."

말이 죽든 적이 죽든 기왕 시작한 싸움, 끝까지 밀어붙이겠다는 것이 아지발도의 생각이었다.

"나는 한 번 나선 길을 절대 되돌아가지 않는다. 나의 길은 요시노 조정을 위한 길이었다. 우리는 끝내 이길 것이다."

정산봉을 태우고, 그 불길을 개경까지 끌어가겠다고 그는 소리를 질렀다.

"다만……"

슈겐부츠가 갑자기 목소리를 낮추어 무리 중에 고개를 들이밀었다. 슈겐부츠의 손짓에 따라 모두 몸뚱이를 앞으로 내어 머리를 맞댔다. 슈겐부츠의 낮은 소리가 느리게 무사들의 이마를 두드렸다. 오늘 싸움은 끝났고, 내일 동이 트면 다시 한다, 그렇게 소문을 흘려라…… 슈겐부츠의 눈빛이 관솔불 위에서 칼빛으로 빛났다.

무사들의 조모자가 짧게 흔들렸다. 알았지? 슈겐부츠의 강요가 다시 한번 번뜩였다. 무사들이 일어났다. 그들은 주위에 엿듣는 자가 있는지 어둠 속을 두리번거리며 밖으로 나섰다. 슈겐부츠는 다야스를 불렀다. 다야스는 고개를 한쪽으로 기울여 슈겐부츠의 얼굴에 귀를 댔다.

"한번 제 식구를 버린 놈은 또 변심한다. 싸움이 끝날 즈음에 저 녀석을 베어라."

슈겐부츠는 턱짓으로 멀리 있는 우르하타를 가리켰다. 어차피 피가 섞일 자들이 아니었다. 북방의 말굽과 바다의 지느

러미가 섞일 수는 없는 것이었다.

"저기 보십시오. 화수부들이 불을 피우고 있습니다."

왜병이 정산봉 아래를 가리키며 소리를 질렀다. 산자락 밑에서 불꽃들이, 수십 개의 불꽃들이 너울거리고 있었다. 어둠만 가득한 아래 기슭에 불빛이 사냥감의 표적처럼 빛나고 있었다. 슈겐부츠는 발밑에 정산봉을 두고 섰다. 밑에서 오르는 불 냄새를 맡으며 코를 씰룩거렸다. 죽음의 냄새, 전멸의 비린내가 저러하리라.

날은 이미 어두워졌고, 바람은 거셌다. 오늘 싸움은 끝이 나버렸다. 어둡기 전에 그렇게 끝장을 보고자 했으나 모든 게 수포로 돌아가고 말았다. 사졸들은 밥을 짓고 가마솥 그을음이 눈에 매웠다. 장작을 지피라는 명령을 내리지도 않았는데 중앙군에서부터 솥을 걸었고, 지극한 배고픔은 전쟁의 강한 규율마저 무너뜨려, 부대마다 연쇄적으로 솥에 기장과 물을 붓게 만들었다.

가별치들이 밥 냄새에 정신이 팔린 사이에 칼부림이 서너 차례 일었고 대열이 크게 술렁거렸다. 그 틈을 타서 변안열 중앙군이 몰려들어 성계를 결박해버렸다. 상처를 싸매고 나무에 기대어 앉아 있던 성계를 급습한 것이었다. 명령체계를 무너뜨리면서까지 밥을 지었던 것은 가별치들을 교란시키기 위한 계획적 술책이었다.

"무릎을 꿇어라. 너의 고집으로 토벌을 망쳤다. 장계를 올리기 전에 네 오만한 목부터 올려 성군께 고할 것이다."

변안열의 칼끝에 성계의 목이 걸렸다. 중앙군들은 성계를 겹겹이 에워싸고 뒤늦게 진을 치고 늘어선 가별치와 대치하고 섰다. 성계는 무릎 꿇지 않았으나 중앙군들이 정강이와 허벅지를 거듭 차서 바닥에 주저앉혔다.

"너는, 왜구의 본진으로 진격하는 처명을 불러들여 공격 대열을 깨뜨려놓았다. 그것이 첫번째 죄다. 다음, 이두란 부대의 비장 우르하타가 기병을 끌고 월선한 것을 방조한 게 두번째다. 통솔할 재주도 없으면서 내 명을 어기고 단독으로 토벌을 수행한 죄가 세번째다. 토벌은 실패했다. 네가 고집한 오후 나절은 이미 끝이 났고, 많은 사졸이 큰 부상에 신음하고 있다. 그럼에도 죄를 뉘우치지 않고 있으니 그것이 네번째 죄다. 너는 변방의 개별 토족이지 한 나라의 장수가 아니다. 너의 싸움은 오로지 네 명예만 키우는 데 그 뜻이 있을 따름이었다. 그것이 다섯번째 죄다. 치욕이다. 나라가 한 놈의 공명심에 능욕을 당하다니. 얘들아, 삼봉이라는 저 주둥이도 함께 묶어라. 저자의 오리주둥이에, 변방 가별치가 이 땅의 실세인 양 신흥이라는 허망한 칼 춤판을 벌였구나."

변안열의 손가락질에 중앙군들이 정도전의 두건을 낚아채고는 칼집으로 가슴과 배를 때렸다. 정도전이 맥없이 고꾸라졌다. 포은 정몽주가 수풀을 쏠며 삼봉 앞에 나섰다. 어디에서 밥이 눌어붙는지 탄내가 번졌다.

"삼봉, 허허. 이 허무맹랑한 야욕 같으니. 날이 샌들 너희들의 세상이 올까? 토벌을 망쳐놓고 나라를 죽여가는데 신흥이 무슨 소용이며 진보가 무슨 개다리란 말인가. 뿌리 없는 천출 머슴 신돈이 그랬던 것처럼 너희도 피로써 죄값을 치러야 할 것이다."

"그건 그대 권문의 생각일 뿐이다. 아니다."

성계가 정몽주의 말을 반박하여 일어섰다. 그는 변안열을 향해 고개를 돌렸다.

"변공은 들어라. 나는 언제나 내일을 생각하지 않고 싸움판에 나섰다. 나를 죽여 국운을 바로잡는다면 언제든 비루한 명줄에 미련을 두지 않을 것이다. 하지만 수구야욕에 가득 찬 네 손에 내 목을 결단코 내놓지 않을 것이다. 너는 내 명운을 거둘 수 없다. 나는 내 사재를 다 털어 형제들을 무장시켜 이곳으로 데려왔다. 너는 무엇을 했는가. 전쟁이 끝나면, 너희는 우리를 사냥하러 다닐 것이다. 과거로, 신흥이라는 게 아예 없었던 과거로 세상을 돌려놓겠지. 안 그런가?"

두려운 것은 죽음이 아니었다. 인월역으로 달려오는 내내 성계는 자신감이 없는 스스로가 두려웠을 따름이었다. 삼봉을 만나서도 그것을 털어놓을 수가 없었다. 그래서 외로웠고, 그 짓눌림에 질식할 것만 같아 무서웠다. 신명이여, 천지여. 내가 이길 수만 있다면. 아무리 허공을 붙들어도 답은 내리지 않았다. 간절한 기원은 번번이 마른 풀잎 꺾이듯 했다. 중앙군이 성계의 면상에 발길질을 퍼부었다. 입술이 터지고 코뼈가 문드러졌으나 성계는 허리를 무너뜨리지 않았다. 정도전이 상체를 일으키고 나섰다.

"너희가 풀은 얼마든지 밟을 수 있을 것이다. 겨울마저 오고 너희가 밟지 않아도 풀은 또 말라 죽을 것이다. 불을 질러 뿌리마저 태워버린다 해도, 우수가 지나 훈풍 때가 되면, 어김없이 푸른 싹은 돋는다."

"저놈은 제가 당대 최고의 학자라고 오만에 빠져 있다. 저놈의 주둥이가 다시 나불거리지 못하도록 아예 뭉개버려."

변안열의 고함에 창 자루가 정도전의 머리 위로 쏟아졌다. 원나라 종군 파견관 박티무르가 메기수염을 꼬며 앞으로 나섰다.

"너희는 내가 여러 번의 기회를 줬는데도 그것을 흘려들었다. 어리석은 것들. 너희 목숨은 너희가 버린 것이다. 마지막으로 묻겠다. 원나라를 위해 복무해라. 그러면 너희 과오는 내가 책임지고 없애겠다."

박티무르는 허리를 낮추어 피범벅이 된 성계의 얼굴을 빤히 들여다봤다.

"그 잘난 낯짝에 힘을 안기기 전에 어서 치워라. 나를 결박 지운 것은 네놈의 잔꾀에서 비롯되었다는 것을 모르는 바 아니다. 나와 함께 나섰던 형제들이 너를 용서치 않을 것이다. 처명! 나서라. 내가 죽는다고 가별치가 사라지는 것은 아니다. 처명!"

성계가 허공에 대고 소리를 높였다. 세상은 언제나 칼끝 위의 맨발이었다. 생민들이 할 수 있는 것이란, 베어져 굴복하거나 광기로 뛰어 칼 위에 놀거나 그중 하나였다. 성계의 외침을 들은 처명이 부대원에게 투사를 명했다.

"쏴라. 반주의 터럭 하나라도 건드리면 그대로 갚아줄 것이다."

성계의 명령대로 움직이는 처명이었다. 한치의 오차도 없이 그대로 시행하여 완수하면 그만이었다. 성계의 목에 칼을 뻗은 변안열의 표정이 일그러졌다. 수장을 잡아 가별치의 무도한 방자를 휘어잡으려는 그의 의도가 비틀리고 있었다. 성계의 사병 가별치들은 훗날 고려에 반드시 걸림돌이 되고 말 것이었다. 토벌은 다시 하면 되었다. 성계를 죽이더라도 국가의 결정적 화근을 뽑지 않으면, 목숨을 걸고 지키려던 권문의 근간은 무너지고 말 것이었다. 목숨을 거는 것, 그것은 오직 식자만이 할 수 있는 고결이었다. 지금은 아니어도 좋았다. 훗날의 세상이 충절을 알아준다면 그것으로 족할 수 있었다. 나는 대은(大隱) 변안열이다. 이 나라를 끝까지 지켜내겠다.

"내가 다 멍에를 지겠다. 다 죽여도 좋다. 물러서지 마라. 저것들, 가별치는 짐승들이다. 부숴라."

중앙군사들은 방패를 들고 간극을 넓혀나갔다. 처명 부대가 쏜 화살이 중앙군의 방패에 독하게 울렸다. 몇 대의 살들이 방패 사이를 뚫고 들어갔다.

"몰사시키겠다. 비린내를 풍기는 저놈들은 우리가 변방에서 죽어갈 때 소주와 고기로 놀아난 것들이다."

처명은 활이 부러지도록 당겨 쏘았다. 두란 부대도 가세했다. 두 부대는 칼을 뽑아들고 중앙군을 향해 달려들었다. 서너 개 드러난 별빛이 쇠 부딪치는 소리에 놀라 여리게 깜박거렸다. 중앙군은 늘였던 대열을 좁히며 방패를 서로 붙였다. 변안열의 칼끝이 계속 떨고 있었다.

형제애로 똘똘 뭉친 가별치들은 중앙군과는 달랐다. 성계는 그 수효를 자꾸만 비대하게 불려나갔다. 최대의 사병을 지닌 무리였다. 중앙군들은 지휘관의 부임에 따라 임기 동안만 따를 뿐 가별치처럼 목숨을 다해 맹종하지는 않았다. 가별치를 경계해야 하는 이유가 거기에 있었다. 제거하라, 더 큰 화가 개경을 불태울 것이다. 최영의 낮은 떨림이 변안열의 등 뒤에서 울렸다. 변안열은 칼자루에 힘을 집중했다.

"이야……"

쇳소리가 터졌다. 손끝에서 무거운 금속의 진동이 울렸다. 진동은 수렁보다 더 어두운 소리로 울며 몸서리를 쳤다.

"안 됩니다."

원수 우인열이 칼로 막고 나섰다. 우인열의 이마에서 땀이 굴렀다. 성계의 죽음을 감당할 수 없었다. 우인열의 입술 끝이 떨렸다.

"싸움이 끝나고 처단해도 늦지 않을 것이오. 제, 제발."

하지만 변안열의 칼은 거듭 성계의 목을 노렸다. 그때마다 우인열은 칼날을 받아냈다.

"머, 멈추시오. 지금은 아니오."

변안열은 우인열마저 베어버리려고 칼을 그었지만, 우인열은 눈물로 막았다.

"비켜, 어쩌려고 이러는 거야."

변안열의 칼끝이 빠르게 돌았으나 다른 원수들까지 가세하는 바람에 더 이상 칼질을 할 수가 없었다.

"체찰사 거두시오."

원수들은 변알열의 팔을 붙들고 멀찌감치 떼어놓았다.

"이러다가 다 죽소. 파멸이오. 나라마저 끝장날 것이오. 성계 형공, 어서 가별치들을 수습하시오."

원수들의 소리가 다급했으나 성계는 대꾸하지 않았다. 포위망 밖에서 격렬한 싸움은 계속되고 있었다. 두란이 도끼를 들어 방패를 쳐부수며 포위망 안으로 들어가려고 거세게 밀쳐댔다. 중앙군의 포위망은 그때마다 깨어질 듯 출렁거렸다. 성계는 자리에서 일어났다. 포승줄에 묶인 팔은 뒤로 꺾인 채였다.

"변공, 너는 나를 능욕했으니 더 원은 없을 것이다. 이쯤이면 시원한 분풀이가 되었을 게야. 분이 더 남아 있다면, 나를 죽이면 된다. 기꺼이 죽을 것이다."

칼소리에 깜박거렸던 별들이 짙은 구름 속의 별을 불러 서너 개 더 얼굴을 내밀었다. 변안열은 여전히 칼을 쥐고 있었다. 성계는 그의 앞으로 걸었다.

"나는 칼이 없다. 주위를 물려라."

변안열은 칼을 쥔 채 성계를 뚫어지게 봤다. 가별치들과 중앙군이 부딪치는 병장기 소리가 요란했다. 언제 죽이든 그의 뜻대로 할 수 있을 것이었다.

"그만 멈춰."

변안열은 허공에 대고 외쳤다. 원수들이 소리를 모아 중지할 것을 명령했다. 싸움은 그래도 여전히 계속되었다. 원수들이 몇 번 거듭 외치고 나서야 병장기 소리가 줄어들기 시작했다.

"줄을 풀어라."

성계가 등을 보이는데 변안열은 그대로 있었다. 성계는 중앙군의 틈새를 밀고 앞으로 나갔다. 성계는 가별치들을 보고 멈추라고 목청을 높였다. 처명이 칼을 들어 성계의 포승줄을 끊어놓았다. 두란이 화급히 달려들어 도끼를 높이 쳐들었다.

"변안열이 나와. 이걸로 두 쪽을 내버릴 거니까. 간나새끼."

처명이 성계의 뒤를 막고서 중앙군의 공격에 대비했으나 성계는 고개를 저었다.

"그럴 것 없어. 변안열을 부르고 주위를 물려라."

성계는 내열을 벗어나 어둠 속으로 걸어들어갔다. 처명은 칼을 든 변안열을 경계하며 따라나서다가 성계의 고함에 멈춰 섰다. 처명은 변안열의 등을 노리다가 힘없이 칼을 내려놓았다. 성계의 뒤를 따라 변안열이 걸음을 떼었다. 밥 짓는 연기가 따라오지 않을 때까지 성계는 걸었다.

"나를 죽이되 조건이 있다. 전쟁이 끝난 뒤 처리해라."

"전쟁이 끝나면? 흥…… 뒈지기가 겁이 났던 게지?"

변안열이 이빨 사이로 비웃음을 흘렸으나 성계는 그의 말을 받지 않고 그냥 이었다.

"너는 나의 적수가 되지 못한다."

성계는 무거운 눈빛으로 변안열을 누르고 있었다.

"그따위 용렬함으로 나를 모욕해서는 안 될 것이다. 어쨌든 싸움이 끝난 뒤 네 마음대로 나를 처리하면 된다. 다만……."

성계는 좌우의 어둠을 둘러봤다. 주위에는 풀잎 스치는 소리조차 들리지 않았다. 성계는 낮게 말을 이었다.

"말미를 멀리 잡지 않겠다. 오늘 밤까지만이다."

"가소로운…… 저녁까지만이라고 장담을 하더니 이제 또 밤이라니."

변안열은 땅에 칼을 박았다. 토벌이 끝나고 성계를 놓친다 해도 그를 처단할 방법이 없는 것은 아니었다. 내일 베든 며칠 뒤 문초 끝에 죽이든 집행은 언제든 실행할 수 있었다.

"내 손으로 피를 보지 않아도 너는 죽게 되어 있다. 네 졸개들에게 약속해라. 내일은 지휘권을 본래대로, 나에게 넘긴다고."

성계는 대답 대신 고개를 끄덕였다. 찬바람이 목덜미를 서늘하게 얼리며 지나갔다. 성계는 어스름 속 변안열을 바라보며 말했다.

"네가 지켜야 할 것이 있다. 오늘, 내가 무슨 일을 꾸며도, 무슨 명령을 내려도, 나서서는 안 된다. 간자들이 너무 많다. 계획이 드러나면 너도 간인이다."

변안별은 말없이 칼을 뽑고는 허공에 휘둘러 바람을 갈랐다. 변안열은 먼저 돌아섰다. 베어진 풀잎들이 마른 바람을 타고 날렸다.

수백 개의 달이 떠오르고

 진영은 소란스러웠다. 가별치와 중앙군이 또 싸움을 벌이는 것은 아니었으나 자욱한 연기 속에서 난데없는 왜적이 출현했기 때문이다. 병사들은 아무렇게나 주저앉아 주먹밥을 베어먹었고, 장작불은 아직도 불꽃을 그대로 머금고 있었다. 수런거리는 병사들 사이로 말 한 필이 들어왔다. 장창을 거머쥔 왜병 한 명이 비틀거리는 말굽소리를 끌며 들어섰다. 왜병은 두 손을 높이 들고 싸울 뜻이 없다는 것을 밝혔다.
 "천호를 만나게 해주시오."
 왜병은 고려말을 정확하게 뱉고 있었다. 투구가 떨어져나갔다. 사카야키 머리가 어둠 속에서 빛났다. 하급 무사였다.

가별치들은 왜병을 엎어놓은 채 화풀이하듯 발길질을 되게 했다. 성계는 나뭇등걸에 엉덩이를 붙이고 밥을 먹다가 소란에 자리를 털고 일어섰다. 배극렴은 아까부터 보이지 않았다. 성계는 종사관 배극렴을 찾아보라며 옌즈하라에게 일러두고 소란이 이는 곳으로 걸었다.

"이 녀석이 겁도 없이 들어와 천호를 뵙겠다고 하기에 작신 패주고 있는 겁니다."

사졸이 창대를 거꾸로 쥐고 왜병을 후려갈겼다. 성계는 매질을 중단시키고 왜병을 불렀다. 왜병은 조모자도 없이 사카야키 형의 맨머리였다.

"내가 천호다. 왜 나를 보려고 한 거지?"

"저는 고려인 장목이라고 합니다. 양장목."

무사는 무릎을 꿇고 절을 했다. 성계는 주먹밥을 손으로 뜯어먹다가 눈을 크게 떴다. 양장목?

"제 고향은 운봉이고 노예로 끌려갔습니다."

성계는 고개를 갸웃거리다가 너털웃음을 터뜨렸다.

"왜석 무리 중에 웬 놈의 운봉 출신이 이리도 많은 거냐. 저 녀석도 양장목이 아니었어?"

성계는 중앙군 진영의 어둠을 손가락으로 가리켰다.

"이런 가짜 새끼."

병사들의 매질이 쏟아졌다. 왜병은 매질을 고통스럽게 견디며 자신의 말을 들어보라고 하소연했다.

"들어보시오. 말하리다."

하지만 가별치들의 매질은 그치지 않았다.

"듣자."

성계는 손가락에 묻은 밥풀을 입 안에 넣었다. 왜병은 고개를 들어 성계를 봤다. 눈에 물기가 가득했다.

"저는 분명 양장목이올시다. 나와 같은 이름자가 또 있다면 대면시켜주시기 바랍니다. 내가 미친놈이지, 내가."

왜병은 어깨를 흔들며 물기를 떨어뜨렸다.

"왜놈들이 남원성을 공략하고 후퇴하면서 이곳 출신의 병사를 찾았습니다."

왜병은 손을 들어 자신이 운봉 출신임을 밝히자 끌고 가 집안 내력을 샅샅이 캐물었다고 했다. 털어놓는 대로 다 듣고는 그들은 아무런 말도 하지 않고 그냥 지휘부로 돌아갔다.

"그런데 그놈들이 박순이를, 닷새 전이었지요. 끌어다가 아이를 빼앗고 여럿이서 여자를……."

왜병은 말을 잇지 못하고 가슴을 두드렸다. 자신이 미친놈이라며 바닥에 이마를 찧었다.

"박순이가 미쳐버렸소. 말하지 않았어야 했는데. 아이도 불태워 죽여버리고. 그런데 누가 왔다고요? 또 다른 내가 여기에 왔다고요? 나는 도저히 저것들과 함께 견딜 수가 없어 벼르다가 겨우 이제야 탈출했는데. 어떤 놈이 대체 나타났다는 거요?"

왜병이 울부짖는데 두란이 모질게 발을 날렸다.

"똑같은 일로 두 번 속을 바보는 없다. 허튼짓 그만둬. 언니, 이 간나 모가지를 당장 날립시다. 미즈류 저놈 말을 듣고 박살이 났고, 이번엔 또 요놈이 기어들어와 무슨 수작을 벌이려는지."

가만두지 않겠다며 두란은 도끼를 집어들었다. 두란의 성화는, 성계의 말을 어기고 고집을 부려 변안열과 함께 적진을 친 것에 대한 미안함을 대신하고 있었다. 두란은 여태 큰일을 저지르고도 성계 앞에서 제 잘못을 입에 담은 적이 없었다. 그렇다고 적당히 눙치는 것은 더욱 아니었다. 적극적인 옹호나 밀착으로 늘 그것을 대신하곤 했다. 성계를 사지로 몰아넣은 죄책감과 비장 우르하타가 월선해버린 분노가 사납게 교호하여 왜병에게 도끼를 들이대는 것이었다.

"박순이를 미치게 만든 것은 나요. 고려 용자에게 대가리라도 떨어뜨릴 수 있다면, 그래서 박순이에게 용서를 받을 수만 있다면……."

두란은 왜병의 뺨에 도끼를 댔다. 날이 닿기만 했는데도 살이 쩍쩍 갈라지고 있었다. 왜병은 두란의 도끼날을 두려워하지 않았다. 횃불에 비친 왜병의 눈물은 두란의 도끼날보다 더 차갑게 빛났다.

"미즈류를 데려와."

성계는 바위에 걸터앉았다. 옌즈하라가 뛰어서 중앙군의 진열로 갔다.

"종예가 돌아왔습니다."

가별치들이 종예를 부축하여 성계 앞에 세웠다. 종예의 팔과 가슴에 부상이 깊었다.

"군막에서 밀담을 하는 것을 들었습니다."

종예는 피를 너무 많이 흘려 제대로 몸을 가누지 못했다.

"저들은 밥을 먹고 정산봉을 친답니다. 포위하여 불바다를 만든다고 합니다."

가별치들 사이에서 술렁거림이 일었다. 적이 포위해버린다면 겹겹의 화벽을 견딜 수 없을 것이었다.

"우르하타의 소행입니다."

종예가 다리에 힘을 잃고 쓰러졌다. 사졸들이 종예를 눕히고 천을 가져와 상처를 동여매었다. 옌즈하라가 미즈류의 등을 밀치며 돌아오고 있었다. 미즈류는 부상이 큰 탓에 제대로 걷지 못하고 비틀거렸다. 옌즈하라는 뒤에서 밀다가 몸을 돌려 앞에서 잡아끌었다.

"네가 양장목이야? 너는 대체 어떤 놈이야. 내 혼백을 훔쳐 먹은 자식."

왜병이 미즈류를 보고는 달려들어 주먹을 뻗었다. 왜병은 주먹에 분노를 너무 무겁게 실어 목표물을 제대로 맞히지 못하고 헛손질만 하고 말았다. 사졸들이 왜병의 목을 잡아 성계 앞에 꿇어앉히고, 뒤이어 미즈류를 잡아 눌렀다.

"이놈이 무사도 몰라보고. 세상 미련 다 버린 나에게 다시 쓴물 토하며 나불거리게 하지 마라."

미즈류는 옌즈하라에게 끌려오면서 귀순 왜병의 이야기를 이미 듣고 있었다.

"은행나무골 돌다리 건너 네번째, 초가를 지나 짚무더기 우거진 공터 그 길로 올라 외딴집. 나는 거기에서 방바닥 지푸라기를 씹으며 컸다. 나는 어렸을 때부터 맹세했어. 박순이 등짝에 난 붉은 반점처럼 떨어지지 않고 끝내 달라붙어서 평생 한 몸으로 살겠다고. 네가 나를 사칭해 이름을 가져가도 좋다. 그러나 박순이만은 안 된다. 박순이는 저승까지 가져갈 이름이다."

미즈류는 주름살에 노기를 가득 실었다. 왜병은 사졸의 허리춤을 더듬거리며 칼을 뽑으려고 했다.

"저것의 목을 치면, 다시 더러운 입에서 박순이 이야기가 나오지 않겠지."

사졸들이 밀치는 바람에 왜병은 칼을 뽑지 못했다. 왜병은 목젖이 보이도록 입을 크게 벌리며 악을 썼다. 손으로 갈고리를 세워 미즈류에게 달려들었지만 사졸들이 막아서 힘을 쓰지 못했다. 마른 풀을 차며 헛발질로 화를 대신할 뿐이었다.

"저것들을 치워."

성계는 둘을 한쪽으로 데려가도록 했다. 성계는 그들의 다툼을 귀담아듣지 않았다. 패장 하나를 붙여두고, 그들을 지켜보라 일렀다.

밝혀둔 횃불이 산기슭을 따라 길게 늘어져 있었다. 황산에서 내려온 바람은 횃불을 조급하게 흔들어댔다. 주먹밥을 서둘러 먹은 가별치들은 무슨 명령이든 떨어지기만 기다렸으나, 소리 높여 진군을 호령하는 소리는 어디에도 들리지 않았다. 병사들은 수군거리며 성계가 있는 곳만 바라봤다. 성계 주위를 에워싼 횃불은 산바람에 불똥을 떨어뜨리며 너울거렸다. 성계는 정도전의 부은 얼굴을 보고 있었다. 피멍든 눈두덩 아래에 긁힌 자국이 선연했다.

"군사 선생, 오늘은 칼바람을 많이도 마셨소. 숨을 뱉을 때마다 핏덩이가 한줌씩이오 그려."

정도전은 일그러진 얼굴을 들어 성계와 눈을 맞췄다.

"이 땅엔 피를 먹지 않고 자란 것은 아무것도 없소. 성계 공이 끝내 답을 하지 못하니, 우리의 꿈은 한낱 풍운이라는 건가?"

정도전의 눈빛이 매섭게 변하고 있었다. 성계는 낮게 신음을 토했다.

"천답 말이오?"

정도전은 침묵했다. 그의 침묵은 이글거리며 성계의 가슴을 태워버리고 있었다. 성계는 또 한 번 신음을 토했다.

"선생, 나는 오늘만 해도 세 번이나 목숨을 버렸소. 아지발도의 치도에 찍혀가면서 하늘을 우러렀는데 천답은 없었소."

정도전은 부어오른 뺨 한쪽을 떨고 있었다.

"실망이오. 깨치지 못한 자는 끝내 무너지고 말 것이오. 성계공이 살아야 했던 이유가 사라진 셈이오. 그러기에 오랜 어둠을 걷어내는 일은 처음부터 어려운 일이었던가보오이다."

정도전 눈가에 쓸쓸한 그늘이 깊었다. 정혁을 이루기 위해 달려온 천리 길이 헛되이 짙은 어둠에 묻히는 것만 같았다. 어둠이 오고, 밤이 오고, 또 깊은 암흑이 반복되리라.

"나는 이미 다 버렸소. 오늘만 해도 몇 번 죽었는데 더 집착

할 게 무엇이 남았겠소. 나는 절명의 순간에 무엇인가 차갑고 무거운 것이 가로막고 있었다는 것을 느꼈소. 가없고 드높은 것. 쇠 벽과 같은. 그것은 이(異)였소. 절망, 위협 말이오. 고려 천지를 뒤엎을 명운의 위핍. 나는 그것을 봤소."

성계의 부어터진 입술이 떨렸다. 땅을 내려보던 정도전이 고개를 들었다.

"뭐 말이오?"

횃불이 정도전의 동공 속에서 번뜩이고 있었다.

"지금은 재(災)의 끝이었소. 재앙 말이오. 절망의 이(異) 끝에 모든 재보다도 더 큰 이(異)의 폭풍이 하늘 위에서 떠돌고 있는 것을 봤다는 것이오."

"그래서?"

"일월의 휘광이 필요했소. 죽음이 나를 덮어도 뻗쳐야 할 광막한 빛, 그것이 있어야 했소."

"어떻게 말이오?"

정도전은 몸을 돌려 성계를 향했다.

"믿음이지요. 내 이목구비가 여태 받아들였던 총명을 의심하지 않는 일이 필요했던 거요. 그 믿음이 세상을 구하고, 나의 동지를 살리고, 종내는 허덕이는 고려의 숨통을 끊어 무엇인가로 바꾸는 일이 가능하겠다는 생각이었소. 나는 천에게 맹서했소. 지금은 세상의 안팎에서 불타오르는 이(異)를 저 지리산 밖 멀고 먼 바다로 끌어다 수장해야 한다고. 그러면서 나는 정신을 잃고 말았소. 이게…… 삼봉 선생이 말하는 천답이오?"

성계는 어둠을 응시했다. 피멍든 얼굴이 더 뜨겁게 달아오르고 있었다.

"그럼 하늘은 누구를 위해 존재하는 것이오?"

수런거리던 사졸들도 어둠 속에 선 채 또 다른 어둠이 되어가고 있었다. 황산은 어둠을 타고 사태를 이루어 정산봉을 덮칠 듯했다.

"아무런 관계가 없는 것이오."

"그렇지요?"

정도전은 성계의 대답에 고개를 끄덕였다.

"그것을 깨닫지 못한 자들이 저기에 있소이다."

정도전은 중앙군이 있는 곳을 바라보며 손가락을 뻗었다.

"그러기 때문에, 저들의 사고와 행동 그리고 양식은…… 반 천년이 지나도록 언제나 그대로였던 것이오. 저들은 하늘은 인간을 위해 있다고 굳게 믿고 있다오. 그러기에 국가의 치란은 하늘에 달려 있다 하고 모든 것을 운명 탓으로 돌리게 만들었다오. 백성을 굴욕의 노예로 지내도록 여태껏 현혹시켰던 것이외다. 하늘을 빙자한 기만이요, 모든 이욕을 저희들끼리 독차지하려는 고약한 술책이었던 거요. 하늘은……"

정도전은 기침을 했다. 핏빛 가래가 쿨럭 솟아나왔다.

"하늘은…… 개인의 운명이나 나라의 성쇠와는 그 어떤 관계도 없소. 문제는 우리요."

성계가 대신 말을 이었다. 지금의 곤궁은 스스로의 칼로 헤쳐 거꾸러뜨리는 것이 옳다며 힘을 줬다.

"공은 나를 믿소?"

정도전의 충혈된 눈을 피하지 않고 성계는 고개를 끄덕였다. 정도전은 눈에 강기를 풀지 않았다.

"보시오, 저 군사들."

어둠 속에 서성거리는 가별치들이 보였다.

"고려의 흥기를 위해 하나뿐인 목숨을 걸고 여러 부족의 형제들이 몰려들었소. 고려는 부족 하나로 일으킨 국가가 아니오. 우리는 그것을 잊지 말아야 하오. 이제 저들과 다시금 손을 잡고 영구 우애를 나누며 칼과 활을 들어야 합니다. 우리는 이제 시작인 것이오. 여명의 길을 헤쳐야 하오. 길이 너무 멀어 각오해야 할 것이오."

반나절…… 세 번이나 목숨을 내놓은 성계의 얼굴은 더욱 늙어 보였다. 그러나 그의 눈빛은 더없이 깊었고 빛나고 있었다. 정도전은 성계에게 읍을 하며 고개를 숙였다. 성계도 화급히 몸을 추스르며 읍으로 답했다. 둘 사이에 정적이 흘렀다.

"적이 밥을 다 먹었습니다."

간인이 어둠 속에서 소리를 질렀다. 어둠이 크게 출렁거렸다. 가별치들이 숨을 크게 쉬며 긴장하고 있었다. 창이, 칼이, 그리고 도끼들이 어둠의 물결에 움찔거렸다. 왜적이 쳐들어오는 일만 남았다. 황산마루가 검은 기운을 차갑게 뿜어대며 울고 있는 듯했다. 지리산 능선의 마루금이 뿌연 하늘빛에 어둡게 겹겹이 뻗어 있었고, 그 아래 막막한 어둠이 구릉과 평원을 눌렀다.

"영공은 지금까지 몇 번의 목숨을 보태며 시간을 끌어왔소. 어떻소. 이제 마지막으로 목숨을 한 번 더 걸어야 하지 않겠소?"

횃불 빛에 정도전의 얼굴 음영이 강하게 도드라졌다. 성계가 터진 입술을 지그시 깨물었다. 정도전이 다시 입을 열었다. 그의 입에서 가느다란 불꽃이 튀는 것만 같았다.

"이게 내 마지막 제랴이오. 나는 이제 더 가진 것이 아무것도 없소. 그럼 이제, 내 뜻에 우리의 명운을 맡겨보시겠소?"

바람이 횃불을 꺼버릴 듯 사납게 몰아쳤다. 성계는 고개를 끄덕였다. 두건이 풀어져 날렸으나 정도전은 그것을 잡지 않았다. 정도전은 바위처럼 그대로 서서 황산을 올려다보고 있었다.

"전원 퇴각한다! 장비를 빠짐없이 챙겨라."

패장들이 말을 몰며 진영을 바쁘게 돌았다. 가별치들은 느닷없는 철군 명령에 불만을 터뜨렸으나 패장들이 세게 몰아치는 바람에 병기를 챙길 수밖에 없었다. 급작스러운 철군에, 정산봉 기슭에 숨을 죽이고 있던 향민들이 놀라며 탄식했다.

"이렇게 그냥 떠나시면 어찌해야 합니까. 우리는 어디로 간단 말이오."

촌로들이 패장이든 병졸이든 가리지 않고 붙들며 울음을 터뜨렸다. 그들에게 답하는 군사는 아무도 없었다. 고려군들은 병장기를 주워모으며 묵묵히 짐을 꾸렸다. 화부수들은 우마에 솥단지와 그릇을 챙겼고, 취타수들은 징과 북, 그리고 나각을 실어나르느라고 부산을 떨었다. 중앙군들도 영문을 모른 채 가별치들의 움직임을 지켜보고 있었다.

"가별치들이 왜 저러는 거요. 실성을 했나? 비겁이 극에 달한 종자들."

정몽주는 수염을 떨며 발을 굴렀다. 변안열은 팔짱을 낀 채 눈썹을 일그러뜨렸다.

"떼죽음을 자초할 인간들이오. 성계가 오늘밤까지로 못을 박았으니 그때가 지나면 잡아들일 것이오. 버거웠나보지? 스스로 포기하고 포승줄에 묶일 준비를 하고 있으니. 우리는 시각만 세면 됩니다."

변안열은 중앙군에게 명령을 내려 철군을 서두르라 했다. 중앙군의 대열에서, 남원성 보병부대의 무리에서 몸을 감추며 어둠 속으로 사라지는 그림자들이 몇 개 눈에 띄었다.

"저것들을 잡을까요?"

성계 옆에서 옌즈하라가 짙은 어둠을 가리켰으나 그는 고개를 저었다.

"아직은 아니다."

왜적의 세인들이 황산 숲으로 기어들다가 금세 사라져버렸다. 처명 부대가 서무와 황산 기슭까지 길게 돌며 전장을 정리하고 돌아왔다. 성계는 부대를 모아 정렬시켰다.

"향민들도 모아 한 곳에 있도록 해."

패장이 두려움에 떨고 있는 향민들을 비탈에 몰아서 조용히 하라고 소리를 실렀다. 성계는 모두를 향해 외쳤다.

"우리는 철군한다. 병력을 모아 다시 올 것이다."

그때 무리 중에서 소리를 지르는 자가 있었다.

"왜 가야 합니까. 기껏 반나절 만에 돌아서려고 그토록 오랫 동안을 달려왔습니까?"

불만이 가득한 목소리였다.

"저 녀석을 끌고 와."

성계는 화를 내며 병사의 쇄자갑에 칼을 그었다. 칼날에서 불꽃이 튀었다. 몸이 상하지는 않았으나 병사는 칼에 밀려 뒤로 넘어졌다. 병사는 연이어 그어질 칼날을 두려워하고 있었다. 성계는 목을 내려칠 듯 칼을 뻗었다가 멈췄다.

"어느 누구도 철군 명령에 불만을 터뜨려서는 안 된다. 내가 그자를 찾아 베어버릴 것이다. 내가 말하면 무조건 듣고 움직이기만 하면 된다. 떠나기 전에 할 일이 하나 있다. 왜적의 손에 죽은 원혼들을 달래는 일이다. 망자의 혼불을 올려 구천에서 떠돌지 않도록 할 것이다."

성계는 촌민 중에 사연이 깊은 자를 데려오도록 하여 먼저 망제를 올리도록 했다. 향민 몇이 난이를 데리고 왔다. 난이는 절름거리는 다리를 끌고 섰다.

"악아, 네 엄마한테 작별 인사를 해라."

아낙이 난이의 뺨을 어루만지다가 손을 꼭 잡아줬다. 성계는 가별치 중에서 옌즈하라를 불러 제를 올리도록 했고, 미즈류와 왜병도 데려와 서 있도록 했다.

"너희도 망제를 올려라. 네놈들 손에 죽은 고려군과 생민들이 한둘이 아닐 것이다."

성계는 그들을 나란히 세웠다. 제물도 향도 없었다. 빈손으로 서서 그들은 바람을 맞고 있었다.

"흥, 겨우 한다는 짓이……."

변안열과 정몽주는 멀리서 코웃음을 쳤다. 가별치 몇이 칠팔 척이 넘는 둥근 물체를 바스락거리며 굴리고 왔다.

"불을 붙여라."

패장이 실처럼 꼰 한지 끝에 불을 붙여 둥근 물체 안에다 댔다. 공은 발그레하게 빛을 내기 시작했다. 풍등(風燈)이었다. 커다란 풍등이 불을 밝혀 거대한 빛을 가두고 있었다. 가는 대나무를 둥글게 엮은 종이 속의 불빛은 온화했다. 등의 아래에 굳은 기름을 대어 심을 세웠고, 거기에 불을 붙이자 등은 망자의 혼불인 양 빛을 발했다.

엄마아…… 난이는 흐느꼈다. 등의 붉은 빛이 어미의 볼이라도 되는 양 거기에 대고 뺨을 비볐다. 아이의 손등에서 눈물이 떨어졌다.

"엄마, 나무토르 아저씨 잘 끌어주세요. 니무토르 아저씨, 잘 가요. 우리 엄마 울지 않도록 해주세요."

아이는 말을 잇지 못했다. 한참이 지나서야 아이는 입술을 움직였다.

"엄마, 잘 가. 엄마를 보고 싶을 땐 어떻게 하지? 지리산 덕두봉에 뜨는 달을 보고 엄마 생각할까? 나, 이제는 안 아플 거야. 고뿔을 달고 다닌다고, 다리를 절름거린다고 놀려도 울지 않을 거야. 병신이라고 돌을 던져도…… 엄마, 단 한 번만이라도 안기고 싶어. 가면 안 돼. 나야 엄마, 난이, 간난이. 간난이라고……."

풍등 속의 불꽃이 흔들렸다. 풍등의 빛이 점점 밟아지며 어둠 속에서 또렷했다. 아이는 풍등을 놓쳤다. 풍등이 둥실, 거대한 빛을 거느리며 위로 떠오르고 있었다. 느리게 바람을 타고 한쪽으로 휩쓸리다 조금씩 솟아올랐다. 세상과 작별하길 꺼리듯 더디게 오르며 풍등은 주위를 돌았다. 아이는 절름거리며 풍등을 잡으려고 손을 뻗었다. 나무뿌리에 걸려 넘어졌다. 아이는 울음을 터뜨렸다.

"엄마, 가지 마. 날 잡아줘."

가지 말라고, 내려오라고 아이의 목청이 갈라졌다. 난이의 뒤에서 몇이 흐느꼈다. 풍등은 바람을 뚫고 곧게 오르기 시작했다. 달보다도 밝고 큰 빛이 주위의 어둠을 빨아들이며 오르고 있었다. 장엄한 침묵이, 숭고한 염원이 떠오르고 있었다. 풍등은 하늘을 가득 가리며 올랐다. 이별하고 싶지 않은 마음을 접으며 아이는 어미를 그렇게 보내고 있었다. 잘 가! 황산이 울리고 검디검은 지리산이 낮게 메아리를 울렸다. 풍등이 황산 위로 높이 떠오르고 있었다.

엔즈하라가 풍등에 불을 붙였다. 그는 그것을 두 손으로 받쳐들고 하늘을 우러렀다. 이번에도 사람 키가 넘는 커다란 풍등이었다. 예닐곱 명이 풍등을 둘러싸고 같이 들어줬다.

"나무토르, 우수루, 커르차…… 우리는 이제부터 너희를 위해 목숨을 던지겠다. 너희 이름 하나하나에 목숨을 바쳐 저것들을 반드시 깨뜨릴 것이다. 너희는 이 등불로 떠올라 달이 되어 싸움을 지켜봐달라."

엔즈하라는 죽은 동료의 이름을 불러나갔다. 사내의 굵은 목청이 풍등을 떠밀어올리고 있었다. 두번째 풍등이 먼저 것을 뒤따르며 올랐다. 두 개만 떠올라도 하늘을 가득 메운 듯했다.

"너희도 해."

가별치들이 미즈류와 왜병에게 풍등을 안겼다. 불을 붙이고 가슴속의 소원을 말하라고 했다. 그들은 모두 죽은 고려군의 명복을 빌고, 죽은 사나다 없는 박순이의 평안을 빌며 풍등을 올렸다. 눈물을 흘리며 주저앉아 멀어져가는 둥근 등을 하염없이 올려다봤다. 미즈류의 울음이 왜병의 것을 누르고 크게 퍼졌다. 가별치들도 불을 붙여 풍등을 날렸다. 동료의 죽음 속에 그들의 삶도 같이 엉켜 붉은 등으로 떠오르고 있었다. 크고 작은 풍등이 하늘의 공간을 서로 다투며 떠오르고 있었다. 천 개 가까운 풍등이 소리 없이 올랐다. 달도 없는 밤에 수백 개의 달들이 올라 막막한 산골짜기 위로 떠올랐다.

"가자, 우리는 여기를 떠난다."

성계가 말머리를 돌렸다. 각 부대별로 황산을 벗어났다. 중앙군을 먼저 내려보내고 보병을 보냈다. 그리고 뒤에 두란 부대, 처명 부대 순으로 행군하도록 했다. 성계 부대가 후미에서 천천히 비탈을 내려섰다. 길고 긴 횃불이 지네의 꿈틀거림처럼 느리게 들녘을 가로지르고 있었다.

성계는 옌즈하라를 불렀다. 그는 옌즈하라의 귀에 머리를 기울였다. 주위는 말굽소리만 울렸다. 옌즈하라는 고개를 끄덕이고는 패장 몇을 불렀다. 패장들이 짧게 고개를 숙이고 다시 대열 속으로 흩어졌다. 밤새가 무엇을 덮쳤는지 대열 밖 어둠 속에서 날개 파닥이는 소리를 냈다. 대열이 지나간 자리에 몇 구의 시체들이 뒹굴었다. 그들의 등 뒤에 소리 없는 수백 개의 달이 하늘을 가득 메우고 있었다.

"이제 간자는 더 이상 존재하지 않는다."

정도전이 고삐를 늘어뜨리며 말의 흔들림에 몸을 맡겼다. 달도 없는 그늘에 숲의 그림자도 길게 누웠다.

"놈들이 퇴각하고 있습니다."

그들은 숨을 헐떡거리며 슈겐부츠 앞에서 고개를 숙였다. 곁에 있던 우르하타가 벌떡 몸을 일으켜 주먹으로 나무를 쳤다.

"녀석들이 왜 가는 거야. 우리 계획이 누설되지 않고서야 그럴 리 있나. 내가 뭐랬어. 바로 쳐야 한다고 성화를 부렸는데도 뭉그적거리더니 다 놓쳐버린 것 아닌가."

솔잎 몇 개가 떨어졌다. 지금 잡지 않으면 고려군이 세를 불려서 온다며 나서자고 우르하타는 슈겐부츠를 잡아 일으켰다. 슈겐부츠는 우르하타의 손을 치며 옷매무새를 바르게 잡았다.

"무례한 자구나. 내 몸에 함부로 손을 대다니. 물러서."

슈겐부츠는 죽장을 뻗어 우르하타의 목을 찔렀다. 우르하타는 컥, 숨도 제대로 쉬지 못하고 모로 쓰러졌다. 슈겐부츠는 간자들에게 눈길을 돌렸다. 이마의 주름이 일그러졌다.

"너희는 왜 올라왔느냐, 그것도 한꺼번에."

"적이 퇴각하고 있어서 더 이상 저곳 동정이 필요 없을 듯 했습니다."

"필요 없어? 이젠 아예 너희들 마음대로 결정해버리는구나."

슈겐부츠의 가슴이 거칠게 부풀어올랐다. 간자들은 슈겐부츠의 입에서 어떤 말이 떨어질까 두려워하고 있었다. 슈겐부츠는 죽장으로 땅을 때리고는 아지발도 쪽으로 향했다. 그는 아지발도에게 허리를 숙였다.

"모두 나서야겠소. 한 사람도 빠짐없이 나서서 뒤를 쳐야 하오."

울돌치를 벗어나기 전에 몰아야 한다며 슈겐부츠는 입술을 단단히 물었다. 포위는 어렵겠지만 성계를 죽일 수만 있다면 싸움은 당장 끝장이 나는 것이었다.

"서두르시오."

슈겐부츠는 아지발도의 등을 두드렸다. 아으…… 아지발도의 입이 한껏 벌어졌다. 두 주먹을 쥐고 크게 소리를 질렀다.

"고려놈들을 친다. 모두 말에 올라."

황산마루가 크게 술렁거렸다. 소란이 어둠을 뒤집으며 칼날처럼 살기를 드러냈다.

"저게 뭐야."

정산봉 쪽에서 빛들이 솟아오르고 있었다. 혼령들처럼, 잠들지 못한 원혼의 웅얼거림처럼 풍등이 떠올랐다. 하나, 둘…… 아니 수백 개의 풍등이 소리 없이 허공으로 떠오르고 있었다. 산마루 바로 눈앞에서 풍등 무더기가 소리도 없이 빛을 내며 떠 있었다.

"풍등을 올린 겁니다. 진혼을 위한 것이지요."

"괴이한 짓거리도 다 있구나. 고려놈들은 죽으면 다 귀신이 되는가보지?"

아지발도는 등자에 발을 걸치고 힘을 줬다. 풍등이 손에 잡힐 키 높이에서 맴돌았다. 아지발도는 활을 잡아 쏘았다. 풍등 몇 개가 터져 모로 기울었다. 풍등이 산기슭에 떨어져 불이 번졌다. 왜병들이 밟아 불을 껐다. 몇 개의 풍등은 나뭇가지에 걸려 혼불을 피워대고 있었다. 수백 개의 빛들이 왜적 진영을 굽어보며 유령의 소리를 내는 것만 같았다.

"저것들이 징징거리지 않도록 모조리 쏘아 떨어뜨리고 싶구나."

아지발도가 활을 내려놓는데 뒤에서 바람 가르는 소리가 매서웠다. 수백 개의 번개가 꽂히는 듯 눈부신 빛들이 날아들었다. 빛들이 황산 뒤에서부터 포물선을 그리며 왜적들 앞으로 쏟아졌다. 군막이 순식간에 타오르고 왜병의 등에 커다란 불이 번졌다.

"아으아! 대체 어디서 불이 쏟아지는 거냐."

왜병들은 말에 오르지 못하고 불덩이를 피해 도망쳤다. 아지발도는 날아드는 불덩이를 치도로 쳐냈다. 불덩이가 뒤집히며 땅에 꽂혔다. 철화시(鐵火矢), 그것은 분명 화살촉에 불을 매단 화전(火箭)이었다. 아지발도는 땅에 허리를 기울여 그것을 뽑아들었다. 구멍 난 촉에 기름기 축축한 닥나무 껍질이 꿰어져 있었다. 불길은 쉽게 꺼지지 않았다.

"교활한 것들, 정공이 꺾이니 꼼수를 쓰는구나. 도망치는 척하면서 뒤통수를 쳐?"

아지발도는 서북면의 능선에서 철화시가 날아드는 것을 보면서 그리로 말을 몰았다.

"가미쇼, 이쪽입니다."

병사들의 아우성이 터졌다. 목책을 3겹 두른 입구 쪽에서도 불길이 번지고 있었다. 앞에서도, 뒤에서도 철화시가 날아들어 산성 전체를 불바다로 만들고 있었다. 하늘 위로 떠오른 원혼의 풍등이, 맹렬히 타오르는 왜적의 군진을 굽어보고 있었다. 말들이 불길에 놀라 날뛰며 함부로 휩쓸려다녔다.

"정신 차려. 모두 이쪽으로 와."

아지발도가 소리를 질렀으나 왜병들은 번지는 불길 속에서 이리저리 흩어질 따름이었다. 날아오는 것은 화전만이 아니었다. 불화살 사이로 검은 살이 쏟아졌다. 왜적들은 야음에 보이지 않는 살을 맞고 쓰러져갔다. 쇄애애…… 목 잘린 수천 마리의 독사가 소리내는 것처럼 살 날아다니는 소리가 산마루를 덮쳤다.

성계는 황산마루 건너에서 불꽃이 벌겋게 오르는 것을 보고 있었다.

"군사 선생, 온통 불바다구려. 거대한 풍등을, 천 개 가까운 저 빛덩이들을……."

성계가 정도전을 돌아보자 그는 고개를 끄덕였다. 성계는 처명 부대를 돌려세우고 황산지로를 치며 올라가라고 명령했다. 처명은 느닷없는 명령에 놀라 멈칫거렸다. 성계가 처명의 등을 두드렸다.

"올라가. 이제부터 진짜 싸움이야. 저곳 황산은 본래 당월리 백정 청년이 물을 마시며 기력을 다졌던 곳일세. 용비늘이 있는 장수였다지? 청년은 역모를 한다고 모함을 받아 죄를 받아 죽었어. 지금은 왜적 아지발도가 저곳을 차지하고 있지. 백정 장수의 억울함을 풀어주고 그 순결한 의기를 다시 살려주어야 하지 않겠어?"

불화시를 쏘아대는 부대는 배극렴의 부대였다. 성계와 정도전의 부탁을 받고 배극렴은 남원성 잔존부대원을 이끌고 서북면 능선에 매복하고 있었던 것이다. 떠오르는 풍등이 바로 공격신호였다. 성계의 설명을 들은 처명은 그때서야 고개를 끄덕이며 부대를 끌고 나섰다. 이두란은 왜 그런 이야기를 이제야 토설하느냐고 화를 냈다. 성계는 웃음을 터뜨리며 간자들을 속이기 위해서는 어쩔 수 없었노라고, 이것 또한 정도전의 지략이었노라고 두란을 달랬다.

"언니고 나발이고 믿을 놈 하나 없어. 제미 도망칠 때는 언제고 물어뜯으라고 손나발이야?"

두란은 투덜거리며 처명 부대를 따라잡았다.

"가별치 간나들, 날래 가자우. 화전을 날려 불고 좀 먹어봐야 하잔?"

두란 부대가 함성을 지르며 뛰어갔다. 성계는 미즈류와 왜병을 불렀다.

"저 풍등이 무엇을 뜻하는지 알아?"

미즈류와 왜병은 허공에 뜬 불빛을 올려다봤다.

"저것은 고려군의 협공 신호다. 너희 손으로 적을 불러 황산 부대를 궤멸시킬 것이다."

풍등이 떠돌고 있었다. 몇 개의 풍등은 스스로 불타오르며 떨어지기도 했다. 왜병이 나무를 붙들었다. 왜병은 몸을 겨우 추스르며 눈가를 떨었다. 그의 눈에 물기가 고여 횃불에 번뜩였다. 곁에 선 미즈류도 떨고 있었다. 미즈류의 턱이 힘없이 처졌다. 미즈류는 고개를 든 채로 그대로 천천히 주저앉았다. 손에 쥔 묵주알이 스르르 땅에 굴렀다.

"그럴 리가. 아닐 거야. 저것은 결코 성공하지 못해."

미즈류는 일어나려 했으나 팔이 꺾여 도로 주저앉았다. 성계는 묵주알을 밟았다.

"엔즈하라, 저격수를 꾸려 슈겐부츠를 먼저 사냥해. 그자의 주술에 아지발도의 치도가 춤을 추고 있다."

"안 돼."

미즈류의 소리가 커졌다. 미즈류는 성계의 허벅지를 잡고 늘어졌다.

"나를 죽여 진을 지키려 했건만. 그래도 너희는 우리를 이길 수 없다. 반드시 실패하고야 말리라."

성계는 사졸들을 시켜 횃불을 미즈류의 얼굴에 대라고 했다.

"오호 알겠다. 그러니까 너는 사간(死間)이라 이거지?"

"뭐, 뭐라고?"

미즈류는 눈을 거푸 껌벅거리며 성계를 올려다봤다.

"아무래도 수상했거든. 풍등 이야기를 했을 때 네 동공이 안정적이지 못해 넘어짚어봤더니, 역시 그랬어. 슈겐부츠를 먼저 잡으면 싸움이 쉬워지겠어. 저기 인월역 본진 공략도 모두 함정에 빠뜨리려는 네놈의 허수였지?"

횃불이 미즈류의 면상을 태워버릴 듯 가까이 붙어 눈썹 낱

개까지 헤아릴 듯했다. 미즈류의 동공이 눈 위로 붙으며 독하게 자리잡았다.

"이제야 그것을 알았다니, 네놈이 무디긴 무디구나. 이제 더 숨길 필요는 없겠지. 좋다 말해주마. 너는 운이 좋았을 뿐이다. 처명이 너를 구하러 대열을 이탈하지만 않았어도, 다 잡았을 것이다. 나의 소임이 거기서 끝나는 듯하여 가슴이 터질 듯 벅찼었는데, 아쉬워. 그때 너는 죽었어야 했다."

사졸이 참지 못하고 횃불로 미즈류의 얼굴을 밀어버렸다. 미즈류는 얼굴을 감싸며 뒹굴었다. 성계는 사졸들에게 미즈류와 왜병을 끌고 가라고 하고는, 모두에게 황산으로 나서라고 명령했다. 중앙군들은 변안열의 명령이 떨어지기를 기다리며 응하지 않았다.

"오늘 밤까지라고 했다. 아직 술시도 채 넘지 않았어. 약조를 기억하라."

변안열은 입가에 깊은 주름을 잡고 있다가 하는 수 없다는 듯 고개를 끄덕였다. 중앙군이 비로소 움직이기 시작했다. 처명 부대의 횃불이 벌써 산중턱을 넘어서고 있었다. 처명은 맨 앞에서 철화시를 쏘았다. 그는 산 정상의 불길에 비치는 그림자들을 노리며 살을 날렸다. 날리는 살마다 그림자에 꽂혀 또 다른 불꽃을 만들어냈다. 부대원들은 빠른 손놀림으로 철화시를 능선에 쏟아부었다.

"적이 빠져나오지 못하도록 호락(虎落)에 불을 질러."

처명의 불화살이 호락과 목책에 꽂히자, 수십 개의 살이 따라 날며 목책더미에 불을 질렀다. 두란이 헐떡거리면서 올라왔다.

"기레, 고기 맛 본 지 되우 오래 되었는데 한번 꼬챙이에 꿰어보자우."

두란 부대가 가세하자 불화살은 위력을 더했다. 고려군은 불화살과 유엽전을 섞어서 날렸다. 불 속의 그림자들은 살의 방향을 예측하지 못한 채 그냥 맞아서 죽어갔다. 개 그슬리는 살 태우는 노린내가 불 너울을 타고 번져나갔다. 뒤이어 옌즈하라가 부대를 꾸려 기슭으로 기어올랐다.

"슈겐부츠를 사냥할 것이오."

옌즈하라는 희미한 음영 속에서 이를 드러냈다.

"안으로 들어갔다간 너도 맞창날지 몰라. 기다리라우."

두란이 만류했으나 옌즈하라는 단호하게 고개를 저었다.

"시금 아니믄 안 되오. 얘들아, 가자."

옌즈하라는 활을 들고 불길 속으로 뛰어들었다. 화살이 그들의 등 뒤에서 바람 가르는 소리를 냈다. 옌즈하라 일행은 무차별로 쏟아지는 고려군의 화살 속으로 빠져들어가서 적과 같은, 위태로운 처지가 되어버렸다. 왼손으로 줌통을 쥐고 시위에 살을 건 채 그들은 허리 굽히며 적진 한가운데로 들어갔다. 산마루 우물로 들어가는 길은 가팔랐다. 옌즈하라는 마주 내려오는 적을 향해 살을 박았다. 불빛에 비친 적의 커다란 투구만을 노리며, 그 한복판을 과녁 삼아 시위를 당겼다. 그의 오른쪽 허리춤에 걸려 있는 전통이 빠르게 비어갔다.

"저쪽이 우물이다."

옌즈하라의 살이 달려드는 적의 투구를 뚫었다. 저기, 우물 근처에서, 큰 소리를 치며 군사를 부리는 그림자가 어른거렸다. 막대를 짚은 맨머리의 그림자 곁에 불꽃들이 크게 너울거렸다. 저놈이다. 옌즈하라는 유엽전을 뽑아 시위에 걸었다. 네놈 하나의 주둥이에 고려가 온통 뒤틀려버렸다. 네놈 이빨을 모조리 뜯어내어, 섬나라 천황의 이마빡에 되박아주리라. 시위를 놓으려는데 서너 명의 병사가 방패를 들고 슈겐부츠를 감싸고 나섰다. 슈겐부츠의 움직임을 따라 방패들이 한 몸처럼 이동했다.

옌즈하라는 한숨을 쉬며 활을 내리다가 다시 들어올렸다. 호흡을 가다듬고 방패 그림자 사이의 공간이 나타나기를 기다렸다. 능선을 넘어 고려군의 화살들이 연이어 날아오고 있었다. 옌즈하라는 오래 기다리지 않았다. 그는 방패 사이로 살을 집어넣었다. 아무런 소리도 들리지 않았다. 불꽃과 화살 소리와 적들의 아우성에 아무런 소리도 들리지 않았다. 산마루 입구에서는 왜적들이 몰려 불바다가 된 길을 트려고 무력을 집중하고 있었다. 방패 속에서는 슈겐부츠가 보이지 않았다. 방패들이 균형을 무너뜨리며 아래로 낮게 주저앉았다.

"슈겐부츠가 맞았음에 틀림없다. 잡아."

옌즈하라는 칼을 빼어들고 병사들과 함께 그리로 달려나갔다. 병사들 몇이 고려군이 쏜 살에 맞아 쓰러졌다. 옌즈하라는 옆구리가 뜨거웠다. 살이 그의 갑옷을 뚫고 깊이 박혔다. 뛰면서 그것을 뽑으려 했으나 잘 되지 않았다. 달릴 때마다 살이 팔에 걸려 거추장스러웠다. 그는 살을 비틀어 꺾고 방패막을 찼다. 그는 방패를 발로 찍어누르고 적의 검은 투구 복판에 칼을 밀어넣었다. 병사들은 나머지 방패를 향해 칼질을 하며 무리를 헤쳐놓았다.

"이놈이다."

병사들은 방패 속에 누워 있던 그림자를 잡아올렸다. 화살이 연이어 날아들어 병사들을 위협했다.

"끌고 가."

옌즈하라는 슈겐부츠를 병사들 쪽으로 밀어던졌다. 불덩이 건너편에서 왜적 무리가 그들을 발견하고 몰려들었다. 옌즈하라는 활을 당기며 비탈로 뒷걸음을 쳤다. 비탈의 큰나무들이 타오르고 있었고 썩은 나무들이 무너지며 불똥을 튀겼다. 뒤에서 왜적들이 활을 쏘며 따라오고 있었다. 옌즈하라는 나무둥치에 번지는 불꽃에 철화시를 붙여 왜적들이 있는 곳으로 쏘았다. 병사들은 일제히 유엽전을 쏘아 왜적들을 떨어뜨렸다. 불붙은 구마테(熊手) 위에 왜적의 사체들을 쌓아올리고 슈겐부츠를 끌었다.

"놔라, 안 간다."

슈겐부츠는 가볍치의 손을 물어뜯으며 버텼으나 허사였다. 옌즈하라는 슈겐부츠를 밀어 차 비탈 아래로 굴렸다. 어둠이 주위의 소리를 빨아들이며 골짜기 아래로 낮게 가라앉고 있었다.

"슈겐부츠가 사라졌다."

서너 마디의 소리가 비탈 위에서 울리다가 다시 가라앉았다.

"너희는 뭐냐."

슈겐부츠의 소리가 불똥처럼 튀었다. 슈겐부츠는 어깨에 살을 맞아 몸을 가누지 못했다. 옌즈하라가 슈겐부츠의 어깨에서 살을 빼내고 그것으로 목을 내리쳤다.

"고려를 넘본 네 눈깔을 캐어 까마귀가 쪼게 하겠다."

슈겐부츠는 일어서려 했으나 옌즈하라가 발로 힘을 주어 눌렀다.

"네 숨통을 단칼에 끊어주지. 헛된 망상도 끊어지겠지."

옌즈하라가 칼을 들자, 슈겐부츠는 몸가짐을 바르게 했다.

"야만의 칼질에 몸을 더럽히고 싶지 않다. 칼을 다오. 스스로 정결히 죽겠다."

슈겐부츠는 무릎을 꿇고 허리를 꼿꼿이 세웠으나 옌즈하라는 고개를 저었다.

"너를 명예롭게 꺼지게 할 수는 없지. 내 손으로 목을 쳐서 머리통을 말꼬리에 매달겠다. 크흐."

칼소리가 바람을 동강냈다. 불화살 울부짖는 소리들이 어둠을 계속 갉아먹고 있었다. 슈겐부츠의 목이 굴렀다. 피가 어둠을 먹고 꿈틀거리다 먼 불길을 좇아 힘겹게 뻗어오르는 듯했다. 옌즈하라는 머리통을 집어들고는 하산을 서둘렀다.

최후의 전투

 산마루 전체가 불이 붙었다. 불길은 우물을 삼키고 비탈 아래로 뻗어내리고 있었다. 바람은 황산 뒤에서 불어 농성자리 입구를 치고 있었다. 바람 먹은 불길이 왜적의 등을 거침없이 후려갈겼다. 왜적은 불붙은 겹겹의 목책을 뛰어넘지 못하고 있다가 불길에 쫓겨 떠밀렸다. 목책 앞에 선 왜적들이 불에 그슬리며 죽어갔으나 그들은 계속 대열을 밀어 입구를 뚫었다.

 불길이 터지고, 수백의 무리가 아우성을 지르며 비탈로 뛰어내려갔다. 구르고 누르고 찌르며 뒤엉켜, 거대한 군사의 봇물이 골짜기를 쓸고 내려갔다. 처명 부대와 두란 부대는 나무와 바위에 몸을 기대고 서서 왜적의 등을 향해 화살을 꽂았다. 골짜기는 적의 아우성을 어둠으로 덮으며 길게 아래로 미끄러져 내려갔다.

성계는 정산봉 자락에서 황산지로의 아우성을 듣고 있었다. 부대는 활을 겨누고 있다가 내려오는 군사가 아군인지 적인지 초조하게 기다리고 있었다.

"저건 적의 말굽 소리오. 화마가 황산을 다 태운 뒤 서무와 동무듬까지 번지겠지……."

정도전은 불이 번지는 황산자락을 가리켰다. 아지발도 부대는 정산봉 고려 본진으로 돌지 못하고 방향을 급히 오른쪽으로 틀었다. 뒤따라 내려오는 처명 부대의 공격을 피하려는 의도였다. 처명 부대와 두란 부대는 황산자락을 타고 내려와 그대로 성계 부대와 합류했다. 성계 부대의 화살이 아지발도 부대를 덮쳤다. 왜적은 화살이 닿지 않는 거리까지 물러나며 합성궁으로 응사했다.

"슈겐부츠는 어디 있나. 빨리 나서라고 해."

아지발도는 호위무사들을 다그치며 슈겐부츠를 찾았다. 하지만 슈겐부츠의 행방을 아는 자는 아무도 없었다. 아지발도는 몸을 심하게 떨고 있었다.

"찾아봐. 그 중놈의 새끼를 빨리 데려오란 말이다."

검 끝에 걸린 명줄처럼, 불안 같은 것이 몰려들었다. 아지발도는 호위무사의 창을 빼앗아들고 아무나 후려갈기며 슈겐부츠를 찾으라 했으나 덧없는 일이었다.

"왜 이래, 내가. 가슴이 터질 것만 같다. 서무 기쿠치 부대놈들, 동무듬에 있던 놈들은 다 어디 간 거야. 저놈들을 쓸어버리지 못하고."

서무와 동무듬에 있는 왜적들은 가까이 오지 못하고 먼 거리를 유지하고 있었다. 전령 몇이 서무로 달려갔다 돌아왔다.

"가미쇼. 정산봉으로 진입하는 곳에 연노가 깔려 있어 접근하기 어렵답니다. 동무듬 부대는 변안열한테 막혀버렸습니다."

"못난 놈들, 이렇게 많은 군사가 고려놈들 하나를 당해내지 못하다니. 서무 기쿠치 부대를 몽땅 이리 데려와. 힘을 합쳐 저것들을 박살낼 것이다."

전령이 서무 능선으로 달렸고, 부대가 황산 기슭으로 이동하기 시작했다.

"우리가 먼저 나서겠습니다. 가미쇼는 뒤에서 기다렸다가 지원하십시오."

우르하타가 말 위에 올랐다. 황산의 불길은 더욱 커지고 있었다. 불길은 골짜기와 골짜기를 뛰어넘으며 무서운 바람을 일으키고 있었다. 불길은 왜적이 있는 곳까지 긴 혀를 뻗어 사를 듯했다. 그들의 머리 위에 아직도 풍등이 가득했다.

"기마전이다. 단번에 저것들을 날려버릴 것이다."

싸움의 성패는 기마전에 있었다. 고려군보다 월등한 기마력으로 밀어붙이면 풍등이 꺼지기 전에 전쟁은 끝날 것이었다. 우르하타는 칼을 쥔 채 아지발도에게 고개를 숙였다. 서무 병력이 우르하타를 따라 횡으로 늘어섰다. 가자, 정산봉 자락의 횃불더미를 노리며 그들은 힘차게 말을 몰았다.

"내가 나서겠수."

이두란이 성계를 제치고 선봉에 서겠다고 우겼다. 두란은 성계의 다친 어깨를 토시로 밀며 서무의 왜적을 바라봤다. 평야의 어둠이 그들의 말굽에 튀어오르며 조각조각 깨어져 뒹구는 것만 같았다.

"언니…… 제에미, 퉤."

두란은 말하기가 불편했던지 침을 뱉었다. 미안하다는 말을 침으로 대신하는 것이었다.

"이게 뭔지 아우?"

두란은 허리춤의 전통을 성계에게 보여줬다. 수백 번도 더 본 문구가 전통에 박혀 있었다. 일시퇴만군(一矢退萬軍). 횃불에 글씨들이 어지러웠다.

"여진을 좀먹는 언니를 죽이려고 내레 기회만 엿보고 있었디."

"그래, 오래 전 얘기지."

성계는 두란의 전통을 내려놓았다.

"언니와 거짓으로 동무하자고 했지 안안? 부대를 이끌고 와 영흥에 머물면서, 잡아 죽이려고 얼마나 노렸는지 알아? 호위병은 항시 따라다니지, 잠자는 데도 서너 명이서 퍼 자지. 기래서 노린 게 똥간이야. 똥 쌀 때는 언니밖에 아무도 없었거든. 화살을 여러 발 당겼지. 뒈지라고. 근데 어떻게 살아났어? 그것 한 번 물어보자우. 여태 참았어."

두란은 이야기를 하다 말고 눈을 크게 뜨며 성계의 답을 기다리고 있었다.

"무얼 그런 것까지."

알려고 하느냐면서 성계는 딴청을 부리는데, 두란은 끝내 정색을 풀지 않았다. 성계는 두란의 큰 눈과 한참 마주하다가 하는 수 없이 입을 열었다.

"야, 똥 싸는 것까지 말해주어야 해? 아무튼, 나는 네놈 살기를 읽었지. 언제 살을 당길까, 생각해보니 그게 측간에 있을 때뿐이야. 해서 수숫단 무더기를 측간 속에 미리 세워두고, 그 안에서 일을 보는 척했지."

"기랬어? 나는 기것도 모르구, 똥 싸고 나오는 언니를 보니깐, 내가 쏜 화살을 몽땅 한 손에 쥐고 나오는 거야. 저것을 손으로 잡았을 리는 없을 거이고, 거듭 물어도 끝내 우기니 내레 어떻게. 그냥 무릎을 꿇어야디. 그래서 맹서했디. 화살을 다른 적으로 돌려 일만 명을 죽이겠다고. 이게 그 맹세야."

두란은 성계의 어깨를 또 쳤다.

"야 그만 쳐라. 맞창이 났는데……."

"언니, 생각해보니. 그간, 내가 사람을 너무 많이 죽였어. 이번 전쟁이 끝나면 나는, 활을 집어던지갔어. 동족도 많이 죽였고, 저 녀석들도 너무 많이 죽였어. 나는 중이 될기야. 말리디 말라우. 싸움이 끝나면 머리털 깎아서 언니한테 보낼 거니까, 그리 알라우."

두란은 숨을 크게 내쉬었다. 성계는 두란의 변발채를 잡아당기며 웃었다.

"언제나 꽥꽥 소리 지르던 사람이, 싱겁기는."

"아니우. 언젠가 내가 죽게 되거든 야인 풍습대로 나를 처리해주어. 들에 시체를 놓고 이리떼가 뜯게 해달라고. 내가 여태 무엇을 꿈꾸며 살았는지 알안? 여진족이 지껄이는 말, 몽골족이 뱉는 말, 고려놈들이 씨부렁거리는 말, 서로 다르면 어때? 그냥 한데 섞여 살면 그만 아이겠음등? 우린 어차피 들녘에서 씨가 하나야. 우리 영흥 땅은 그랬어. 기런데, 고려 땅 아래로 내려올수록 기게 아니야. 영흥은 우리가 꿈꿀 수 있는 곳이디. 종마들과 함께, 이끼에 젖은 나무들 늘어선 숲에서, 한없이 달려도 해가 지지 않는 곳…… 나는 그곳으로 다시 가고 싶어. 언니, 알지? 나는 그것을 위해 싸웠어."

두란 부대가 줄을 맞추어 섰다. 정도전이 두란을 붙들고 당부했다.
"내가 한 말을 잊지 않으셨겠지? 가별치 모두들 말에서 내리게 하시오."
정도전의 조처는 뜻밖이었다.
"아니 말이 없으면 어떻게 싸워?"
"지시를 들으시오. 생사가 갈린 일이오."
두란은 하는 수 없이 정도전의 말을 받아 가별치에게 소리쳤다.
"모두 말에서 내려라. 다른 것 필요 없다. 방패와 도끼만 들어라."
가별치들은 두란의 말을 이해하지 못해 서로를 돌아봤다. 정도전이 두란에게 다시 말했다.
"가별치들을 이해시키시오. 우리는 이제부터 말을 이용하지 않는다고. 이 밤은 오로지 백병전이오. 적은 전면적으로 기마전을 펼치려 할 것이나, 우리는 정반대요. 백병전이 기마전을 이길 수 있냐고? 그렇소, 두고 보시오."

두란은 가별치들을 모아놓고 소리를 높였다. 정도전은 처명과 성계에게 말을 이었다.

"이런 걸 보고 백현(白玄)의 진이라 하는 것이오. 낮과 밤, 밝음과 어둠에 따라 용병이 달라야 하오. 낮에는 들끓는 기운으로 부딪쳐야 했다면, 어둠 속에서는 고요와 침묵으로 밀어붙이는 암전(暗戰)이 필요한 거요."

정도전은 처명 부대를 두란의 좌측에 배치해야 한다고 했다.

"서무에는 적장이 없소. 서무의 사기가 떨어졌으니 우리는 그 부대를 쉽게 무너뜨릴 것이오."

모두 말에서 내려 걸어가라고 일렀다. 동무들은 변안열 부대가 맡으면 되는 것이었다.

"가별치들이, 앞으로 가."

두란의 호령에 따라 고려군은 뛰기 시작했다. 함성이 서무의 들녘을 쓸며 몰려갔다. 먼데서 서무의 왜적들이 말을 달려 몰려들고 있었다.

아지발도는 말 위에서 코웃음을 치고 있었다. 말을 버리고 도끼와 방패로 막아서겠다는 고려군의 전법은 도무지 이해가 되지 않는 것이었다. 무사들 틈에서 간간이 웃음이 터졌다.

"저것들이 일찌감치 자결하려고 저러는 거지?"

굵은 웃음들이, 말잔등을 두드리며 퍼져나갔다. 어둠 속에서도 적의 움직임은 보였다. 무사들은 등자에서 한쪽 발을 떼어 말 어깨에 올리고 편안한 자세로 싸움을 지켜봤다. 땅이 울리고, 서무 왜적들의 검은 그림자가 빠르게 들녘을 갈랐다. 가별치들도 속도를 늦추지 않고 어둠을 갈랐다. 어둠이 마주 오는 군사의 고함 소리에 눌려 단단히 압축되었다가 곧 터져버릴 듯 땅과 하늘을 두드리며 떨었다.

"가자우. 왜놈 섬나라 왈패들 죽이갔어."

두 부대 사이가 급격히 좁아지고 있었다.

"잡아라."

우르하타가 앞에 서서 서무 기쿠치 부대를 이끌었다. 왜적의 창이 가별치를 꿰어버릴 듯 전력으로 몰려왔다. 반 시위도 못 되는 거리에서, 기세좋던 우르하타 부대가, 갑자기, 뒹굴기 시작했다. 가별치의 무기가 닿지도 않았는데, 그들은 스스로 무너지고 있었다. 무너진 말 위를 덮치며 뒤의 무리가 쏟아져 굴렀다. 비명이, 허공을 찢으며 어둠 속에 묻혔다.

"뭐야, 왜 그러는 거야."

아지발도는 싸움을 느긋하게 지켜보고 있다가 느닷없는 사태에 놀라 고삐에 힘을 줬다. 두란 부대는 넘어져 뒹구는 우르하타 부대와 기쿠치 부대를 도끼로 찍었다.

"우르하타, 배반자. 이놈아, 철칠려가 깔려 있었던 것도 몰랐지?"

도끼가 우르하타의 머리를 쳤다. 우르하타는 넘어진 몸을 일으키지도 못하고 그대로 거꾸러졌다. 저녁 무렵에, 철군한다며 거짓으로 물러설 때 처명이 서무와 황산자락 앞에 깔아둔 철칠려에 걸려든 것이었다. 말굽은 철칠려를 견디지 못하고 힘없이 주저앉았다. 맹렬한 속도에 왜적들은 땅바닥에 패대기쳐 굴렀다. 가별치들은 쓰러진 적을 장작 쪼개듯 내려쳤다. 도끼 세례를 겨우 피한 몇몇 적들은 말을 버리고 달아났다.

"저놈들 가슴팍을 걷어차고 찍으라우."

두란의 발이 어둠 속 적의 가슴을 밀었다. 갑옷이 무거운 적은 어기적거리다 곧바로 뒤집어 까졌다. 두란의 도끼가 면상을 찍었다. 요로이를 입은 적들은 몸이 둔했다. 걸음걸이도 부자연스러워 말 아래에서는 전투력이 현격히 떨어졌다.

"나무통 속에서 뒹구는 꼴이야, 저놈들은."

적은 한 번 넘어지면 제대로 일어서질 못했다. 가별치의 도끼가 무수히 쏟아졌다.

"저들의 갑주는 50근이 넘습니다. 말에서 내리면 무거워 쓸모없게 되는 것이오. 밤의 더께가 더욱 저들을 무겁고 둔하게 한 거요. 저곳이 서쪽 무덤이 될 것이오. 서무덤, 서무듬…… 그래서 서무라고 부를지도 모르지."

정도전의 손가락질이 적의 비명이 터지는 곳을 가리켰다.

"적의 시체가 산처럼 쌓일 것이오. 적의 원혼을 성계공은 받지 말아야 하오. 나 한 몸으로 족하오. 저들 주검 때문에 훗날, 내 명이 피로 물들 것이오."

"군사 선생, 무슨 말을. 아니오. 우리는 끝까지 혁파를 이루어야 하오."

하지만 정도전은 고개를 저었다.

"인(人)의 길은 본래 외로운 것이오. 그래서 서로 기대는지도 모르지. 만나고 또 헤어지는 것이오. 그러나 헤어짐 또한 정혁을 위한 것이라면, 나는 그것을 마다하지 않을 것이오."

횃불에 비친 정도전의 눈빛이 너무도 강해 성계는 그 말을 누르지 못했다.

왜적들이 말을 잃고 물러서기 시작했다. 가별치들은 그들을 몰아 뒤에서 찍었다. 그들은 가별치의 뜀박질에 밀려 고꾸라졌다. 도끼날 튀는 소리가 쩡쩡 밤하늘을 울렸다.

"슈겐부츠가 죽었다고?"

아지발도의 눈빛이 심하게 흔들렸다. 슈겐부츠의 염주를 들고 있던 왜병의 손이 떨렸다. 고려군에게 슈겐부츠가 끌려가는 것을 보고 뒤따라갔다가 염주만 들고 왔다며, 왜병은 그것을 받쳐들고 엉거주춤 서 있었다. 염주에는 피가 굳어 있었다.

"목이, 잘려 있었습니다."

왜병은 목구멍에서 소리를 차마 뽑지 못하고 얼버무리고 있었다. 아지발도는 염주를 받아쥐었다. 스승의 강기처럼, 끈적거림이 아직도 남아 있었다.

"너희는 대체 무엇을 했기에, 슈겐부츠가 이 지경이 되도록 모르고 있었나."

아지발도는 말을 돌려 군사들을 노려봤다.

"나에겐 이제 아무도 없다. 없다!"

움켜쥔 창대가 갑갑함을 이기지 못하고 하늘 위로 솟구쳤다. 모든 것을 버리고 떠나온 전쟁이었다. 아내 소분이도 죽었고, 남아 있던 스승도 마저 갔다. 그를 제어해줄 자는 어디에도 없었다. 염주를 말아쥔 손에 뜨거운 물기가 떨어졌다. 굳었던 피가 풀어져 체온처럼 감돌았다. 황산 들녘에 가득한 밤기운이 멀고도 두껍게만 느껴졌다.

"개경을 쳐 남조의 병영을 세우려 했는데. 기필코 천황을 다시 모셔 열도를 호령하려 했는데……."

아지발도는 염주를 얼굴에 대고 비볐다. 시야가 흐려졌다. 흐린 눈앞에 정산봉 자락의 불빛들이 아련했다. 그는 염주를 목에 걸었다.

"동무듬에 있는 아소 부대를 이리로 데려와라."

부대를 합쳐야 했다. 고려군은 말에서 내렸다. 그렇다고 남조군도 말에서 내릴 수는 없는 노릇이었다. 기쿠치 부대가 처참히 깨어지는 것을 보면서도 그는 도무지 패배를 받아들일 수가 없었다. 부대가 말에서 내리면 무겁디무거운 요로이가 오히려 족쇄가 되어 모두 도끼질을 당하고 말 것이었다. 철칠려가 어디까지 깔려 있는지 가늠이 되질 않았다.

아소 부대가 서무 들녘을 건너고 있었다. 연노가 아소 부대를 막으며 서무를 관통했다. 선두에 선 기병들이 살을 맞고 나가떨어졌다. 연노가 어느 방향에서 날아오는지 알지 못해 그들은 서무로 다가서지 못했다. 변안열 부내가 동무듬으로 나아가 아소 부대를 가로막았다. 대열은 이동하지 못하고 그대로 있었다. 늑대도 울지 않는 밤…… 허공의 풍등이 원혼의 곡소리를 내듯 길게 바람을 타고 있었다. 풍등 아래 밤새도 날지 못하고 한동안 정적 속에 있었다.

"그러면……."

아지발도의 이빨이 드러났다. 이제 어쩔 수 없다. 아소 부대와 연합하지 못한다면 홀로 나서는 수밖에 없었다. 슈겐부츠가 살았다면 어떻게 했을 것인가.

"내가 나서겠다."

아지발도는 입술을 지그시 눌렀다. 피가 터졌다. 슈겐부츠는 죽지 않았다. 그는 그렇게 믿고 있었다.

"슈겐부츠는 내 창끝에 살아 있다. 창날이 춤추는 대로 슈겐부츠는 우리들의 눈이 되어줄 것이다. 창날이 바로 스승의 눈이다."

아지발도는 치도를 높이 들었다. 왜적들이 아지발도의 좌우에 늘어서서 속진 태세를 갖췄다. 호위무사들이 그를 만류했다.

"다이코 슈겐부츠가 살아 있다면, 극구 만류할 것입니다. 물러서서 내일 동이 틀 때를 기다리십시오. 기다리는 것만으로도 적을 이길 수 있다고 슈겐부츠는 말씀하셨습니다."

호위무사들이 가로막았지만 아지발도는 한 번 내린 결정을 꺾지 않았다. 거듭 말렸으나 아지발도는 말 앞가슴으로 그들을 밀쳤다. 성계 부대도 나서고 있었다. 성계 부대는 말을 버리고 서 있었다. 서무에서 돌아온 처명 부대와 두란 부대가 성계의 뒤를 받치고 있었다. 성계 부대는 활을 들었다. 정도전이 성계 뒤에서 낮게 말했다.

"철저히, 아지발도를 분리하시오. 무사들, 왜병들 틈에서 떼어놓아야만 하오."

정도전의 손가락 끝 검은 들녘에 왜병들이 가득 차 있었다.

아지발도는 눈동자를 위로 잔뜩 치켜올리며 말을 앞으로 몇 걸음 몰았다.

"철칠려 따위를 겁내지 마라. 우리가 온 대로 황산 기슭을 따라붙어서 적진으로 들어가면 될 것이다. 나의 비석도 함께 간다."

아지발도는 말을 움직였다. 기슭으로 붙어서 부대가 이동하기 시작했다. 말들은 점점 더 속력을 냈다. 아지발도의 비석을 끄는 네 마리 말들도 따라 움직이고 있었다.

아지발도는 나기나타를 강하게 움켜쥐었다. 소분아…… 고려인이라고 너를 무시했던 나를, 손찌검을 한 나를 용서해라. 너를 버린 저것들의 모가지를 꿰어 네 혼백을 달래주겠다. 아지발도는 아내의 마지막 얼굴을 떠올렸다. 창에 찔려 신음을 참던 모습이 새삼 가슴을 후볐다.

"우리는 승리하기 위해 고려 땅을 밟았다. 고려는 우리 땅이다. 죽여라."

군마 소리가 어둠을 세차게 두드렸다. 아지발도는 무릎을 세워서 말을 몰았다. 소분아, 내가 너를 반드시 살려 다시는 깨지지 않는 꿈으로 살게 하겠다. 달도 없었으나 어둠에 이미 익숙해진 눈은 고려군의 윤곽을 명확히 볼 수 있었다.

아지발도는 고려군의 병장기까지 하나하나 헤아리며 말을 몰았다. 숨이 가쁠수록 가슴은 서늘해졌다. 그는 고개를 바짝 숙였다. 말갈기가 그의 얼굴을 때렸다. 말의 숨소리가 그의 가슴팍을 파고들었다. 그가 말이 되어 말이 그의 다리가 되어 어둠을 갈랐다.

고려군이 날린 살들이 바람소리를 내기 시작했다. 바람 가르는 소리 하나가 크게 울며 다가왔다. 그는 치도를 반쯤 세워 오른쪽으로 밀쳤다. 치도 끝에서 무엇인가 부딪쳐 허공 저편으로 사라졌다. 눈을 감고 있어도 느낄 수 있는 살기들이었다. 화살과 암기를 쳐대는 훈련을 오랜 야음 속에서 습관처럼 해온 그였다. 바람소리가 멀고 가까움에 따라 비행 살의 원근을 느끼는 것쯤은 본능이 된 지 오래였다.

철칠려는 없있다. 친마갑을 두른 말들은 거침없이 성계 부대를 향해 질주했다. 철화시들이 벌건 불넝이를 달고 무더기로 날아들었다. 불덩이가 어둠에 익숙한 그의 감각을 언뜻언뜻 깨뜨려놓았다. 무언가 무겁게 어깨에 부딪쳤다. 통증이 일었다. 화살이었다. 관통하지는 않았지만 아픔은 제법 컸다. 그는 감각의 균형이 깨진 것에 짜증을 냈다. 소리를 지르며 말을 더욱 세게 몰았다. 화살 지나는 소리가 공간을 가득 메웠다. 보병 고려군을 그냥 밀어붙이면 되었다. 본진을 깡그리 불태워 황산에서 당한 것을 갚아주어야 했다. 창을 던져 닿을 거리에 거의 다다랐다. 그는 어둠 속에서도 성계를 찾아냈다. 곧장 진입하면 치도 한 번으로 처리할 수 있을 것이었다.

"너는 여기서 죽었다."

크아, 아지발도의 나기나타가 미리부터 성계의 가슴을 겨냥했다. 그런데 갑자기 맞은편에 늘어선 횃불이 일시에 기울어 뒤집히고 있었다. 횃불 무더기가 그에게 쏟아져내려 한꺼번에 뒤엉켰다. 기우는 것은 횃불만이 아니었다. 말이, 뒤따르던 무사들이 모두 엉키며 굴렀다.

"걸렸다."

어디선가 야유처럼 고함이 터졌다. 아지발도는 넘어진 말모가지를 딛고 근근이 일어섰다. 허리 높이 공간에서 무엇인가가 팔에 걸렸다. 그것이 손바닥 안에서 가득 찼다. 줄이었다. 팔뚝뼈 둘레만 한 굵기의 줄이었다. 저들이 눈을 속여 줄을 쳐놓았구나. 줄을 걷어올리려 했으나 겹겹이 얽혀 있어 꼼짝도 하지 않았다. 가별치들이 달려오고 있었다. 낮 동안에 기마전에서 전혀 맥을 추지 못하던 것들이었다. 자신감을 잃은 것은 아니었으나, 가별치들이 의도한 대로 그가 말려들어간 것에 성질이 뒤집혔다.

"빌어먹을, 오밤중에 시렁을 오르는 쥐 같은 새끼들."

힘에서 단 한 번도 밀리지 않았던 그였다. 아지발도는 나기나타를 쥐고 달려나갔다. 두 겹 입은 무거운 갑옷은 그에게 문제가 되지 않았다. 무사들이 말을 버리고 그를 따랐다. 그들은 횃불 대열에 창을 던지고 달려들었다. 가별치들이 무엇에 맞은지도 모르고 무더기로 쓰러졌다.

"아지발도와 왜병들을 분리시켜라. 결전이다. 나서라."

가별치도 무사들을 향해 돌격해나갔다. 외곽에서는 달려드는 아지발도 부대를 향해 횃불을 던졌다. 싸움터에 불이 붙어 번져나가기 시작했다. 불은 키 낮은 풀덤불을 순식간에 태우며 빠르게 번져갔다. 불길은 크지 않았으나 모두의 발밑에서 너울거리며 빛을 발하고 있었다. 가별치들은 방패로 왜적의 머리와 가슴을 노려 도끼를 꽂았다. 왜적은 느린 몸뚱이로 도끼날을 받고 있었다.

"성계공, 나서라."

아지발도는 다가서는 고려 병사들을 치도로 쓸어버리며 성계를 향해갔다. 아지발도의 발이 옆에 나서는 가별치들의 목을 걷어차고 봉대로 가슴을 쳤다. 가별치들이 고목처럼 기울었다.

"내 조국은 본래 고려의 피를 마셔야 산다. 피를 그만 흘렸으면 하겠지? 그럼 무릎을 꿇어라. 속국이 되면 너희는 지긋지긋한 싸움에서 놓여날 것이다."

"우리의 피로 네 살점이 불어나는 것은 아니다. 네 못난 왕조가 연명해갈 뿐이야. 너는 귀족이라고 착각하겠지. 네 힘으로 왕조의 세상, 그들만의 황국을 떠받들지 말고, 천민들만의 세상을 만들어라. 너의 싸움은 처음부터 잘못되었다."

성계의 방패가 치도를 막았다. 아지발도는 방향을 바꾸어 치도로 허공을 쳤다. 방패를 댔으나 몸이 들썩이며 뒤로 밀렸다.

"우리는 오로지 주군을 위해, 천황을 위해, 조정을 위해 살 뿐이다. 조국은 무기를 만들었고, 우리는 나면서부터 조국의 무기가 되었다."

치도가 굉음을 내며 성계의 방패를 후려갈겼다. 방패가 찌그러지며 떨어져나갔다. 방패가 떨어졌다. 짧은 도끼를 든 성계는 치도를 쉽게 막아내지 못했다.

"네 머리 위에, 저 들 건너 너희만의 세상이 열렸는데, 가련하게도 그것을 한 번도 열어보지 못하는구나. 미련한 것."

성계는 도끼 자루로 방어했으나 치도는 그것을 비껴쳐내고 가슴을 그었다. 사슬이 끊어져 너덜거렸다. 아지발도는 곧바로 찌르기로 들어왔다. 치도가 살을 뚫은 것은 아니었으나 옆구리의 갑주를 헤치고 허공을 찔렀다. 성계는 아지발도의 재공격을 막기 위해 몸을 붙였다. 아지발도의 눈에서 뿜은 독기가 성계의 이마를 무섭게 찍어눌렀다. 비웃음이 깨진 칼날처럼 불규칙하게 튀었다. 아지발도는 주먹을 뻗어 성계를 넘어뜨렸다. 치도가 높이 들렸다. 나기나타를 성계의 가슴 위로 꽂으려는데 옌즈하라가 방패로 막고 나섰다.

"물러서요."

옌즈하라는 도끼로 아지발도의 가슴을 찍었다. 아지발도가 주춤거리며 뒤로 물러섰다. 도끼질에 두 겹 요로이가 풀려나갔다. 미늘 몇 조각이 우수수 떨어졌다. 옌즈하라와 병사들이 공격해들어갔다. 아지발도를 에워싸고 서너 명의 무사들이 방어에 나섰다. 나머지 왜병들은 가별치들의 도끼질에 벌써 멀리 쫓겨가고 있었다.

"가미쇼를 보호하라."

무사들은 창과 칼을 들고서 가별치의 접근을 막았다. 달려들던 가별치들이 적의 방어에 멈칫거렸다. 순간 정적이 흘렀다. 가별치들은 공격을 멈추고 도끼를 든 채 상대를 노려보기만 했다. 하지만 정적도 잠시였다. 옌즈하라가 소리를 지르며 적 무사를 향해 도끼를 던졌다. 도끼가 한 번 회전을 하다가 날을 앞세우고 뻗어 무사의 목에 꽂혔다. 몇몇 가별치들도 힘껏 도끼를 던졌다. 도끼가 서너 명의 무사 몸뚱이에 박혔다. 무사들이 그대로 기울었다. 병사들이 몰려가 머리를 쪼갰다.

"아지발도, 네 뒤를 봐. 졸개들이 다 죽어가고 있다. 그만 만용을 버려라."

엔즈하라는 다시 도끼를 집어들고 간격을 조였다. 궁수들이 아지발도의 주위로 모여들었다. 두란이 나서서 활을 잡고 아지발도의 나기나타를 주시하고 있었다. 낮은 불길이 멀리 번져 서무까지 오르고 있었다. 불은 먼 거리를 뛰어넘으며 또 다른 불꽃들을 연이어 만들어내고 있었다. 고려군에 쫓긴 왜적들은 처참하게 죽어갔다. 아지발도 주위에는 아무도 없었다. 아지발도는 싸늘하게 눈빛을 던지며 침을 뱉었다.

"성계공, 나는 그대를 잡으러 왔다."

아지발도는 발밑으로 기어드는 잔불을 비벼 껐다. 가별치들한테 도끼질을 당하는 왜병들의 비명이 먼 어둠을 쥐어뜯으며 기울고 있었다. 병사들이 싸우는 소리가 들불 건너에서 아득했다. 처음부터 불가능했던 것일까. 고려 원정의 꿈은. 아무도 어렵다고 부정하지 않았다. 남조 패배의 절망을 세키부네에 싣고 현해탄을 건너면서 후회 없이 또 다른 전장을 찾아

나서면 그만이었다. 장엄하게 부딪쳐라. 한 사람도 살아남지 않을지라도, 오직 싸워라. 통곡을 잊고, 그렇게 터져나가라. 아지발도는 자세를 흐트러뜨리지 않기 위해 두 발을 땅에 비비며 섰다. 발끝에 사체가 걸렸다. 반쯤 타들어간 부하의 작은 몸뚱이가 자궁 속에 잠든 아이 자세로 잔뜩 구부린 채 있었다. 역겨운 탄내가 콧속으로 바늘처럼 아리게 파고들었다. 불길이 그의 주위에 가득했다.

"무기를 버려라."

성계가 몸을 일으켰다.

"죽이지 않겠다. 너희 중, 희망을 가지고 온 자가 몇이나 될까. 모두 절망을 감추고 사지에 섰을 뿐이다. 너희 남조는 이미 망했다. 이제 돌아갈 곳은 없다. 원하면 고려에서 살게 해주겠다."

아지발도는 죽은 병졸들 무더기 속에서 서성거리고 있는 말들을 보고 있었다. 비석을 끌고 온 말들도 그곳에 섞여 있었다. 아지발도는 부사와 왜병들을 찾으며 거듭 둘러봤으나 주위는 적막했다. 불꽃 속에서 겹겹이 둘러썬 가별치들의 어깨만이 빛나고 있었다. 포위망은 두껍고 단단했다. 발밑에서 불이 번지고 있었다. 가별치 몇이 서너 발의 철화시를 당겼다. 아지발도의 등과 옆구리에 꽂혀 불이 붙었다. 아지발도가 움직일 때마다 불꽃은 긴 꼬리를 끌며 위태롭게 너울거렸다. 황산에서 커다란 불길이 포효하듯 뻗어올라 아지발도의 등 뒤에 떨어졌다. 폭발하듯 불꽃이 솟구쳐올랐다. 불꽃이 아지발도를 덮쳐 맹렬히 타오르고 있었다. 아지발도는 놀라 뛰는 말을 잡아탔다. 말머리를 황산 쪽으로 돌려 단독으로 달려나가면서 비석을 끌고 오던 말들의 고삐를 낚아채었다. 가별치들이 활을 쏘려 하자 성계는 손을 들어 말렸다.

"기다려."

단궁의 시위를 당긴 채 모두들 멈추어 섰다. 아지발도는 급히 말을 몰아 포위망 끝으로 달렸다. 포위망은 뚫리지 않았다. 가별치들이 막아서며 포위망을 이동시키고 있었다. 그물망에 갇힌 짐승처럼, 아지발도는 가별치의 둘레를 벗어나지 못했다. 아지발도는 말을 이리저리 몰다가 모든 것을 포기한 듯 돌아섰다. 그의 등에는 불이 꺼지지 않고 계속 타오르고 있었다. 아지발도는 치도 자루로 비석을 끄는 말의 잔등을 후려갈겼다. 네 마리 말이 정도전과 성계가 있는 쪽으로 질주하기 시작했다.

아지발도는 그 뒤를 따르며 말을 몰았다. 불붙은 그의 몸뚱이가 타오르고 있었다. 네 마리 말이 끄는 비석이 사체더미를 지나다 튀어 한쪽으로 굴렀다. 불 덤불에 떨어진 비석은 거꾸로 뒤집혔다. 네 마리의 말이 궁사들의 살을 맞고 고꾸라지며 뒤엉켰다. 그는 말 위로 올라섰다. 그를 태운 말은 뒤엉킨 말들을 비켜나가며 곧바로 달려나갔다.

"내 칼이 살아 있는 한 남조는 그대로다. 나는 전쟁의 신, 가미쇼다. 가미쇼는 영원히 죽지 않는다아······."

아지발도가 튀어올랐다. 그의 머리 위에 풍등이 떠 있었다. 나기나타 칼 그림자가 풍등 사이로 높이 떴다. 칼빛 바람이 불었다. 아내의 목소리가 들렸을까. 슈겐부츠의 꾸지람이었을까. 아지발도의 고함이 길게 터지며 불타는 황산마루까지 메아리쳤다. 두란이 각지를 풀었다. 살이 아지발도의 검은 투구를 향해 날았다. 아지발도의 투구가 허공으로 떨어져나갔다. 성계가 그 뒤를 이어 불길 타오르는 한복판, 아지발도의 머리를 향해 살을 쏘았다. 살이 곧장 검은 선을 그으며 아지발도의 얼굴로 뻗어나갔다. 먼 하늘의 풍등이 아지발도의 얼굴을 비추며 마지막 빛을 발했다.

또 다른 전설

 "사람들은 말할 것이오. 그믐에 달을 끌어올려 왜적을 섬멸했다고. 우리의 의지가 전설을 만든 것이오. 전주성에 들어섰을 때부터, 지명 인월(引月)은 나에게 하나의 계시와 같은 것이었소. 달을 끌어올려 싸움에서 승리할 수는 없는 것일까…… 그게 풍등이었소. 중앙군은 싸움터에 무슨 위령제를 지내러 가느냐며 재수 없다고 투덜댔으나 나는 고집으로 풍등을 만들어나갔소. 적은 야밤에 싸우지 않을 게 뻔했지요. 우리는 그때까지 끌어야 승산이 있었소. 싸움은 가슴속에 비밀을 간직할 때 이기는 것이오. 배반자 우르하타가 내 전략을 어렴풋이 감을 잡기는 했으나 뜻을 이루지 못했소. 세인의 전언대로 우리가 밥을 먹기 전, 저들이 전면전을 벌여 쳐들어왔다면 일은 알 수 없었겠지요. 지리산 마고할미가 도왔는지. 간인 종예가 무위(武威)를 말했지요? 그때 나는 적의 무위를 알았기에 풍등의 공격을 감히 강행한 것이오."

정도전의 눈길은 동무듬을 좇고 있었다. 무위는 강제적 위엄이었다. 군사를 다스리는 것을 시종 무위로만 할 수 있는 것은 아니었다. 무위가 지나치면 부러지기 마련이었다. 기강은 무위로 해야 하지만 통솔은 문(文)으로 해야 한다고 정도전은 덧붙였다. 문은 정과 덕의 다른 이름이었다.

"사람이나 군대나 모든 것의 운용은 물과 같아야 하오. 상선약수(上善若水)요. 가장 좋은 것은 물과 같다. 물은 높은 곳을 피하고 낮은 곳으로 흐르는 법이오. 군대 운용도 또한 같은 것이오. 강한 곳을 피하고 적의 허점을 노리는 게 당연한 일 아니겠소? 세상을 바꾸는 일 또한 마찬가지 이치요. 낮은 곳을 채워서 보충하면 되는 것이오. 평등을 아시오? 그것을 우리는 평등이라고 하지요."

변안열 부대가 아소 부대를 추격하고 있었다. 곳곳에서 비명이 길게 이어졌다.

"저곳이 동무듬이오. 동쪽 왜적 무덤이 되어 시체가 산을 이룰 것이오. 그리고 저기……."

정도전은 본진 인월역 앞 남천을 가리켰다. 남천 부근은 어둠 속에서 검게 가라앉아 있었다.

"중앙군이 그렇게 믿어 마지않던 본진은, 역시 허수였소. 적이 우리를 유인하려 했던 저 합곡 늪지대는 저희 무덤이 될 것이오. 보시오."

처명 부대와 두란 부대가 서무 기쿠치 부대와 아지발도 잔류병을 추격하고 있었다.

"남천은 피의 강, 혈류가 될 것이고, 그곳 바위들은 피바위라 사람들은 말할 것이오. 저곳 물은 달포나 지나야 맑아지려는지."

풍등이 수명을 다하여 하나둘씩 스러지고 있었다. 바람 끝에서 피냄새가 묻어났다.

"밤은 우리의 수천 지원군이오. 대낮에는 전력이 드러나고 병력의 수도 노출되어 적을 제압하기 불가능했지요. 당하지 않고 버틴 것만 해도 기적이었소. 누가 고려군을 칼의 부대라 했소? 고려군은 본디 도끼 부대요. 풍등의 불빛을 좌표 삼아 도끼를 들면…… 앞으로도 그 어떠한 억압이든 부숴나갈 수 있을 것이오. 풍등, 저 무수한 달들은 우리 신흥의 새로운 세상을 여는 등불이 될 것이오. 하지만 명심하시오. 신화는 언제나 뒤틀리게 되어 있다는 것을. 과장되이 교(驕)를 드러내는 것을 항상 경계해야 할 거요. 특히 무기를 든 자들은."

정도전은 성계에게 손을 내밀었다. 성계가 그의 손을 잡았다.

"영공, 혁파는 저렇게 이루어지는 것이오. 잔당을 쫓는 저 군사들의 맹렬함처럼. 자, 이제 저 소원의 달을 태워서, 우리 또 다른 인월을 위해 칼을 들어야 하오."

그들은 비탈을 내려섰다. 박티무르와 주형장이 성계를 보더니 앞으로 나섰다. 그들은 입을 열어 성계에게 무어라 말을 하려 했으나 성계는 바삐 그들 곁을 지나쳤다.

"형제들, 나서라. 우리가 해야 할 일이 남아 있다."

성계의 외침에 부대원들은 모두 도끼를 들었다. 불타오르는 벌판에 모양이 다른 제각각의 도끼들이 번쩍이며 나아갔다. 적을 향해 뛰어가는 그들의 어깨 위에, 풍등은 그대로 떠서, 지지 않는 달이 되었다. 명석재 울돌치의 돌들이 우는지, 전설의 지리산 백정 장수가 소리를 지르는지 바람을 타고 병사들의 뒤를 따르고 있었다.

에필로그

 노인 셋은 거하게 취해 있었다. 동네에서 힘 좀 쓴다는 장정들이 나서서 노인들을 말려봤지만 얼마를 못 가 나가떨어졌다. 언뜻 봐도 환갑이 넘은 노인들의 힘에 사람들은 혀를 내둘렀다. 수졸들이 달려와 창으로 위협하고 포박하고 나서야 노인들은 난동을 멈췄다. 주막은 이미 쑥대밭이 되어 있었다. 술잔과 술병은 산산조각이 났고, 밥상 다리는 죄다 부러져 고쳐 쓰지도 못할 지경이었다.
 포박을 당한 노인들은 진정을 하는가 싶더니 갑자기 낄낄대며 웃기 시작했다. 수장은 하도 어이가 없어서 팔짱을 끼고 눈만 끔벅거렸다. 걸음마보다 활 쏘고 말 타는 것을 먼저 배운다는 함흥에서 저리 날뛰고 까부는 것을 보면 어지간한 간덩이들이 아니었다. 하나는 허연 변발을 풀어헤친 게, 꼭 여진 망나니 같았고, 하나는 다 해진 승복을 입은 땡중이었다. 그나마 점잖게 생긴 노인의 눈빛은 매서워서 마주치기도 싫을 정도였다. 셋 모두, 골방에 누워 허리나 지져야 할 늙은이들이었다.

"이분이 누군지 아느냐, 어서 포박을 풀어라."

변발을 한 노인이 침까지 흘리며 웃고 있는 눈빛 매서운 노인을 가리켰다. 찢어진 옷 사이로 여러 상처가 눈에 띄었다. 살에 꽂힌 자국부터, 칼을 맞은 자국까지 크기며 모양이 다양했다. 이곳 함흥에서는 흔한 상처지. 수장은 지지 않고 눈알을 부라렸다.

"당신들 큰일 난 줄 알라우. 내 관찰사 나리께 끌고 갈 테니."

"이 간나새끼. 이분은 상왕이시다. 빨리 예를 갖추라우!"

이번에는 중이 버럭 소리를 질렀다. 수장은 숨이 턱 막혔다. 한양은 시끄러웠다. 왕자들이 난을 일으켜 세자를 죽이는 사건이 일어났고, 개국공신들은 하나둘씩 죽어나갔다. 왕의 오른팔이던 삼봉도 목숨을 잃었다. 태조는 상왕으로 물러나 자주 궁성을 떠나 방랑을 했다. 태종은 아버지를 찾아 이곳저곳을 찾아다녀야 했고, 애걸복걸해서야 상왕의 엉덩이를 떼어내 궁성으로 데려올 수 있었다.

수장은 한참 머리를 굴리다가 결단을 내렸다.

"저 줄을 풀어라. 어서!"

수졸들은 명령이 떨어지자 재빨리 노인들의 포박을 풀었

다. 그 와중에도 노인들은 낄낄대고 있었다. 수졸들은 무릎을 꿇고 예를 갖춘 후 서둘러 자리를 떴다. 구경을 하던 사람들도 슬며시 자리를 떴다. 태조를 데리러 온 차사들이 죽어나간다는 소문이 함흥에 나돌고 있었다. 혹여나 제 목이라도 달아날까봐 걱정되는 표정이었다. 주막은 어느새 조용해졌다. 노인들은 땅바닥에 대자로 누웠다. 해가 지고 있었다. 노을이 서서히 그들을 덮쳤다.

"왜 중이 되어서는……."

성계가 혀를 찼다. 두란은 성계가 은퇴를 하자마자 지금까지 자행한 살생을 뉘우친다며 머리를 깎았지만, 그것은 누가 봐도 핑계였다. 조선의 개국공신이었지만, 그는 나라보다 의형제를 맺은 성계가 소중했고, 자신이 궁에 남아 있으면 방원에게 방해가 된다는 것도 잘 알고 있었다.

"내라도 염불을 외야지 언니가 지옥을 안 가지."

두란의 넉살에 성계와 처명은 배를 잡고 웃어젖혔다. 방원이 왕에 오른 후, 이들 셋은 팔도를 유람하면서 갖은 사고를 치고 다녔다. 방원은 그런 그들을 궁성에 앉히려고 갖은 노력을 해야 했다. 상황이 이러니 저잣거리에는 여러 소문이 떠돌았다. 성계가 태종에 반기를 들어 다시 반란을 모의하고 있다는 소문이 가장 기가 막혔는데, 덕분에 성계는 처명과 두란에게 오래 놀림거리가 되었다. 성계는 시중에 떠도는 소문을 대수롭게 여기지 않았다.

세상 사람들은 성계와 방원의 관계를 부풀리길 좋아했다. 성계도 방원이 왕에 오르길 원하지 않았다. 방원은 자신이 원하는 바를 위해서라면 무엇이라도 할 인물이었다. 정몽주, 정도전도 방원에 의해 세상을 떠났다. 앞뒤 안 가리는 성질이 언제고 방원 자신을 죽게 할 것이라고 성계는 생각했다. 그게 세자자리를 넘기지 않은 가장 큰 이유라면 이유였다. 방원은 자신을 위해 사는 인물이 아니었다. 방원은 아비를 위해, 조선을 위해 손에 피를 묻혔다.

겨우 6년…… 성계는 왕의 자리에 욕심을 내지 않았다. 조선이라는 나라를 세웠을 때, 성계는 이미 다 늙어 있었다. 변방의 늙다리가 부패한 나라를 뒤집고 새로운 왕조를 만들겠노라고 나섰을 때, 이에 반대하던 자들 대부분은 조금이라도 권력을 가진 자들이었다. 그자들은 자신들 중 하나가 왕이 된다면, 나라의 이름이 고려가 되든 조선이 되든 상관이 없었을 것이다. 그자들에게 충절은 가장 근사한 변명이었고, 하늘의 뜻이란 백성의 입을 다물게 하는 도구였다. 성계는 오직 자신들의 안위만 지키려던 권문세족에게 칼을 빼들 수밖에 없었다. 환부를 도려내지 않는 이상 백성들에게 희망이란 없어 보였다.

"고뿔 들겠습니다. 이제 그만 일어나지요."

처명이 슬쩍 성계의 눈치를 봤다. 활시위 당기고 말을 타는 힘은 여전했으나 부쩍 기력이 약해진 성계였다.

"변발귀, 돌격귀…… 자네도 다 늙었군. 흰머리 변발이라."

처명은 말없이 웃었다. 이마의 굵은 주름살이 깊게 패었다. 그는 나이가 들었음에도 성계 뒤를 그림자처럼 따라다녔다.

성계가 위화도에서 군대를 돌렸을 때, 처명은 적진 가운데에서 칼을 휘둘렀다. 개경을 떠나 한양으로 천도했을 때에는 성계를 묵묵히 호위했다. 왕자들이 난을 일으켜, 많은 부하들이 왕자들 밑에 줄을 섰을 때에도 처명은 유일하게 성계 곁에 남아 있었다.

성계는 곁을 맴도는 처명에게 몇 번이고 제 길을 찾아 떠나라고 했다. 그럴 때마다 처명은 고개를 저었다.

"태상왕도 많이 늙었습니다. 겨우, 아들한테나 쫓겨다니는 걸 보면."

처명이 뜬금없이 농을 치자 두란이 맞장구치며 큰 소리로 웃어대며 몸을 뒹굴었다.

성계가 주변의 눈이 있는데도, 방랑을 계속하는 것은 방원의 왕위를 인정 못 해서가 아니었다. 병신년 7월 17일 수창궁에서 배극렴이 왕위에 오르길 간청했을 때, 성계는 '제왕(帝王)의 일어남은 천명(天命)이 있지 않으면 되지 않는다. 나는 실로 덕(德)이 없는 사람인데 어찌 감히 이를 감당하겠는가?'라며 왕에 오르길 거부했다.

나라를 세우는 일은 대업(大業)이었지만, 성계는 그것을 이루었을 때의 허무함을 금세 지겨워했다. 병든 몸을 이끌고서라도 말을 달리고 싶어 했다. 성계에게 방랑은 꿈의 연장이었다. 변방에서 말을 달리며 누렸던 자유와 인월에서 아지발도와 싸우며 품었던 꿈의 부피는 왕좌의 자리보다 훨씬 컸다.

"언니, 나 이제 산에 들어가면 안 나올라우. 그런데 부탁이 하나 있소. 나 죽으면 화장을 해서 내 고향에 보내주소. 내 언니 덕에 이룰 건 다 이루었소. 장사는 고향에서 지내고 싶소. 언니는 이 나라나 잘 챙기소. 아들 속 썩이지 말고. 언니 때문에 참 재미나게 살았수."

성계의 눈이 젖어들었다. 두란은 헛기침을 하며 엉덩이를 털고 일어났다. 아무렇게나 밀어버려 보기 흉한 민머리가 일그러졌다. 어느새 해도 뉘엿뉘엿 져서 정수리만 살짝 보였다. 성계와 처명도 몸을 일으켰다. 성계가 먼산을 보며 혼잣말하듯 중얼거렸다.

"오늘따라 삼봉이 전해준 글귀가 유난히 생각나는구나. '나의 병을 만드는 것들은 날마다 나와 다투는 것이다'라고 했지. 우리는 어찌 병이 드는 것을 알면서도 날마다 우리 자신과 다투려고 했던 것일까."

"언니도 참, 그걸 몰라서 그러우? 병 안 들고 사는 게 더 힘든 세상이었으니까 그랬지 않간."

두란이 성계 등에 묻은 흙을 털어냈다. 흙먼지가 눈에 들어갔는지, 두란은 슬쩍 눈을 훔쳤다. 성계가 두란의 어깨를 다독이며 다시 중얼거렸다.

"밝은 달이 발에 가득한데 나는 홀로 서 있구나(明月滿簾 吳獨). 산하는 의구한데 인걸은 어디 있을까(山河依舊人何在). 삼봉과 포은은 이제 어디에도 없구나. 내 앞을 막아선 태산 같던 적도 이제 없구나."

성계의 수염이 바람에 흔들렸다. 처명과 두란은 말이 없었다. 한참 적막이 흐른 후, 누가 먼저라고 할 것 없이 셋은 껄껄 웃기 시작했다. 웃음소리가 바람을 타고 먼 곳까지 가는 모양이었다. 한바탕 난리가 일어난 줄도 모르고 주막을 들어서던 이들이 무슨 재미난 일이 있냐는 표정으로 그들을 지켜봤다. 셋은 그런 눈초리가 싫지만은 않았다. 셋은 말에 올랐다. 그리고 해가 지는 쪽으로 달리기 시작했다. 보름달이 그들의 등 뒤로 솟아오르고 있었다.

발문

남자소설,『시골무사 이성계』

신귀백(영화평론가)

태조에 가해진 위리안치

전주(全州)! 한옥마을 입구 전동성당을 사이에 두고 경기전이 자리한다. 근심 없이 자란 대나무들과 근심으로 굽어진 노거수 스물다섯 그루가 대신들처럼 늘어선 전당에 어진(御眞)이 있다. 태조 이성계의 초상화다. 푸른색 곤룡포를 입은 태조의 초상에서는 격정을 넘긴 말년의 고립과 불안이 스며있다.

과연 그 용안은 어떤가. 반갑다고 인사하는 얼굴, 조기살을 발라 손자 그릇에 얹어줄 모습이 아니다. 물결처럼 깊어진 주름살은 참을성과 집중력이 뛰어난 무장의 얼굴로 읽힌다. 전장을 호령한 장군에서 왕이 되어 나라의 기틀을 세우느라 오장육부가 타들어간, 예외나 실수를 인정 않는 얼굴. 세월이 그의 열정을 가져간 듯하지만 통찰의 눈만은 형형하다. 칼 든 무인으로 출발해서 성리학의 이념을 국시로 삼는 대단한 선택을 실천한 왕이 오래도록 고독하게 경기전에 앉아 계신 것이 위리안치(圍籬安置)로 느껴진다.

이제 프레임 바깥으로 나가 플래시백 하자면, 태조의 건국을 다룬 텔레비전 드라마가 있었다. 전두환이 정권을 잡고 얼마 후, 공영방송은 드라마 〈개국(開國)〉을 방영했다. 쿠데타를 합리화하기 위해 이성계를 이용한 것이었기에 젊은 사람들은 이 드라마를 '보신탕'이라 조롱했다. 후일, 드라마 〈용의 눈물〉이 다시 있었지만 우리는 태조에게 말을 걸지 않았다. 아니, 역사가를 비롯하여 시인들은 '군바리'라 비웃음을 날렸다. 오래도록 군사정권의 정치적 억압에 시달린 탓이리라. 그의 전략적 열정과 카리스마는 고집으로 폄하되고 유교적 이상사회에 대한 열망을 권력욕으로 내려깐 평가는 과연 정당한 일이었을까? 「용비어천가」와 「사미인곡」마저 정치적 의도를 먼저 생각할 정도로 우리는 너무 신중했었나.

경기전 담처럼 우리는 태조에게 담을 치고 있었다. 그의 비범한 일생에 대한 존경심은 고사하고 일부러 무시해버린 우리들의 주의산만은 어디서 왔을까. 권위주의와 권위주의적인 것에 대한 알레르기 반응이었을 것이다. 여기 서권의 소설 『시골무사 이성계』는 우리가 알고 있던 이성계가 아닌, 우리가 모르는 새로운 이성계의 모습을 담고 있다. 의미만이 아닌 읽는 재미가 있다.

시골작가가 쓴 시골무사 이성계

서권의 『시골무사 이성계』는 이성계의 황산대첩을 다룬 남자소설이다. 그것도 단 하루의 핍진한 전투 과정을 담는다는 데 이 소설의 묘미가 있다. 전쟁신을 읽을 때, 화살을 쥐는 들숨과 당겼던 살을 푸는 날숨은 전쟁이 끝나는 순간까지 책을 내려놓지 못하게 할 것이다. 대륙과 반도 그리고 섬에서 온 수컷들이 싸우는 스펙터클은 당대 역사현실에 대한 작가의 치밀한 고증과 묘사를 무기로 하기에 가능한 일이었다.

1380년, 기울어가던 고려 정부는 동북 변방을 지키고 왜구를 토벌하던 성계에게 인월(引月) 지역을 점령한 왜적들을 토벌하라는 명을 내린다. 마흔여섯의 종2품 시골무사는 고려 정부군과 함께 왜군을 토벌하기 위해 몽골, 여진에서 귀화한 장수들을 비롯해 숱한 전투에서 사선을 넘은 가별치 부대를 이끌고 황산에 도착한다.

전쟁의 천재인 왜군 수장 아지발도를 상대하는 일도 버겁지만 적은 내부에도 있었다(세상 그렇다). 이 전투의 최고사령관인 일급무장 체찰사 변안열과 기우는 왕조를 붙드는 정몽주를 비롯한 권문세족들의 평가는, '시골무장, 물정 모르는 변방의 늙다리, 화살 하나 들고 설치는 천둥벌거숭이……'였다. 그들은 침략자들이 왜적이 아니라 왜구일 뿐이라며 이 전쟁의 의미를 축소한다. 하지만 군사(軍師) 정도전과 성계에게 이 전쟁은 반드시 이겨야만 정치적 입지를 다질 수 있는 중대 고비다.

 원나라 종군파견관과 명나라 사신, 고려를 대표하는 권신들과 신흥세력의 삼봉과 성계, 또 섬나라 출신 아지발도의 이야기가 버무려지는 황산전투는 거의 오늘날 6자회담 수준의 인터내셔널한 싸움이다. 성계는 북방야인들인 가별치 부대와 함께 불가능할 것 같은 전투를 치르는 과정 속 정몽주, 정도전 등과 대화를 나누며 자신의 의지와 욕망을 조금씩 드러낸다. 천대 속에서 두려움을 모르고 적을 향해 달려갔던 수컷들의 원신 원컷은 연민과 공포를 넘어 카타르시스를 제공히며, 전쟁에서 이긴 후 '우리의 의지가 전설을 만든 것이오'라며 삼봉이 성계에게 건넨 말은 성계의 후일 행보를 나타내는 피드백의 언어로 읽힌다.

마지막 싸움을 위해 화살처럼 달려가는 플롯, 비계 쉰내와 말똥냄새와 피비린내가 풀풀 날리는 고려군과 왜군의 군진(軍陣)과 전법에 대한 묘사와 무기를 사용하는 구체적인 방법들에 대한 시골작가의 글발은 경이롭다. 중과부적의 상태에서 전투 내내 고전하는 고려군과 서브플롯을 이루는 간인(間人)들의 활약, 그로 인한 반전은 이 소설을 읽는 재미 중 하나일 것. 야밤으로 접어들어 전투가 막바지로 치달으면서 수백 개의 달이 떠오르는 풍등 장면은 '압권'이다.

글래디에이터 아닌 무사들이 엮어내는 소설의 세세한 전투 장면들은 웬만한 내공이 없으면 불가능한 지점이다. 그러니, 이제 시골작가 서권과 앞으로 나올 『마적』에서 쌓아올린 바탕을 이야기하지 않을 수 없다.

폭폭한 시절과 호사

작가에게 어려운 것이 있다면 자신이 쓴 글의 불필요한 부분을 잘라내는 것이다. 그래서 믿을 만한 동지가 필요하다. 들을 때 서운하지만 썰어내면 슬림해지고 말하려는 의도가 뚜렷해지기 때문이다. 서권과 나는 정읍 시청 뒤에 자리한 대밭 가든 골방에서 백숙 한 마리와 『시골무사 이성계』를 놓고 몇 시간씩 붉은 줄을 쳐나갔다. 그러니까, 다시 플래시백이다.

징글징글한 80년 겨울 이리(裡里). 구시장 이층 야학에서 그를 처음 만났다. 모두들 이마를 가리고 뒷머리는 와이셔츠 깃을 덮는 장발의 시대에 그는 번들거리는 포마드를 발라 올백으로 머리를 넘기고서 씩 웃는 것이 30년대 아나키스트 아니면 마적 같았다. 맨날 소주를 마시던 백화식당 교무회의에서의 그는 쾌활하고 뻔뻔했으며, 게으르고 넉살 좋았고, 이기적이며 붙임성 있는 성격이었다.

이광모 감독의 영화 〈아름다운 시절〉의 그 자리, 구암정 시절을 기억한다. 글 쓴답시고 매일 술시합이었다. 먹고 자고, 놀고 자다가 가끔 책을 읽거나 글을 쓰고 토론했다. 그때 우리가 잡아먹은 섬진강 모래무지가 수백 마리고 해장으로 끓여먹은 다슬기가 저 하늘 별로 떠 있다는 것을, 남은 친구들은 안다.

내가 목포로 선생의 길을 텄을 때, 북항으로 그가 찾아왔다. 소주에 낙지를 두고 안 되는 시와 폭폭한 사랑과 머나먼 혁명을 이야기했었다. 나의 남교동 하숙방에서 자고 그는 해남 어디로 길을 떠났었다. 그후로도 오래도록 소식이 없었는데, 활자로 그를 만났다. 아무런 미래의 담보 없이 졸업을 하던 1984년 군바리 시절 그는 실천문학에서 펴낸 『시여 무기여』

란 작품집에 '황사바람'이란 장시를 들고 문단에 나온다. 서소로란 필명으로, 김해화, 고재종과 함께.

그러나 그는 제대와 함께 금방 잊혀졌다. 더 이상 시대를 뚫을 길이 없던 때에 그는 10년 절필시절을 보내야 했다. 시가 무기가 되지 못하는 30대의 10년 망명 후, 다시 중년의 그를 정읍에서 만났다. 그는 조심스럽고 섬세하며 부지런하고 우명한 자세로 '소설'을 쓰고 있었다. 장편도 아닌 대하소설을. 그의 글은 디테일보다 구조에 강했고, 서곡 없이 절정부터 시작하는 플롯은 남달랐다. 군산 미두장에서 시작해 광활한 만주벌을 휘젓고 다닌 마적들의 역사를 다룬 대하소설 『마적』 14권을 탈고한 후에 그는 『실천문학』 2007 가을호 신인상에 단편 「검은 선창」으로 등단한다.

아는 사람은 안다. 인문계 고등학교 국어교사로 문제집을 풀면서 원고 만 오천 매를 쓰는 것은 오토바이 위에서 자판을 누르는 것과 같다는 것을. 집필실이 없는 그는 승용차 속에 들어가 소설을 썼다. 때론 원평저수지가 보이는 곳에 차를 대고 작고 귀여운 글씨로 노트를 채워나갔고 집에서는 꼭 식탁에 앉아 글을 썼다. 컨베이어벨트만 없다뿐이지 그는 대단한 집중력을 가진 투잡 원고노동자였다. 그는 엉덩이가 짓무르자 의자 위에 푹신한 화장실 변기 방석을 구해다 글을 썼다.

귀감이 되는 삶이었다.

호사의 시절도 있었다. 이병천 문신 최기우 등 술잔이 근질근질한 우리는 시안(西安)과 뤄양(洛陽), 정쩌우(鄭洲)와 샤오싱(小興)을 도는, 남이 안 하는 중국 여행을 했다. 작가 한 사람씩 애인 한 명을 정하고 양귀비 왕소군 등 8미인의 궤적을 좇아 소설 한 편을 쓰는 것이 우리의 목적이었다. 황하, 찬바람이 귀때기를 썰어대는 항우와 유방의 비무장지대인 '초하한계(楚河漢界)' 홍구(鴻溝)에서 우리는 조조가 마셨다는 바이갈 두강주(杜康酒)를 부었다. 두보와 소동파가 마신 이 독한 술의 뒷맛과 황하강의 아리던 칼바람을 잊을 수 없다. 모든 바이갈의 안내는 권의 몫이어서 마오타이부터 우량예 수정방 등을 마셨으니 우리에게 공부가주나 죽엽청주는 술도 아니었다. 그것이 권이 권한 우리의 사치였다. 내가 서시(西施)를 썼고 그는 조비연(趙飛燕)과 초선(貂蟬) 두 꼭지를 썼다. 출간될 날이 있으리라.

그가 2001년부터 꼬박 7년에 걸쳐 목숨을 걸고 쓴 장편대하소설 『마적』을 이르지 않을 수 없다. 1930년대 만주 힝일 독립투쟁으로 이어지는 소설은 아직 출판사 주인을 찾지 못하고 있다. 『시골무사 이성계』의 탄탄한 문장과 세밀한 구성은 바로 『마적』에서 기인한 것임을 동무들은 안다. 『마적』의 출발점이 된 금강 굽이의 어느 횟집에서 우어에 막걸리를 마시면서 서권은 말했다. "유희는 나의 좌표가 아니다, 내 글을 간장종지 종이마개 따위로 쓸 수야 없지 않겠는가?"

와신상담의 고향 샤오싱(小興), 노신의 고향집 석벽 부조 앞에서 함께 사진을 찍은 우리는 왕희지와 주은래를 이야기하며 당연히 소흥 명주인 황주를 마셨다. 새벽녘 상해 객잔에서 술잔을 든 소설가 이병천은 『마적』을 이렇게 평가했다. "항일무장투쟁을 다룬 대하소설 『마적』은 동아시아의 역사 속에서 중국 일본의 작가 아닌 한반도의 작가가 써야 했는데, 그 일을 서권이 해냈다."

군산과 인월, 그리고 만주

2009년 5월, 이팝나무 꽃잎이 휘날리는 날 그는 휘쩍 갔다. 경천에 새로 연 그의 작업실에서 야학 멤버들과 마당에 능소화와 작약을 심고 새벽이 늦도록 술을 마셨는데…… 경제위기에 『마적』 출판이 자꾸 미뤄지고 있었다. 바이갈 안주를 위해 논산으로 양고기를 사러 가던 그, 홍어를 좋아하던 그는 마늘쫑 같은 딸을 남겨두고 갔다. 그의 죽음이 확인되자 내 머릿속에 떠오른 첫번째 생각은 '내 글은 누가 봐주지?'였다. 눈물도 안 나왔고 거문고 줄을 끊을 수도 없었다. 신이 있다면, 신이 주신 힘의 총량이란 것이 있다면 그는 그 총량을 미리 당겨 쓴 것 아닐까? 라는 생각으로 그를 보낸 변명을 삼곤 한다.

작가는 시대와 그 상처를 다루지만 그 공간성의 확보야말로 작가에겐 고향 같은 자리매김이다. 당연히, 「검은 선창」의 군산 앞 바다 째보선창을 지나 지리산이 보이는 '인월'을 지날 때, 우린 서권의 『시골무사 이성계』를 기억할 것이다. 그러니 패가 풀리면 나올 『마적』이 출간되면 만주 어느 비탈진 산녘에라도 그의 비를 세우는 일은 살아남은 우리 동무들이 저지를, 의무다.

시골무사 이성계

초판 1쇄 발행 2012년 3월 15일
초판 6쇄 발행 2012년 5월 14일

지은이 서권
펴낸이 김선식

Chief editing creator 김현정
Editing creator 백상웅
Design creator 황정민

2nd Creative Story Dept. 김현정, 박여영, 최선혜, 유희성, 백상웅
Creative Design Dept. 최부돈, 김태수, 손은숙, 박효영, 이명애, 조혜상
Creative Marketing Dept. 이주화, 원종필, 백미숙, 이예림
     Communication Team 서선행
     Online Team 김선준, 박혜원, 전아름
     Contents Rights Team 이정순, 김미영
Creative Management Team 김성자, 송현주, 권송이, 윤이경, 김민아, 한선미

펴낸곳 다산북스
주소 서울시 마포구 서교동 395-27
전화 02-702-1724(기획편집) 02-703-1725(마케팅) 02-704-1724(경영지원)
팩스 02-703-2219
이메일 dasanbooks@hanmail.net
홈페이지 www.dasanbooks.com
출판등록 2005년 12월 23일 제313-2005-00277호

필름 출력 스크린그래픽센타
종이 월드페이퍼(주)
인쇄 · 제본 (주)현문

ISBN 978-89-6370-835-5 (03810)

- 책값은 뒤표지에 있습니다.
- 파본은 본사와 구입하신 서점에서 교환해드립니다.
- 이 책은 저작권법에 의하여 보호를 받는 저작물이므로 무단 전재와 복제를 금합니다.